# OVERLORD

6

## 王國好漢 下

OVERLORD [6] The men in the Kingdom

丸山くがね 插畫◉so-bin

Kugane Maruyama | illustration by so-bin

Kadokawa Fantastic Novels

# 目錄 Contents

# 第六章 王都動亂序章

# Chapter 6 | Introduction of King capital disturbance

# 1

## 下火月〔九月〕三日　17:44

會客室的門慢慢推開。

總是不忘上油的門，本來應該滑順地開啟，如今卻莫名沉重，彷彿內外氣壓有所差距似的慢吞吞地移動。就像體察了塞巴斯的心境，才會如此緩慢。

若是真的能體察自己的心境，塞巴斯多麼希望那扇門不要開啟，然而門實際上打開了，會客室映入塞巴斯的視野。

與平時並無二致的房間裡，有著平時所沒有的四名異形等待著。

一名是淺藍色的武人。那個人解除了散放寒氣的靈氣，手中拿著白銀戰戟，維持著一動也不動的姿勢。

一名是惡魔。諷刺地扭曲的容貌當中，不知道暗藏著何種企圖。

然後是讓惡魔抱著，一名長有枯枝般翅膀，像是胎兒的天使。

然後最後是——

「遲來拜謁，萬分抱歉。」

塞巴斯用意志力制伏差點發抖的聲音，對會客室裡唯一一位坐著的人物，行了類似禮拜的恭敬鞠躬。兼任僕役長與管家，幾乎擁有納薩力克最高地位的塞巴斯，會出於敬畏與畏懼而低頭的對象，不可能有別人了。

無比尊貴的「四十一位無上至尊」其中一人。

——安茲．烏爾．恭。

擁有最大級戰鬥力的納薩力克地下大墳墓統治者。在他手中，握有散發黑色靈氣的安茲．烏爾．恭之杖。

空虛的眼窩中，亮起了朦朧的紅光。即使塞巴斯保持低垂著頭的姿勢，也感覺得到那對燈火從頭到腳打量了塞巴斯一遍。

他從空氣的震動，感覺到安茲以一種慵懶的舉止，誇大地揮了揮手。

「……無妨。無須在意，塞巴斯。是我不好，沒有聯絡就臨時過來。別說這個了，你站在那裡低著頭要怎麼說話？快進房間來吧。」

「是。」

仍舊低垂著頭的塞巴斯，對沉重的聲音做出回應，抬起頭來。然後他慢慢踏出一步——背脊一陣寒顫。

這是因為他以敏銳的感官，察覺到巧妙隱藏起來的殺意與敵意。

他慢慢移動視線。視線前方的兩名守護者，對塞巴斯不像是有特別留心。然而，那是指在常人的眼光裡。

塞巴斯充分覺察到了。

緊繃的空氣絲毫沒有友好之意，正好相反。兩名守護者警惕謹慎的態度，絕非對自己人該有的反應。

塞巴斯能理解兩人為何是這種態度，他感受到一股沉重壓力，甚至來自體內的激烈心跳聲，都怕會被在場所有人聽見。

「我想你走到那裡就可以了。」

迪米烏哥斯清朗的聲音，制止了塞巴斯的腳步。

這個位置離主人有一點遠。當然並沒有遠到不方便交談，從房間的大小以及謁見貴人時的狀況考量，算得上是適度的距離。然而，若是以往的安茲一定會嫌遠，要他再靠近一點。這次安茲沒這樣說，讓塞巴斯感受到距離以上的隔閡，壓得塞巴斯喘不過氣來。

同時在這個距離之下，是最適合武人科塞特斯出手攻擊的距離，也是帶來沉重壓力的原因之一。

順便一提，索琉香雖然與塞巴斯一起進了房間，但是留在門邊待命。

「那麼——」安茲不知道用了什麼方法，彈響了一下白骨手指。「首先問問塞巴斯吧。需要向你說明我為什麼在這裡嗎？」

理由只有一個。這個狀況已經清楚說明了一切。

「……不，沒有必要。」

「那麼我想聽你親口告訴我，塞巴斯。我沒接到你的報告，不過，聽說最近你好像撿來了個可愛的寵物？」

——果然。

塞巴斯感覺像是背後被捅了根冰柱。然後他馬上想起自己還沒回答主人的話，急忙大聲回答：

「——是！」

「……回答得稍微慢了點呢，塞巴斯。我再問你一次。聽說你好像撿了個可愛的寵物回來養？」

「是！我的確養了寵物！」

「好。那麼你先告訴我，為什麼你沒向我報告？」

「是……」

塞巴斯微微抖著肩膀，定定地瞪著地板。該怎麼說才能避免最糟的發展？

望著塞巴斯一語不發的樣子，安茲緩緩地靠進椅背裡。椅子的擠壓聲在房裡顯得異常響亮。

「怎麼了，塞巴斯？你好像出了很多汗。借你條手帕吧？」

安茲以誇大的動作，從某處取出一條純白手帕。他以食指與中指夾住手帕，隨手往塞巴斯那邊一丟。隔著桌子扔出的手帕在空中攤開，以一種輕柔飛揚的動作掉在地板上。

「准你使用。」

「是！謝大人！」

塞巴斯僅往安茲的方向踏出一步，撿起掉在地上的手帕。然後塞巴斯猶疑了。

「……那條手帕上並沒有沾著你的寵物的血。不過是看你滿頭大汗，不好看罷了。」

「是……在大人面前出醜了，萬分抱歉。」

塞巴斯攤開手帕，擦拭自己額上冒出的冷汗。手帕吸收了難以想像的大量汗水，使得顏色都變了。

「那麼言歸正傳，塞巴斯。我派你來到王都時，曾經命令你事情無分大小，都要巨細靡遺地記載下來，送到納薩力克。因為一個人很難判斷哪些情報有價值，哪些情報是垃圾。實際上，你送來的文件上，連城裡的風聲都沒有遺漏，我說得對吧？」

「是。正如您所言。」

「那麼，迪米烏哥斯。為了做個確認，我也問問你吧。因為塞巴斯呈交的文件，我也讓你看過了。文件當中有提到可愛的寵物嗎？」

「不，安茲大人。我反覆看過好幾遍，沒有發現任何相關記述。」

「很好。那麼就讓我基於這點，重新問問你吧，塞巴斯。你為何沒有呈交相關的報告書？……我想問的是你忽視我命令的理由。我安茲．烏爾．恭所說的話，難道並不足以束縛你的行動嗎？」

這句話大幅震盪了室內的氣氛。

塞巴斯連忙拚命答話：

「絕無此事。是我自以為那點程度的小事，沒必要向安茲大人報告。」

沉默籠罩室內。

四道殺氣彷彿刺進塞巴斯的渾身上下。發生來源是科塞特斯、迪米烏哥斯、讓迪米烏哥斯抱在懷裡的天使，以及索琉香。只要主人一聲令下，四人必然會立刻對塞巴斯下手。

死本身沒什麼好怕的。能為納薩力克而死是無上的喜悅。然而若是被當成叛徒處分，就連鐵膽銅心的塞巴斯也不禁膽寒。

因為由四十一位無上至尊創造的存在，竟然被當成叛徒遭受處分，沒有比這更大的恥辱了。

過了一段時間，塞巴斯額上冒出了大量汗水後，安茲開了口：

「……也就是說那是你愚昧的判斷……是這樣沒錯吧？」

「是。正如您所言，安茲大人。請原諒我愚蠢的失態！」

「……嗯。原來如此……我懂了。」

安茲不帶任何感情的聲音，傳到低頭謝罪的塞巴斯耳裡。由於主人並未決定直接處分，讓室內氣氛稍稍恢復了原狀。

然而，塞巴斯無法安心。這是因為他還來不及安心，安茲就說出了一句讓塞巴斯心臟重重漏了一拍的話。

「索琉香。去把塞巴斯的寵物帶過來。」

「遵命。」

索琉香聽命行事，門扉靜靜關上。塞巴斯靈敏的知覺能力，感覺得到索琉香正慢慢從門外走遠。

咕嘟一聲，塞巴斯的喉嚨嚥下了口水。

這裡有安茲、科塞特斯、迪米烏哥斯等三人以及一個奇怪的天使，共有四名異形之人。

雖說迪米烏哥斯的外型還沒那麼異於人類，但其他三人可是一目了然。

無人有意迴避，是因為就算被看到也無所謂嗎？

隸屬於納薩力克地下大墳墓之人若是要封口，只有一個方法，那就是格殺勿論。

早知如此，自己應該早點放她走的。

塞巴斯在心中搖頭。現在想這些也太遲了。

不久，塞巴斯感覺到有兩個人的氣息，從遠方走向這間房間。

——該怎麼做。

塞巴斯的視線移動，注視著空氣。

一旦她來到這裡，塞巴斯就得做出選擇。而且只有一個答案。

視線停在持續觀察塞巴斯的迪米烏哥斯身上，然後轉向安茲。最後無力地落在地板上。

有人敲門，然後打開了門。現身的當然是兩名女性。

是索琉香與琪雅蕾。

「我帶她來了。」

背對著她們的塞巴斯，都能聽到琪雅蕾在房門口倒抽了一小口冷氣。是看到惡魔具體成形的迪米烏哥斯而感到驚愕？是看到淡藍色的巨大昆蟲科塞特斯而感到戰慄？是看到可怖胎兒般的天使而感到害怕？是看到象徵死亡的安茲而感到畏懼？抑或以上皆是？

守護者們的不快在面對琪雅蕾時更為增強。因為就某種意義來說，琪雅蕾正是塞巴斯的罪惡體現。對著自己發出的敵意，似乎讓琪雅蕾渾身發抖。

在這世界屬於絕對強者的守護者發出的敵意，能讓脆弱的一切存在產生根源性的懼意。琪雅蕾沒被嚇哭已經很值得驚訝了。

塞巴斯沒有回頭，但他十分能感覺到琪雅蕾的視線投向自己的背部。她的勇氣泉源，正是來自於待在這裡的塞巴斯。

「迪米烏哥斯、科塞特斯，住手。跟威克提姆好好學學。」

安茲沉靜的聲音響起，室內氣氛起了變化。不，應該說是朝向琪雅蕾的敵意消失了。責備了兩名守護者的安茲，慢慢向琪雅蕾伸出左手來。然後他將手心朝向天花板，緩緩招了招手。

「進來吧，塞巴斯撿來的寵物人類——琪雅蕾。」

彷彿受到這句話所支配，琪雅蕾一步又一步，用顫抖的雙腳走進室內。

「妳沒選擇逃跑，真是有膽量。還是說是索琉香跟妳說了什麼？說塞巴斯的命運掌握在妳手上？」

渾身打顫的琪雅蕾對這番話沒做任何回答。塞巴斯感覺投向自己背部的視線變得更強了。那視線充分說明了琪雅蕾的心意，勝過千言萬語。

走進室內的琪雅蕾，毫不遲疑地站到塞巴斯身邊。科塞特斯慢慢移動，站到了琪雅蕾的背後待命。

琪雅蕾抓住了塞巴斯的衣角。無意間，塞巴斯想起在那巷子裡被她抓住衣服時的光景。同時他也感到後悔，若是行事能再聰明點，事情也不至於如此。

迪米烏哥斯冰冷地盯著琪雅蕾——

「跪——」

——傳來一下彈響手指的聲音。

正要開口的迪米烏哥斯，頓時理解了自己的主人彈響手指的意思，便不再說什麼。

「——無妨。無須在意，迪米烏哥斯。我要讚賞面對我而不逃走的勇氣，就原諒她在我這納薩力克統治者面前的無禮之舉吧。」

「萬分抱歉。」

對於迪米烏哥斯的道歉，安茲大方地點頭。

「對了。」安茲靠進椅背，椅子發出了擠壓聲。「先讓我報上名號吧。我的名字是安茲．烏爾．恭。是站在那邊的塞巴斯的主宰。」

正是。

安茲．烏爾．恭——四十一位無上至尊，是包括生死在內，支配著塞巴斯一切的偉大存在。

受到絕對效忠的主人如此宣稱，是他最大的喜悅。只是，不知道為什麼，喜悅的程度比想像中要來得小，只不過是讓背脊震動一下罷了。並不是因為有琪雅蕾在。因為在主人宣稱的瞬間，他甚至連琪雅蕾的存在都差點忘了。是有別的原因——

當塞巴斯思考著這些事情時，雙方還在持續對話。

「啊……我、我是……」

「無妨，琪雅蕾。妳的事我略知一二。而我也沒興趣知道更多。妳只要閉嘴站在那裡就好。等會妳就會知道我為何要叫妳來。」

「啊……是。」

「那麼……」浮現在安茲空虛眼窩中的紅光動了動。「……塞巴斯。我想問你。我應該有告訴過你，一舉一動都不能引人注目吧？」

「是。」

「我明明告訴過你，你卻為了個無聊的女人惹上了麻煩——我有說錯嗎？」

「沒有。」

聽到無聊兩個字讓琪雅蕾的身體震了一下，但塞巴斯只是回答，沒做反應。

「你那時候……不覺得這樣做忽視了我的命令嗎？」

「是。我的輕慮淺謀引起了安茲大人的不快，我會嚴加反省，今後事事小心謹慎，絕不再犯相同過錯——」

「——無妨。」

「呃？」

「我說無妨。」安茲換了個姿勢，椅子再度發出擠壓聲。「人非聖賢，孰能無過。塞巴斯，我就原諒你這次微不足道的失敗吧。」

「——謝謝安茲大人。」

「不過呢。犯錯就得彌補——殺了。」

房間氣氛頓時緊繃，彷彿溫度硬是降低了幾度。不，不對。只有塞巴斯有這種感受。其他人——隸屬於納薩力克的人們都依舊泰然自若。

塞巴斯吞了口口水。

主人要他殺了什麼？這種事問都不用問。即使如此，「果然」與「希望不是如此」這兩種想法，讓塞巴斯雖然感覺沉重，但還是開了口。

「……您說……什麼……」

「嗯……我是說要你除去犯錯的原因，將此次失誤一筆勾銷。把造成失誤的原因放著不管，要怎麼做大家的表率？你是納薩力克的管家，是應該站在僕役之上的人物。這樣不做處置的話……」

塞巴斯吐出一口氣。然後又吸了口氣。

塞巴斯即使直接面對強敵也平順如常的呼吸，如今卻像是碰到捕食者的小動物那般紊亂不堪。

「塞巴斯。你是聽從至高無上的我──們四十一人命令的狗？還是以自身意志為尊的人？」

「這──」

「──你不用回答。拿出結果給我看吧。」

塞巴斯闔上雙眼，然後睜開。

迷惘只在一瞬間。不對，應該說他足足迷惘了一瞬間那麼久。他躊躇的時間，足以讓科塞特斯、迪米烏哥斯或索琉香這些對無上至尊忠心不二的人們顯露敵意。

花了這樣長的時間，塞巴斯終於做出結論。

塞巴斯是納薩力克的管家。

除此之外──什麼也不是。

是自己愚蠢的猶豫招致這樣的後果。要是早一點向主人徵求許可，就不會導致這樣的下場了。

全都是自己造成的。

塞巴斯眼中帶著硬質的光澤，點亮起鋼鐵的光輝。然後他轉向琪雅蕾。

琪雅蕾抓著他的手指鬆開了。那手指只在空中晃蕩、猶疑了一瞬間，旋即無力地下垂。

琪雅蕾看著塞巴斯的容顏，應該是理解了塞巴斯的抉擇吧。

她露出微笑，接著閉上眼睛。

那表情既非絕望，也不是恐懼。她接受了接下來要發生的事，承認了自己的命運。就是那種殉教者的神情。

塞巴斯的動作也沒有動搖。塞巴斯的內心已經沉入深淵。在那裡的是有如鋼鐵般向納薩力克竭盡忠誠的一個僕人。既然如此，他沒有理由不服從主人賜與的絕對命令。

迷惘已被斬斷。剩下的僅有忠義之念。

塞巴斯的拳頭緊緊握起，以瞬殺速度做為唯一的慈悲，朝琪雅蕾的頭部飛去。

然後——

——一個堅硬的物體擋下了拳頭。

「——你這是做什麼？為什麼要妨礙我？」

「——！」

「…………」

塞巴斯為了打碎琪雅蕾的頭顱而揮出的拳頭，被擋了下來。

科塞特斯的其中一隻手臂，從緊緊閉起眼睛的琪雅蕾身後筆直伸出，阻止了塞巴斯的拳頭。

竟然擋下無上至尊下令使出的一擊，這難道表示科塞特斯懷有叛心嗎？

然而塞巴斯內心產生的疑問，立刻得到了解答。

「塞巴斯，你退下。」

塞巴斯雖然感到煩躁與疑惑，但仍打算揮出第二拳，然而一聽到安茲所言，聚集在拳頭上的力道頓時放鬆了。主人並未出言斥責科塞特斯，而是制止了塞巴斯。這表示科塞特斯擋住塞巴斯的攻擊，是本來就說好的。

一切都是安排好的。說穿了，主人的目的是要確認塞巴斯的心意。

微微睜開眼睛的琪雅蕾，應該是明白到自己眼前的斷頭臺已經遠去了吧。性命不再受到威脅，讓琪雅蕾的緊張情緒斷了線，兩眼帶淚並全身發抖。她雙腳不住打顫，差點沒倒下去，但塞巴斯沒有伸手扶她。不對，他是辦不到。

都到這個地步了，自己還能做什麼呢？對她見死不救的人，還有什麼資格呢？

無視於琪雅蕾的恐懼，安茲與科塞特斯開始交談。

「科塞特斯。剛才的攻擊的確能葬送那女人的生命嗎？」

「不會錯。是立即致命的一擊。」

「那麼，我就此判斷塞巴斯的忠誠沒有虛假。辛苦你了，塞巴斯。」

「不敢！」

塞巴斯表情僵硬地低頭。

「——迪米烏哥斯，你有異議嗎？」

「沒有。」

「科塞特斯？」

「沒有。」

「……威克提姆？」

「緋砥丹緋青紫茶灰（沒有）。」

「好。那麼進入下一個議題。」

安茲彈響了手指後，站起來，伸出手橫向一掃。長袍因為反作用力而飄飛起來。

「由於塞巴斯等人的努力，我認為已經收集到足夠的情報了。沒有理由長期逗留此地。

現在立刻撤出這間房子，返回納薩力克。塞巴斯，女人的處分就交給你了。我已經確認過你的忠誠，無論你怎麼做，我都沒有意見——我是很想這樣說，不過在放她走之前，必須稍作檢討。若是讓她隨便把納薩力克的事情說出去會很麻煩，你說是不是，迪米烏哥斯？」

「竊以為正如大人所言。既然還有未知敵人，最好盡量避免我們的情報外洩。」

「那麼，該怎麼做？」

「……應該先做個確認吧。」

「說得對……塞巴斯，琪雅蕾的處分就先暫緩。我想是不用殺了她，不過不能保證，記清楚了。」

琪雅蕾該如何處置，竟然會是連納薩力克的最高負責人安茲都無法即刻下判斷的問題，讓塞巴斯難掩驚訝。

「安茲大人。我們要從這棟宅邸——從王都撤退，是因為我的失誤嗎？」

「……可以說是，也可以說不是。剛才我也說過，我認為這附近該收集的情報都到手了。繼續潛伏此地沒有多大好處。按照我的計算，這樣做比較安全。迪米烏哥斯，威克提姆由我帶回去。拿來。」

從迪米烏哥斯手中接過胎兒天使——威克提姆後，安茲發動了魔法。

「『高階傳送（Greater Teleportation）』。」

發動魔法的同時，安茲像個舞臺演員那樣誇張地翻動了長袍。然後彷彿漆黑團塊往內收縮般，他的身影眨眼間消失了。

至今從未看過，些許刻意演出的退場方式讓塞巴斯有點傻眼，但他隨即猛然回過神來。

「對了，她看起來有點累。我想讓她到房間稍微休息一下。由我帶她去，這樣做已經沒有任何問題了，對吧，迪米烏哥斯？」

「……是啊。塞巴斯你說得沒錯。」

迪米烏哥斯露出惡魔般的微笑，優雅地伸手對著門扉，像是在說「請」。

「不過看情況，安茲大人也有可能再度傳喚你，這點我想你得有心理準備。我是覺得不用擔心，但我可不想在這王都當中獵捕狐狸喔。」

「跟我來。」

「……是。」

琪雅蕾以沙啞的聲音回應，就跟著塞巴斯後面搖搖晃晃地走出去。

走出房間，走廊上響起兩人的腳步聲。兩人都沉默不語地走著，不久就看見了琪雅蕾房間的門。明明距離沒有多遠，卻覺得好像走了很長一段時間。

來到門前，塞巴斯才像是終於下定了決心，輕聲說道：

「我無意道歉。」

塞巴斯感覺到跟在後頭的琪雅蕾身體輕輕震了一下。
「只是，主人會命我處置妳，是我的失誤。若是我能採取更好的手段，想必不會導致這樣的結果。」
「……塞巴斯大人。」
「我是安茲大人——與四十一位無上至尊的忠實僕人。就算同樣的事再度發生，我也一定會採取同樣的行動……所以妳就留在人世，獲得幸福吧。我會試著懇求安茲大人同意……安茲大人應該能進行記憶操作。就讓大人為妳消除所有不好的回憶，然後好好活下去吧。」
「……塞巴斯大人的回憶呢？」
「……我也會請大人消除關於我的回憶。因為就算記得也沒有什麼好處。」
「什麼叫作好處？」
塞巴斯從琪雅蕾的話中感受到堅強的意志，回過頭來。
正面反抗塞巴斯的，是雖然兩眼含淚，但以強悍眼神瞪著自己的女性。他感到有些動搖之餘，思索著該用什麼話說服她。
的確，納薩力克是非常美好的地方，可說是受到神祝福的場所。但是會這樣想的，只有由四十一位無上至尊創造出來的塞巴斯或其他人，以及納薩力克地下大墳墓的奴僕。
塞巴斯實在不覺得那塊土地，能讓沒有才能與能力的渺小人類獲得安樂。他也不認為那塊土地會接納弱小人類這種生命價值低微的存在。對，沒有絕對偉大主人的守護，她無法在那裡活下去。所以塞巴斯告訴她：

「……我是要妳在人世獲得幸福。」

「我的幸福之地，就是塞巴斯大人所在之地。所以請您帶我一起走吧。」

聽到琪雅蕾斬釘截鐵地說，塞巴斯覺得她很可憐。

「……妳似乎因為一點小事就感到幸福，但那只是地獄麻痺了妳的心靈罷了。」

因為見過最糟的狀況，所以連稍微好一點的惡劣環境都能讓她感到幸福，不過如此罷了。然而琪雅蕾卻取笑了這種想法。

「……我不認為這裡是地獄。能夠填飽肚子，又有份像樣的工作……我是在一個小村落出生長大。那裡的生活也很艱困。」

琪雅蕾的眼光只一瞬間彷彿望向遠方。那眼光很快恢復原狀，正面注視著塞巴斯。

「我們肚子餓得咕咕叫，再怎麼拚命耕田，收成也幾乎都被領主收走。沒留下多少自己吃的。不只如此，以領主的眼光來看，我們不過是玩具罷了。不管我再怎麼哭叫，他還是笑著侵犯我。他可是在笑著喔。我被那個——」

「——我明白了。」

塞巴斯將面露抽搐笑容的琪雅蕾一把拉過來，把整個人抱進自己懷裡，溫柔地摟著她顫抖的肩膀。塞巴斯感覺到就像那時候一樣，琪雅蕾潰堤般哭泣的眼淚滲進了自己的衣服裡。

她所見識過的、生活過的世界並不代表一切。只是，即使如此，對琪雅蕾來說，人世就是這麼悽慘。

塞巴斯陷入沉思。

怎麼做才是最好的？不管他怎麼想，答案都只有一個。但那個答案會激怒主人，很可能讓主人下令殺死琪雅蕾。

「妳可能會送命喔。」

「如果是被塞巴斯大人所殺，如果是給予本該死在那裡的我溫情的大人……」

琪雅蕾仰望著自己，她臉上浮現的表情，讓塞巴斯也下定了決心。

「我明白了，琪雅蕾。我會請求安茲大人讓我帶妳去納薩力克。」

「謝謝您。」

「現在道謝還太早了。在我懇求之後，也許安茲大人會叫我殺了妳——」

「——我已有心理準備了。」

「這樣……啊。」

塞巴斯放鬆了繞在琪雅蕾肩上的手臂力量，但琪雅蕾不肯離開。她抓緊了塞巴斯的衣服，以水汪汪的雙瞳仰望塞巴斯。

那眼瞳中帶有某種期待的色彩。塞巴斯有這種直覺，卻不知道她在期待什麼。只是，他想起有件事得先確認。

「讓我確認一件事。妳對人世沒有留戀嗎？沒有想回去的歸宿嗎？」

即使被請進納薩力克，也不代表今後就與人類社會永久斷了關係。因為他不是把琪雅蕾帶去那裡監禁的。但也難說沒有這種可能性。

「……我……有一點想見妹妹。但我更不想回想起過去的種種……」

「我明白了。那麼，妳進房裡去吧。我再去面見一次安茲大人。」

「是——」

琪雅蕾放開抓著塞巴斯衣服的手，手臂纏上了塞巴斯的脖子。

無視於表情不動聲色，內心卻混亂不知所措的塞巴斯，琪雅蕾踮起了腳尖。

然後塞巴斯與琪雅蕾的嘴唇相疊。

溫柔重疊的時間十分短暫。琪雅蕾的嘴唇很快就離開了。

「有點刺刺的。」琪雅蕾稍微後退，以雙手按住自己的嘴唇。「我第一次得到這麼幸福的吻。」

塞巴斯無言以對。然而，琪雅蕾注視著塞巴斯，甜美而開朗地笑了。

「那麼我在這裡等著。要讓您費心了，塞巴斯大人。」

「呃，嗯……我、我明白了，請妳稍微等一下。」

「怎麼了？你臉好像很紅喔？」

這是塞巴斯回到房間時，得到的第一句話。被人說自己臉紅，塞巴斯把呼吸調整得深沉而平靜。若是把剛才的動搖寫在臉上，豈有資格作為僕役迎接主人。塞巴斯制止自己差點去碰嘴唇的手，裝出符合完美僕役該有的表情。

「沒什麼，迪米烏哥斯大人。」

「不用那樣拘謹地稱呼我，塞巴斯。你可以像方才面對安茲大人——面對無比尊貴的大人時一樣直呼我的名字。科塞特斯，你呢？」

「我也不介意。」

聽兩名守護者這樣說，塞巴斯表示明白了。

後來過了五分鐘，空間歪扭起來。

當歪扭部分恢復原狀時，那裡站著一位人物。當然，那人就是安茲。方才還拿在手裡的安茲．烏爾．恭之杖不見蹤影，威克提姆也不在了。

塞巴斯、科塞特斯、迪米烏哥斯、索琉香。房間裡的四人一齊下跪，低下頭。

「有勞各位迎接。」

安茲繞到桌子後頭，在椅子上坐下。

「起來吧。」

四人一齊起立，視線望向心情看似極佳的安茲。

「讓我們進入正題吧。迪米烏哥斯，這下子證明了你有多愛擔心吧。我可是一點都不認為塞巴斯會背叛喔。你們太過謹慎了。何況我在王座之廳就確認過了。」

「萬分抱歉。也感謝安茲大人接受了我對大人的判斷提出異議的無謂意見。」

「沒關係。我有時也會有所忽略。只要想到迪米烏哥斯會為我多加注意，我也能放心。再說你是擔心我才表示意見，我的心胸可沒狹隘到會指責你喔。」安茲的視線從深深低頭的迪米烏哥斯轉向另一邊。「那麼，該談談如何處置那個人類女子了，塞巴斯。」

塞巴斯緊張得全身僵硬。他先是勉強擠出聲音，應了聲「是」，接著觀察了一下安茲的神色，然後才下定決心似的問道：「該如何處理琪雅蕾呢？」

沉默持續了一會，接著安茲說出像是提問的話。

「呃，我記得如果放了那名女性，我等納薩力克的情報會外洩，是吧？」

迪米烏哥斯在安茲的注視下，點點頭。

「是的。正是如此，大人認為該如何處理呢？」

「那就竄改一下記憶吧。然後……給她點錢，隨便找個地方扔了就是。」

「安茲大人，我想直接殺了她比較方便，也比較沒有後顧之憂。」

對於迪米烏哥斯的意見，索琉香點頭表示同意。安茲看了兩人的反應，略為陷入沉思。大概是覺得既然有兩個人抱持相同意見，就應該……吧。

塞巴斯內心急了起來。

一旦主人做出決定，就不容易請他更改了。雖說塞巴斯得到了安茲原諒，但迪米烏哥斯、科塞特斯與索琉香對塞巴斯的好感想必降低了不少。若是隨便講出反對意見，肯定會引起他們的不快。

但是，他這時必須提出意見。

塞巴斯開口，打算說出反對迪米烏哥斯的意見。然而，他終究沒機會說出來。因為安茲比他先開了口。

「……好了，迪米烏哥斯。我不太喜歡無益的殺生行為。應該說殺害了弱者，以後就不能利用了。只要還有一條命在，也許將來會有什麼用處，應該要考慮到這點。」

塞巴斯吞下放心的嘆息。對琪雅蕾的處分還沒確定。既然如此，就還有可能性。

「知道了……那麼讓她到屬下管理的飼育場工作如何？」

「喔，我記得你在養混種魔獸(Chimera)嘛。對了，你不考慮把牠們剁碎了做成糧食嗎？我們還得提升納薩力克內的伙食水準呢。」

迪米烏哥斯的視線，從喃喃自語著「混種魔獸排……不，應該是漢堡排」的安茲身上挪開，轉為某種望向遠方的目光。然後隨即轉了回來。

「……他們的肉質不佳，恐怕達不到糧食的水準。要用在光榮的納薩力克當中有點……」迪米烏哥斯微笑著，表示不推薦。「不過嘛，屬下有把死掉的家畜剁爛，餵其他的家畜吃。只是直接餵食的話他們不吃，所以我會做成絞肉。」

「唔……牠們會吃同類嗎？畜牲終究是畜牲啊。」

「您說得完全正確，安茲大人。不過這正是他們愚蠢而可愛，適合當成玩具的地方。只是他們是雜食性，也會吃小麥等食物，所以如果有剩下的小麥，是否可以賜與屬下一些呢？目前狀況來說，光靠搶來的分量有些不足。」

「牠們是重要的羊皮紙供應來源，我也不願讓牠們挨餓。我看這樣吧……塞巴斯，撤退前先買進大量小麥，給迪米烏哥斯。」

「我知道了。既然分量要多，那麼我想暫時租間倉庫，將小麥儲存在那裡。要如何從倉庫將小麥搬到納薩力克呢？」

「這個嘛……把夏提雅叫來，讓她用『傳送門(Gate)』把小麥運到納薩力克好了。之後就交給迪米烏哥斯處理，沒問題吧？」

「是。到了納薩力克後就由我們來搬。」

「很好。對了，迪米烏哥斯啊，你的功勞真可說是納薩力克第一，我對你深懷感謝。」

「謝謝安茲大人！有您這一句話，我迪米烏哥斯不知受到多大鼓勵！」

「……嗯，哎，你冷靜點。所以我有件事想問你。你工作如此繁重，會不會很辛苦？每次有事我都把你叫回來，你還得為了安定供應羊皮紙而營運飼育場，又要為塑造魔王做準備，託付你這麼多重要事宜，我怕你吃不消。」

迪米烏哥斯露出滿面笑容。塞巴斯從未看過他那種表情，是毫無惡意、讓人產生好感的笑容。

「您為了不才屬下如此擔心，真是感激不盡。不過，請您放心。這些工作都相當有意義，目前並未對屬下造成任何負擔。如果屬下判斷有所必要，一定會向您請求支援，屆時再請您費心了。」

「這樣啊，這樣啊。」

聽著主人欣喜的聲音，想到迪米烏哥斯口中的飼育場實情，塞巴斯內心顰眉蹙額。

塞巴斯與迪米烏哥斯同樣在納薩力克侍奉無上至尊，很清楚迪米烏哥斯的性情。迪米烏哥斯那種人不可能只是單純經營飼育場。就算飼育場養的是混種魔獸這種魔物也一樣——

塞巴斯腦中閃過一道鮮明而強烈的光芒。

因為他猜到迪米烏哥斯在飼育些什麼了。

他能把琪雅蕾送進那種地方嗎？沒錯，迪米烏哥斯也會保證琪雅蕾的生命安全。但他恐怕不會連她的精神狀態一起保證。

兩人的對話正好告一段落。要插嘴只能趁現在。塞巴斯做出如此判斷，於是向主人說道：

「——安茲大人。」

「嗯？怎麼了，塞巴斯。」

「如果可以的話——」他屏氣凝息。這是個賭注。非常危險的賭注。但他非得踏出一步。「我想讓琪雅蕾在納薩力克地下大墳墓裡效力。」

寂靜降臨室內，所有人視線集中在一處，安茲平靜地向塞巴斯問道：

「之前我也問過科塞特斯一樣的問題……塞巴斯啊，這樣做有什麼好處？」

「是。首先，琪雅蕾會做飯。現在納薩力克當中能夠下廚的，只有料理長與副料理長這兩人。請容我將由莉等人當成例外。考慮到納薩力克今後的需求，竊以為會下廚的人能再多一點更好。而且我認為測試人類在納薩力克工作的效果，也是一大好處。藉此顯示連人類這種劣等生物也能在納薩力克效力，應該能夠成為非常良好的前例才是。其他還有——」

「——知道了，知道了，塞巴斯。」

聽到塞巴斯滔滔不絕地強調琪雅蕾的用處，安茲舉起手打斷他。

「我知道了，塞巴斯。我完全明白了你想說什麼。的確，我之前也想過會下廚的人太少，是個值得考慮的問題。」

「可是，安茲大人。她能做出適合納薩力克的料理嗎？」

塞巴斯倏瞬間狠狠瞪了迪米烏哥斯一眼。對於這樣的塞巴斯，迪米烏哥斯露出了微笑。

討厭的傢伙——塞巴斯在口中咬碎了咒罵。

就算安茲原諒了塞巴斯，迪米烏哥斯也並沒有原諒他。所以他在琪雅蕾的處置上，無論如何都不想如了塞巴斯的意，一定是這樣的。

「這話說得也很有道理。那麼你的看法呢，塞巴斯？」

「……琪雅蕾會做的似乎是家常菜。若是問我適不適合納薩力克……我想有點難以回答。」

「家常菜嗎。我認為在納薩力克，應該用不到蒸熟馬鈴薯之類的餐點吧。」

「我不得不說迪米烏哥斯的想法太草率了。因為能做家常菜，表示只要向料理長求教，其他料理也一樣學得會。不該只看現在，而是要放眼將來。」

「那麼真希望她能到我的牧場幫忙製作餐點呢。做絞肉也不是件輕鬆事喔。」

「我是——」

兩人吵鬧不休。安茲望著他們的對話。

同時，也望著兩人背後浮現的光景。他們的創造主的身影，往昔時光的幻影——

●

「那麼，今天要去哪裡呢？」

「炎之巨人——」

「冰之魔龍——」

「……呼。烏爾貝特桑，我們之前就說過要去打炎之巨人的頭目，刷史爾特爾的掉落道具，你不記得了嗎？」

「塔其桑才是忘記了吧。有人要狩獵魔龍才能滿足特殊職業的轉職條件，不是嗎？」

「……是這樣沒錯，但掉落道具也是夜舞子桑強化必須的啊。」

「啊，我無所……」

「你是指太初之火嗎？那太初之冰也一樣需要吧？既然如此應該先狩獵魔龍……」

「……現在掉寶率因為付費而提高了。比起魔龍，史爾特爾的原始掉寶率比較低，你不覺得應該先打牠嗎？」

「那下次我付費就好了嘛？」

「……所謂、謂、謂……」

「……潛入深淵去打女夢魔之類的情色系魔物怎麼樣？」

「老弟，你給我閉嘴。」

「惡魔系的話，我想去打討伐七大罪魔王之類的。雖然可能需要做不少準備就是了。」

「……塔其桑，我認為你不該這麼任性。看看現在聚集的成員就知道，去消滅冰之魔龍比較有效率，不是嗎？」

「不，任性的是烏爾貝特桑吧。再說我們玩遊戲可不只是為了效率。」

「魔法職業最強跟戰士職業最強別吵架啦……」

「那兩個人從以前就是那樣。他們找我加入時就那樣了。」

「竟然會想跟粉紅色的肉棒攀談，塔其桑真是偉大啊。」

「……茶壺桑還有佩羅羅奇諾桑都把武器放下，好嗎？我要動用公會長特權嘍。」

「七大罪魔王是不是已經被哪個公會打掉了？」

「傲慢好像被消滅了。網路上有人貼了。」

「只要把七大罪全打倒好像就一定能獲得世界級道具(World)——畢竟那可是世界級敵人嘛。」

「說到世界級道具，我們來做用『熱質石(Caloric Stone)』當成主核心的最強哥雷姆嘛。」

「Noobow桑。我覺得比起做成哥雷姆，不如鑲到武器上比較好吧？」

「我個人覺得鎧甲也不錯就是。」

「哎，這方面的確需要多考慮一下。畢竟這可是能向營運團隊做出要求的道具，再稍微考慮一下也沒關係吧。」

「就是啊，飛鼠桑。」

「雖然已經知道刷『熱質石』的方法了，不過那會消耗很多從隱藏七礦山採集的金屬呢。」

「除非獨占礦山，否則絕對拿不到，真教人頭痛啊。」

「就是啊。只要各公會還在分割管理，一用掉就再也拿不到了。也不可能大家排隊使用嘛……把情報賣給三位一體之類的如何？起了貪念的人應該會爆發衝突，我們就趁機來個漁翁得利。」

「把情報賣給『聯盟』，讓他們自相殘殺是嗎？不愧是布妞萌桑，詭計多端呢。」

「說到『聯盟』，他們好像又在計劃結盟喔。」

「咦？這是為什麼？」

「聽說是因為他們搶了某個忘記叫什麼的公會獲得的世界級道具，所以對方公會改變了方針。」

「哎呀——不過想跟上次一樣組成高階公會同盟，恐怕很難吧。」

「——那麼就由飛鼠桑來決定如何？」

「我覺得這樣很好。公會長覺得該怎麼做？」

「……咦？什麼？我完全沒在聽耶……咦？哦，這種時候來問我喔？……真是……那就依照慣例採取多數表決，不留麻煩吧。」

「我沒異議。」

「我也是。」

「那麼，新金幣代表烏爾貝特桑。舊金幣就代表塔其桑吧。好——各位，手上請拿著金幣。現在開始聽兩人說明嘍——」

●

「——你們吵夠了沒有，現在可是在安茲大人御前！」

科塞特斯對吵得愈來愈凶的塞巴斯與迪米烏哥斯潑了一桶冷水。

兩人轉向凝視著自己的安茲，不約而同地變了臉色。雖然無法從空虛眼窩中晃動的火焰看出情感，但視線當中包含著強烈的力量，是無庸置疑的事。

兩人判斷主人隨時可能怒聲斥責，同時採取了行動。

「在安茲大人的面前，屬下失禮了！」

「讓大人看到如此愚蠢的行為，屬下萬分抱歉！」

兩人低頭謝罪，然而安茲的反應，卻令他們無法理解。

「——啊哈哈哈！」

室內突然響起了笑聲。那是非常快活而開朗的笑聲。

他們不記得安茲有這樣心情愉快地發笑過，科塞特斯、迪米烏哥斯、塞巴斯與索琉香，目睹這難以置信的景象，全都看傻了眼。

「沒關係。我准，我准你們吵！對啊！就得像這樣吵個沒完才行，啊哈哈哈。」

雖然完全不明白是什麼觸動了安茲的心弦，總之塞巴斯心想這下事情應該有了轉機，安心地悄悄嘆了口氣。

「啊哈哈……嘖，被壓抑住了嗎……」

突然，像是斷了線般，主人的氛圍沉穩下來，不過看起來心情好像還不錯，應該不是塞巴斯看錯了。安茲心情舒暢地對塞巴斯說道：

「我已經明白塞巴斯想說什麼了，不過很可惜，把人類帶進納薩力克地下大墳墓總是不太好。話雖如此，我想看看那個叫琪雅蕾的女人。帶她過來。」

「咦？啊——是！屬下明白了！」

塞巴斯雖然內心對安茲的奇妙發言費疑猜，但仍然立刻走出房間，把琪雅蕾帶回來。

「安茲大人，我帶她來了。」

「嗯，把她帶過來——」

安茲從椅子上探出身子。凝視著琪雅蕾的模樣相當詭異。

是不是有什麼地方讓主人感到不快？塞巴斯側眼觀察著琪雅蕾，但她跟剛才並無不同，他一點也不明白主人為何會顯示出這種態度。

「……很像呢。」

輕聲漏出的低語，應該不是刻意說出口的。

「……歡迎妳來，琪雅蕾。首先我得說清楚。我基本上是不會警告第二次的。因為我想尊重對方的選擇。就算結果會導致那人的不幸也一樣。以這一點為前提，我要問妳。只要妳撒謊，事情就不用談了，如果妳給的不是我要的答案，這件事也到此為止。」

站在一旁的塞巴斯聽見了琪雅蕾吞下口水的聲音。這也難怪。聽到這番語帶威脅的話，她應該對自己接下來的命運感到很不安。

「那麼，我問妳。告訴我妳的全名。」

塞巴斯不懂這個問題的意義。為什麼要問這個？

側眼偷偷一瞧，琪雅蕾的視線正在房間中徬徨。那態度說明了一切。

（誠實回答吧。）

塞巴斯在心中祈求。

她連對塞巴斯都沒說過本名，可見本名很可能有什麼問題。即使如此，如果對主人撒謊，將會有最糟的狀況等著她。

沉默持續了一會，等經過了讓人焦急的一段時間後，琪雅蕾終於像蚊子叫一樣小聲說：

「琪、琪雅蕾……琪雅蕾妮納。」

「姓呢？」

「琪雅蕾妮納．貝隆……」

「原來如此……原來如此……那麼我問妳，琪雅蕾妮納。妳的心願是前往納薩力克地下大墳墓，也就是我等統治的土地，並且在那裡生活，是嗎？……納薩力克地下大墳墓不是人族生存的世界。不，我的意思不是說人族在那裡不能生活，而是那裡沒有人族這種種族。因此，我不知道那裡適不適合妳生存……妳也可以選擇收下我給妳的大筆財富，到遙遠的人族土地過日子喔。」

這提議實在太過寬宏大量，讓人不明白安茲為何要做到這個地步。然而，琪雅蕾沒有一點猶豫，立刻回答：

「我、我想跟塞巴斯大人……一起生活。」

安茲緩緩點頭。空虛眼窩中亮起的紅光奇妙地柔和。

「好。聽好了，我的僕人們。」

所有人全都表示出恭敬態度，琪雅蕾也趕緊有樣學樣。

「我以安茲．烏爾．恭之名，保護琪雅蕾妮納今後的安全。我可以將妳當成納薩力克地下大墳墓的客人，不過妳的希望呢？」

「謝、謝謝大人。不、不過，請讓我跟塞巴斯大人一起工作。」

「——如果妳希望如此的話。那麼琪雅蕾妮納就暫且成為塞巴斯直屬的臨時女僕。塞巴斯，給她恰當的工作吧。同時六連星(Pleiades)今後改為七姊妹星團，按照規定變更小隊指揮官。不過，不要讓她離開現在的位置，讓由莉．阿爾法代任指揮官吧。」

索琉香深深低頭。

「還有，告訴納薩力克地下大墳墓的所有人，琪雅蕾妮納已在安茲．烏爾．恭之名的保護下。同時，她也是與你們一起效力之人。」

除了琪雅蕾與安茲之外，房間裡所有人一齊低頭。

「迪米烏哥斯，你對我的決定有沒有異議？」

「完全沒有。安茲大人所說的話，就是納薩力克地下大墳墓的法律。不過，我想很多人會對迎接人類到我等祝福之地感到不解。該如何勸說他們呢？」

「……冷靜想想，夜舞子桑的妹妹明美桑雖然是森林精靈(Elf)，但我們也曾經請她來過納薩力克。沒人說人類就不可以吧。若是要這樣計較的話——」

安茲看著在房間裡待命的索琉香，接著說：

「——那我得把妳們的小妹也趕出去了。」

「不過不老能否稱為人類，還有待商榷就是了。」

「確實如此，索琉香。那麼，迪米烏哥斯。你就說這是我說的。告訴大家誰有意見就來找我。我來跟他解釋。」

「屬下明白了。沒有其他問題了。」

「那麼來確認一下吧。首先我們立刻撤出這棟宅邸。布署於這棟宅邸的所有警備兵即刻歸返納薩力克。塞巴斯與索琉香處理在王都的最後一件工作，就是替迪米烏哥斯收購小麥，並搬到倉庫。買齊足夠數量後，就送夏提雅過來以『傳送門』搬運小麥。就這樣吧？」

所有人不發一語地低下頭，琪雅蕾環顧周圍，也趕緊低頭。

「那琪雅蕾妮……琪雅蕾怎麼處理？跟我們一起回去？還是跟塞巴斯一起回去？」

「屬下認為跟我一起回去，可以省去比較多的麻煩。」

「是嗎，塞巴斯，我知道了。那麼塞巴斯、索琉香，把那些警備用的下屬帶到這裡來。

用我的魔法回去吧。」

「遵命！」

目送三人走出房間後，迪米烏哥斯向安茲問道：

「您認識那個女孩嗎？」

安茲沒回答這個問題，慢慢從椅子上站起來。然後把臉轉向無人的牆壁。那動作看起來，就像有人站在那裡。隔了一小段時間後，安茲開口了。

「我這個人呢，迪米烏哥斯，秉持有仇必報的精神。而同樣的，我也認為受人恩惠，一定要還。」

安茲從空間中取出一本書。這本皮革封面的書，是以細繩裝訂而成，做工說是一本書略嫌粗糙。

「我讓司書長翻譯過了，不過這是原來的版本。是某個……姊姊被貴族擄走，燃燒怒火的一名少女的日記。」

在某個村子裡，有一對感情很好的姊妹。年紀輕輕就父母雙亡的兩人，雖然生活貧困，仍然互相幫助，相依為命。

然而，姊姊卻被領主——而且是只有極壞風聲的貴族擄走，帶去做女妾了。若是姊姊能夠過得幸福，也許做妹妹的還能忍住淚水祝福她。可是，妹妹從至今聽聞的風聲，猜得到姊姊只會被當成玩具凌虐，玩膩了就像垃圾般被丟掉。

而她的猜測成了事實，憤怒的妹妹尋求幫助，離開了村子。因為沒有人願意幫助她。不久她發現自己擁有魔法的才能，為了運用這份才能救出姊姊，她逐步累積力量。只不過，她的目的還沒達成，就宣告結束了。

日記當中大部分都只是記載了簡短的一句話，最後一頁寫著的，是對與她一同出發採藥草的兩名冒險者，飛飛與娜貝的讚賞之詞。

「我從這本日記學到了某種程度的一般知識。那麼這就算是我欠妳的。我欠妳的恩情，就還給妳姊姊吧。」

安茲摸了摸積年累月而變色的皮革封面，然後收回空間裡。

「安茲大人，屬下還有一件事想請您允許。」

「怎麼了，迪米烏哥斯？」

「我看過塞巴斯呈交的資料，有件事讓我在意，可以給我一點時間嗎？」

「有什麼問題嗎？」

「是。有個地方我想去看看。我會盡量在安茲大人回去之前回來，但由於我得尋找那個地方在哪裡，因此或許會花上一點時間……要讓安茲大人等候實在是大不敬，但可否請您給我一點時間……」

看著神色凝重的迪米烏哥斯，安茲為了讓他安心，開朗地說：

「沒關係，迪米烏哥斯。你是為了納薩力克的利益才有此行動吧？為了納薩力克的利益而等候，我一點都不以為苦。去吧，迪米烏哥斯。」

「謝謝大人！」

## 2

### 下火月〔九月〕四日 15：01

黎明到來，塞巴斯與索琉香忙碌的一天開始了。

他們也可以不告而別，但至今營造的商人身分就這樣白白捨棄掉太浪費了，所以他們決定演一場戲，假裝要回帝國。

他帶著只有剛來時與大家碰過一次面的索琉香，向有所往來的商人與工會的人報告回國一事。

當然不可能只寒暄兩句就結束，多少也得話點家常，這是提昇人際關係時不可或缺的工夫。更何況，事實上沒有那個男人會不願意跟索琉香這樣的美女交談，於是耗費的時間也就更多了。

結果每造訪一個地點都得要待上三十分鐘，等到他們向所有人報告完畢的時候，時間已經很晚了。

「雖然花了非常多時間，不過暫用倉庫以及搬運小麥的作業都完成了。這樣就沒事了，可以回納薩力克了吧。」

索琉香說話語氣中難得帶有喜悅之色。塞巴斯看出這是因為能回納薩力克地下大墳墓，而且也完成了主人下達的指令，讓她心滿意足。由於在王都收集情報基本上是塞巴斯的工作，她大概沒什麼機會體會到為主人效命並收到成果的成就感吧。

這次的歸返在名目上，必須輪到扮演主人的索琉香出場，這是她的工作。想必讓她得到了極大的滿足感。看她一副幾乎要哼歌的模樣。

實際上，多虧她心情極佳地跟商人們交談，使得交涉在各方面都對他們有利。比方說倉庫的租金，就算扣除了大量購買小麥這個理由，也算得上特價大優惠。

（長得漂亮就是吃香呢。）

塞巴斯打從心底這樣想著，將馬車停在宅邸的院子裡，帶著索琉香走向大門。

塞巴斯在門前掏出鑰匙，插進鑰匙孔。

然後他一如平常地轉動鑰匙，卻沒聽見該有的喀嚓聲，也沒有開鎖的觸感。

塞巴斯疑惑地皺起眉頭，與索琉香面面相覷。

——門是開著的？

一推，門微微開啟了一點。

宅邸裡只留下了琪雅蕾一人。她不可能一個人到外頭走動。

「鑰匙孔上有幾個新的刮痕。很可能是被某人撬開——」

沒等索琉香說完，塞巴斯用力推開了門。他絲毫沒考慮到有陷阱的可能性。就算有陷阱，一腳踩碎就可以了。

已經完成撤收工作的宅邸，懷抱著空蕩蕩的冷清感。他一腳踏入屋內，用上全副的探測能力，尋找生物的呼吸——琪雅蕾的蹤跡。

然而他完全感覺不到人類的氣息。

「琪雅蕾！琪雅蕾，妳在嗎！」

他大聲呼喚，在屋子裡到處尋找。

塞巴斯找遍了每個角落，但沒找到她。不但沒找到她，連一點蛛絲馬跡都沒找到。簡直像是憑空消失了一樣。

（不對，肯定是有某人入侵了。沒聞到血腥味，所以應該只是被綁架了。這樣的話，綁架犯的要求是……）

塞巴斯握緊拳頭。

果然不該留下琪雅蕾出去告別的，他對自己的失敗氣惱不已。

他本來就不放心把琪雅蕾一個人留在宅邸裡。由於自己曾跟非法組織起過衝突，他覺得危險遲早會找上門來。

即使如此，他還是讓琪雅蕾一個人待在屋裡，是因為她的心靈創傷還沒治癒，對外界仍然感到害怕，也會怕人。她在與主人他們會面時之所以沒有陷入恐慌，大概是因為他們的外形與人類相差甚遠吧。那時琪雅蕾的反應不是心靈受到傷害的人，而是「看到怪物的一般人」的反應。

就算讓她留在馬車上，說不定也會引起一些麻煩，這樣的擔憂讓塞巴斯決定把她留在宅邸裡。

而且他以為既然已經把整間娼館砸了，對方想重整旗鼓或是計劃襲擊，應該都還需要時間。

如今只能說，他的想法太天真了。

塞巴斯快步走過走廊時，有個聲音叫住了焦躁的他。是從會客室傳來的。

「塞巴斯大人，這邊。」

「索琉香，她在那裡嗎？」

怎麼可能會在那裡。塞巴斯剛才也稍微看過會客室了。但他還是抱著一絲渺茫的希望。

走進房間，只見索琉香站在房間中央，手上握著一張羊皮紙。

「紙上似乎寫了些什麼——」

「給我。」

不等索琉香回答，塞巴斯從她手中像是用搶的一樣拿走了羊皮紙。然後他啟動了魔法道具，讀過紙上寫的文字，怒形於色地捏爛了它。

「她被綁架了。所以，我要去救她。」

索琉香的回答十分平靜，不帶感情。

「屬下也認為應該這樣做。」

這實在不像索琉香會說的話，讓塞巴斯睜圓了眼睛。

「不過，安茲大人的命令，是要我們撤退回到納薩力克地下大墳墓。是不是應該先以這項命令為優先呢？」

「要回去，也得帶著琪雅蕾回去。」

「塞巴斯大人……屬下認為您這次如果又擅作主張，會引來很大的危險。第一，您要去哪裡救人呢？」

「紙上十分親切地指定了時間與地點。對方似乎是我搗毀的娼館的經營組織關係人。」
「原來如此。不過，在您前往之前，應該向安茲大人報告一聲。打從一開始若不是塞巴斯大人搗毀了娼館，也不會導致這樣的狀況。您這樣不是違背了安茲大人要求我們低調行動的旨意嗎？塞巴斯大人您如果再度擅作主張，就等於再度違背安茲大人的旨意……再說，塞巴斯大人忘了那時候安茲大人說過的話嗎？」
這番話中，有句話像閃光般掠過腦海。安茲大人決定以誰之名保護琪雅蕾的生命安全？
「向安茲大人報告。就說琪雅蕾被綁架了，請問大人我們該怎麼做。」

## 3

**下火月〔九月〕四日** 15:15

「哼哼哼——」
開心地哼著自創自編的歌曲，雅兒貝德將針穿過毛線圈，然後將毛線一扯。接著再把針刺進去，一扯。重複幾次相同動作後，黑布就被縫在白毛線打成的球上。接著她把布塞進白球裡，讓球變得更圓。

細細端詳著接近渾圓球體的毛線布偶後，雅兒貝德臉上浮現出溫柔的微笑。那表情洋溢著慈愛，宛如女神一般。

「好！安茲大人的頭部完成了！」

她心滿意足地握了一下拳頭，然後撫摸著毛線編成的頭蓋骨。

那頭蓋骨的眼睛與嘴巴是用貼布繡縫上去的，非常可愛，要是讓安茲看到了，一定會很害羞。

「好了，接下來做身體……」

她極其溫柔地把毛線編的頭蓋骨放在桌上角落，然後從椅子上站起來，去拿白毛線球。

這裡是雅兒貝德的個人房間。

說是個人房間，雅兒貝德原本是分配到王座之廳做為防衛場所，所以本來並沒有私人房間。

但安茲判斷這樣以納薩力克地下大墳墓守護者總管的身分來說有點問題，因此一聲令下，將四十一位無上至尊的備用房間賜給了她。

跟安茲的房間一樣，雅兒貝德的起居室也很寬敞。因此老實說，本來就沒有多少私人物品的雅兒貝德，原本還覺得這房間實在太大了。

然而，在這裡生活了差不多兩個月後，情況不同了。

原因之一，出在雅兒貝德此時正要打開的更衣室。

房間裡到處都是安茲。

當然，是做出來的假安茲。包括描繪著各種不同姿勢的好幾個等身大抱枕在內，還放了無數Q版造型的安茲布偶。

這裡正是雅兒貝德的祕密房間之一，是連來房間打掃的女僕都不許進入、不可侵犯的聖域。通稱後宮房。

「咕呼呼呼呼呼──」

雅兒貝德發出奇怪的聲音，跳了起來。她拍動長在腰上的翅膀，減緩速度撲向抱枕。動作有如橄欖球員的擒抱。

雅兒貝德緊緊把抱枕摟在懷裡，就這樣滾倒在地板上。地板上也放了各式各樣的安茲，所以絕不會撞痛了身子。

她就這樣埋在三個安茲抱枕裡，發出奇怪的笑聲。

「咕呼呼呼呼。拜領安茲大人的床單做成的最新抱枕……等於是跟安茲大人同床共眠。咕呼呼呼呼……」

把臉埋進抱枕裡，雅兒貝德抽抽鼻子聞味道。

「沒有味道……呢。」

那聲音顯得非常遺憾。聽到的人都會產生罪惡感。

因為身為不死者的安茲根本不需要睡眠，不會使用寢室，而且一身白骨，因此沒有任何體味。他會入浴沖掉濺在身上的血或塵埃，但他自己的身體不會分泌任何氣味成分。

「唔，嗯？這是……難道是……安茲大人的……」

然而，換做是戀愛中的少女，就連安茲不可能產生的微弱氣味，她都能聞得出來——不過也有可能只是鼻子的幻覺。

「咕！咕呼呼呼呼呼呼嗚嗚嗚！」

她以與其說是守護者總管倒不如說是變態的舉止，把臉埋在裡面吸吸吐吐。

「啊——好幸福喔。」

身為納薩力克的守護者總管，雅兒貝德的職務涉及許多方面。納薩力克內的士兵布署與布置周邊警戒網等各項事宜、確認納薩力克內的防衛狀況，還要在王座之廳待命確認所有人的狀態等等，多的是讓人眼睛痠痛的工作。

因此，進入這個房間養精蓄銳，對她來說是非常重要的事。

「啊——好想見安茲大人。好想見安茲大人。啊——好想見他。」

她用力抱緊枕頭，藉以宣洩對與安茲一同旅行的娜貝拉爾的怨氣。就在這時——

「——雅兒貝德。」

她身體嚇得一震。

雅兒貝德額上冒著冷汗，臉部抽搐地環顧四周，確定聲音是來自於魔法。

「安、安茲大人！有何吩咐嗎？」

「剛才，塞巴斯——不，是索琉香傳『訊息(Message)』給我，塞巴斯撿來的女人琪雅蕾似乎被綁架了。因此，麻煩妳編組一支支援塞巴斯的部隊。」

聽到他說琪雅蕾，雅兒貝德馬上想到那是誰。

雖然安茲一回到納薩力克，就立刻前往耶・蘭提爾去扮演飛飛了，不過大致上的事情，她都聽留下來的迪米烏哥斯說過。

「請原諒我對安茲大人的決定提出異議的愚蠢行徑。可是，人類這種下等生物有那種價值，必須特地編組部隊去救嗎？如果是跟夏提雅那件事有關的人在背後牽線，屬下還能明白……」

「不，我想此事應該與夏提雅被控制無關。這次這件事似乎是潛伏於王國內部的犯罪集團所為。」

「既然如此，那更……」

「雅兒貝德啊。我可是以安茲・烏爾・恭之名約定要幫助琪雅蕾。妳明白嗎？」

語氣中呈現的氣氛全變了。

灼熱的怒火傳達給了雅兒貝德。她的喉嚨像是黏住了似的發不出聲音。

「妳明白吧？妳應該明白吧！我可是特地拿出這名字說好要保護她喔！但竟然還有人敢綁架她。這就表示大家取的這個名字被人踩在腳底。就算那些人不知情，也絕不可原諒！」

他堅決地講到這裡，忽然，傳來一種憎惡減緩的氣息。

可能是情緒超過一定標準，因此遭到抑制了吧。

「……抱歉。我對那些該死的綁架犯有點動氣了。雅兒貝德，原諒我。」

聽見主人冷靜的聲音，她的心情才稍許恢復平靜，終於能夠說話。

縱然知道至高無上的主人並非對自己動怒，然而就算是雅兒貝德，也還是會感受到壓力。

「安、安茲大人並未做出任何需要道歉的事。」

即使安茲並不在眼前，雅兒貝德仍然深深鞠了個躬。

「……那麼雅兒貝德，我命妳平安救出琪雅蕾妮納。」

「遵命！救出此人的同時，我也會嚴懲觸怒安茲大人的那些人類！」

「也好，麻煩妳了。對了，迪米烏哥斯應該還在納薩力克處理搬運小麥的事吧？讓他擔任負責人。」

「由我直接行動——」

「不，雅兒貝德，我需要妳保護納薩力克。把迪米烏哥斯送過去。還有別忘了多加小心，千萬不可以讓真面目曝光。那麼王都一事就全權交給妳與迪米烏哥斯負責。好好辦。」

「謹依尊命！」

「訊息」解除，房間恢復了寂靜。雅兒貝德慢慢站起來，把抱枕仔細收好。

「……不過，我真不明白。」

輕聲低喃的雅兒貝德，眼瞳中含藏著異樣僵硬的光輝。她的臉朝向房間一隅。

這個房間不許任何女僕進入，原因之一出於雅兒貝德的獨占欲，不想讓任何人碰自己做的這些安茲人偶。另外一個原因就在那個角落。

那是繡有安茲．烏爾．恭公會標誌的紋章旗。

本來應該掛在房間入口附近的旗幟，現在卻被扔在房間角落，布滿灰塵。從那裡看不出敬意或尊敬，只有侮蔑、憤怒與敵意。

「安茲．烏爾．恭嗎……無聊透頂。」

雅兒貝德想起代替安茲．烏爾．恭的紋章旗掛起的巨大旗幟。由於那面旗幟實在太大，變得像歌劇院布幕一樣厚重地垂掛著。

「這座納薩力克地下大墳墓是只屬於您的。我雅兒貝德，只想向您一個人效忠。啊啊……希望有朝一日還能聽見您那美妙的名字——」

# 第七章 襲擊前準備

# Chapter 7 | Attack preparations

# 1

## 下火月〔九月〕三日　18：27

與克萊姆叫來的衛士換班，踏上歸途的布萊恩回到葛傑夫的宅邸時，時間已經過了傍晚。一從戰鬥中獲得解脫，才發現肚子餓得胃都發酸了。

（……如果史托羅諾夫也是餓著肚子等我，那可真是過意不去。）

他推開宅邸的門。布萊恩那毫不客氣的態度好像把這裡當自己家一樣，不過不用說，是葛傑夫准他這樣做的。

進入宅邸，往葛傑夫借自己的房間走去時，大概是聽到了聲音吧。有個腳步聲往布萊恩走來。

他猜測來人是葛傑夫，而當腳步聲的主人步下階梯時，證明了他猜得沒錯。

「回來得真晚啊，安格勞斯。到哪去了？」

葛傑夫的詢問中並沒有責問的語氣。當布萊恩覺得這個問題有點難回答，思忖了一下時，他反而還對布萊恩投以亮著興趣燈火的眼光。

「方便的話，一邊吃飯一邊聊如何？」

這個提議正合布萊恩的意。

布萊恩摸著肚皮對他笑笑。

「這個提議真是太棒了。那我們到哪裡吃？」

葛傑夫先是露出有點驚訝的表情，然後說「這邊」，帶他到了飯廳。

「你要叫僕人弄飯嗎？還是說，難不成史托羅諾夫你要下廚？」

聽了這不經意的疑問，葛傑夫面露苦笑。

「不，我完全不會下廚。」

說完，他將嘴巴抿成ㄟ字形，補充道：

「不過，我家僕人可能是年紀大了，調味都好淡。做這門重度勞動的工作，就會很想吃重口味的食物……但我家僕人就是不懂這一點。」

布萊恩輕輕一笑，揶揄著問：「王國最強的戰士長，都被迫吃些清淡的健康食品啊？」，葛傑夫也毫不介意，板著一張臉回答：「就是啊。」

「其實請你嘗嘗我家引以為豪的素菜也不錯，不過我還是出去買了。」

「這樣啊。那得謝謝你的好意了。」

他說著咧嘴一笑，葛傑夫好像覺得很有趣，也跟著輕聲笑了。然後他反擊似的問：「那安格勞斯你會下廚嗎？」

然而這一記反擊揮空了。

「雖然做不出什麼好菜，不過簡單的還可以。畢竟遠行練武時，自己不會煮飯就傷腦筋了。」

「原來如此。」葛傑夫一邊回答一邊走進飯廳，拎起放在牆角的籃子。

籃子大小差不多可以放進一個小寶寶。從裡頭飄散出隱約刺激鼻子與胃的誘人香氣。

兩人面對面坐下來。

從籃子裡取出好幾種料理擺在桌上後，兩人拿起斟滿葡萄酒的酒杯，互碰一下。也沒有特別為了什麼而乾杯。兩人沒說什麼，咕嘟咕嘟地喝著紅酒。

新鮮而爽口的風味在口中擴散開來。

喝了差不多兩口之後，布萊恩放下酒杯。他呵出一口氣，感慨萬千地低語：

「……好久沒喝到酒了。」

「我也是。應該說這陣子都沒回家吃飯。」

「……在王宮執勤也不輕鬆呢。」

「坐戰士長這個位置，要做的事情還挺多的。」

「王室警備也是你的工作嗎？」

「是啊。大多數時候這才是我的主要工作。」

聽了葛傑夫的半輩子人生，布萊恩從中感受到葛傑夫這個漢子的剛正不阿。其實偶爾曲從一下也不會怎樣，但他就是堅持要走正路。

（那些貴族一定討厭死這種平民了。）

布萊恩似乎猜得沒錯，葛傑夫話裡極少談到貴族。明明位居王國戰士長這種崇高的地位，話題內容卻幾乎都是作為士兵的事，或是關於自己侍奉的王室。絲毫沒有提到舞會之類的奢華世界。

在鄰近的帝國，這種風氣已經漸漸消失了，然而在王國，貴族與平民這兩種身分之中，仍然隔著一堵高高的厚牆。

突然間，布萊恩覺得很可笑。

過去他為了戰勝葛傑夫而練劍，還自顧自地想下次碰面時就要殺個你死我活。然而現在兩人卻成了朋友，舉杯共飲。

也許自己的這種想法傳達給了對方，葛傑夫也露出笑容。

兩人同時舉杯互碰。可能是有了三分酒意，碰得用力了點，杯裡的葡萄酒灑了出來，弄溼了桌子。

「喂喂，別灑在菜上喔。」

「灑上去了變成葡萄酒味，搞不好不錯吃喔？」

「我舌頭很遲鈍所以是無所謂……難不成安格勞斯你也跟我一樣？」

「布萊恩。叫我布萊恩就好。」

「是嗎。那你也叫我葛傑夫吧。」

「知道啦，葛傑夫。」

兩人再度相視而笑，酒杯相碰發出「鏗」一聲。

葛傑夫的話題無所不包，講到布萊恩所不知道的世界，聊得正起勁時，葛傑夫用若無其事的語氣問他：

「話說回來，布萊恩。像你這樣的男人，怎麼會變成那樣？」

葛傑夫問話的語氣好像小心翼翼，或者像是怕碰了人家的傷口。窺探似的眼神，並不是想看穿真偽，而是擔心刺傷布萊恩的心吧。

「嗯，謝謝。」

布萊恩沒來由的道謝讓葛傑夫愣住了，他那表情實在逗趣，讓布萊恩的臉頰線條緩和了點。然後他坐正姿勢，開口說：

「……我遇見了怪物。」

「怪物？你是指魔物嗎？」

「我想，應該是吸血鬼（Vampire）吧……名字叫作夏提雅・布拉德弗倫。只用一根小指就彈開了我自創的……用來打倒你的招式。」

布萊恩察覺到葛傑夫的瞳孔微微放大。

「……這樣啊。」

只說出這句話，葛傑夫就咧嘴露出了粗獷的笑容。布萊恩很清楚那笑容裡包含了何種情感。

渴望擊潰強敵的戰士之心。

那是布萊恩曾經對葛傑夫懷有的情感。葛傑夫應該也渴望能與布萊恩一戰吧。再經歷一次那場讓人汗毛直豎的死戰——

然而，野獸般的暴戾笑容立刻就消失了。剩下的是王國戰士長的笑容。

布萊恩舉出吸血鬼的外貌特徵，葛傑夫回答「沒聽說過」，仰頭喝下一口葡萄酒。布萊恩也以葡萄酒潤唇，講起當時的戰鬥——不，是單方面的蹂躪。

不過，他絕口不提自己當時受僱於傭兵團的事。雖然他覺得葛傑夫也許會說每個人有自己的人生，但面對這個剛直的男人，他實在不願提起過去的自己為了追求劍術無所不用其極，這輩子以來幹過哪些勾當。

葛傑夫默默聽他講完整件事，眼中毫無懷疑之色。

「你願意相信我說的嗎？」

「……畢竟世界很大嘛。有這種怪物也不奇怪吧。縱觀歷史，世界上還曾經出現過魔神或龍王（Dragon Lord）呢。不過，這麼強大的魔物……恐怕我也打不贏吧。」

「是啊。我不知道你現在有多少實力，所以不能亂講，但我仍然可以斷言，你絕對打不贏那傢伙。那個怪物的世界，是憑我們這點程度不可能踏足的領域。就算我們倆一起上，也不過就是把戰鬥時間從一秒拖延成兩秒罷了。」

「你應該要安慰我說『不會啦』才對吧。」葛傑夫開玩笑地抱怨，然而布萊恩嚴肅地告訴他：

「葛傑夫。你必須以王國的戰士長身分保衛王室。就算看到那傢伙，也千萬不要上前挑戰喔。因為你的性命可不能白白浪費。」

「感謝你的忠告。不過，如果那個叫夏提的怪物要對國王下手，到時候就算要捨棄這條命，我也要爭取時間。」

哪有可能爭取到什麼時間。除非那個怪物想玩玩，否則葛傑夫根本無計可施。

即使如此，布萊恩卻也開始覺得，如果是葛傑夫的話搞不好辦得到。就算只能爭取到些許時間也好。

「是夏提雅。夏提雅·布拉德弗倫。」

他再詳細說明了一次容貌等特徵後，葛傑夫重重點頭。

「好，我知道了。不過等我酒醒之後，為了安全起見，希望你可以再跟我說一遍。我這邊也會到處蒐集情報。」

「再怎麼收集情報，我覺得也拿那傢伙沒辦法喔。」

「如果暴風雨要來，我們是不是該想想對策？總不能放著不管。再說只要能借助各方人士的智慧，也許能找出什麼好辦法也說不定。」

「真能如此就好了……」

「雖然關係不太熟，不過我認識一位精鋼級的冒險者。如果是他的話，應該能夠出些好主意……那麼布萊恩，你今後有何打算？」

這個問題讓布萊恩蹙起眉頭。自己今後該怎麼辦呢？

視線不知不覺間，移向靠在小桌旁的愛刀。

這是留戀。

終究不過是留戀。今後自己不管怎麼努力，恐怕都贏不了那個怪物。成為最強劍士的夢想已經破滅了。這段人生已經確定白費了。

今後自己必須腳踏實地，好好活下去。

（只是一場小孩子的夢想呢……）

「做什麼好呢……不如去種田吧？」

他本來就是農村出身。關於農事的記憶雖然已經磨損不少，但還留在腦海深處。除此之外他只知道揮劍。講得好聽點，可以說他這輩子活得很專一。

「種田……是也不錯，不過……怎麼樣？要不要跟我一起為國效力？」

布萊恩覺得這個提議還不壞。雖然贏不了那個叫夏提雅的怪物，但以人類範疇來說，布萊恩相信自己還算有點本事。只是——

「我不認為自己很合群，也不太喜歡跟人鞠躬哈腰耶。」

「沒那麼常鞠躬哈腰喔。」

「啊，抱歉。我不是在諷刺你。只是我對宮廷勤務就是帶著這種印象……我覺得葛傑夫你的提議倒也不壞。為了別人而戰啊……對了！喂，葛傑夫，我見到了一個名叫克萊姆的少年。」

「克萊姆？難道是個聲音沙啞的少年嗎？」

看到布萊恩點頭，葛傑夫「哦」了一聲。

「你在哪裡碰到克萊姆的？我以為他是公主的貼身侍衛，應該不太有機會離開公主身邊……」

「我看到他在街上修行。」

「到了街上還在修行啊……因為那傢伙缺乏才能嘛。我看他不可能變得比現在更強了。再來就只能鍛鍊肉體，強化能力層面吧。他是在做這方面的訓練嗎？如果不是，我最好給他一點指導。」

「嗯——他的確……沒有劍術才能。不過，在某方面上，那個少年比我還強喔。」

葛傑夫露出「別開玩笑了」的表情。

的確，布萊恩與克萊姆的實力相差甚遠，才能也無法相提並論。然而，布萊恩知道這種差距在真正強者的面前根本沒有意義，因此覺得這不過是五十步笑百步。

比起這點小差距，克萊姆挺身面對塞巴斯那種強者的殺氣，那種強悍的心靈才真正值得讚賞。

（我受到挫敗，選擇了逃跑。但如果是克萊姆的話，只要必須保護的人站在背後，他一定不會逃跑，而選擇戰鬥吧。如果是那樣的男子漢……至少能砍斷那個怪物的指甲也說不定喔。）

對於葛傑夫大惑不解的表情，布萊恩沒說什麼。取而代之地，他大略講起了今天發生的事，就是襲擊八指經營的娼館那件事。

「這樣啊。你跟克萊姆一起……原來如此。」

「如果會惹麻煩上身，儘管捨棄我沒關係。冷靜地想想，在你這種立場的人家裡進出的傢伙，如果跟黑社會唱反調，應該會給你造成不少困擾吧？」

「不，完全沒有這種問題。我反而歡迎都來不及了……那些混帳是汙染王國的害蟲。如果可以，我巴不得能帶頭殺進他們的大本營。」

「八指這個組織對王國害處真的這麼大？」

「大到讓我作嘔。他們支配著王國的大部分黑社會，藉此牟利，再將這些髒錢等利益散播給貴族們，與貴族沆瀣一氣，在一般社會照樣作威作福。就算想摧毀他們也會遭到貴族們阻撓，拿他們一點辦法也沒有。想給予他們打擊，只能像布萊恩你做的那樣，強行闖入巧妙隱藏起來的相關設施，硬是讓他們的犯罪行為浮上檯面，引起騷動。又因為他們比一般貴族更有權力，因此這種方式一旦失敗，將會遭到嚴重反擊。」

「沒轍了啊。」

「是啊。所以，希望你們這次行動有稍微削減他們的力量，不過遺憾的是，我看很難。」

「沒辦法請國王強制行使權力嗎？」

「對立的貴族派系會從旁干涉，所以辦不到。那些傢伙跟兩邊派系都有勾結，所以問題就更棘手了。」

在沉重的氣氛下，兩人都默默無語地喝著葡萄酒，伸手拿料理。

## 2

### 下火月〔九月〕四日　7：14

一大早就進了城堡的蒼薔薇一行人，每個人都拿著一只大袋子，放在地上時發出了金屬碰撞聲。袋子裡裝的是她們的整套裝備。因為全副武裝踏進王城總是不太妥當。

放下了沉重的行囊，一行人轉了轉肩膀。拉娜在房間裡神情溫柔地看著大家，領隊拉裘絲・亞爾貝因・蒂爾・艾因卓向她問道：

「等會是不是有身為公主的公務要處理？」

拉娜雖然幾乎沒有權力，但還是有身為公主的職責。

「不要緊。那些公務都可以延後，沒關係。」

「哎唷。」拉裘絲露出促狹的表情。相同地，拉娜也僅一瞬間露出促狹的表情，然後立刻變得不苟言笑。

「拉裘絲。其實只要妳們一做好準備，我想請妳們火速處理那件事。」

「為什麼？我記得昨天聽到的是要極機密地發動襲擊，一個地點一個地點逐步下手，不是嗎？」

戴著面具的魔力系魔法吟唱者（Magic Caster），伊維爾哀問道。

她即使身在王城，仍然沒有拿下遮住容顏的面具。打扮得這麼可疑而不會遭到斥責，是因為她身為人類當中最強的精鋼級冒險者，而且領隊拉裘絲擁有貴族地位。

「其實昨晚發生了意料外的狀況，我覺得有必要變更一部分計畫。是這樣的——」

拉娜說出昨晚發生的娼館強襲事件。

蒼薔薇成員們的欽佩視線，全集中到在後面維持不動姿勢的克萊姆身上，讓他感到渾身發癢。

闖進娼館、拯救身陷地獄的人們，都不是克萊姆的力量，而是多虧了與他一起行動的兩名男子幫助。老實說，克萊姆根本沒做任何該受到稱讚的事。

他反而還對自己很失望，自己擅作主張而沒遭到責罵，計畫也不至於告吹，只要做點修正即可，自己竟然為此感到放心，真是可悲。

「挺有一套的嘛，處男。」

「是啊，格格蘭說得沒錯。能逮捕六臂之一，可是大功一件。」

「……『不死之王』狄瓦諾克、『空間斬』佩什利安、『血舞彎刀』愛德絲特蓮、『千殺』馬姆維斯特、『幻魔』沙丘隆特，然後是組織頭子『鬥鬼』桀洛。」

緹亞流暢地舉出每個名字。

「狄瓦諾克是不死者。佩什利安據說連遠離自己的敵人都能砍殺。愛德絲特蓮能靈活使用特殊的魔法武器。馬姆維斯特是專精突刺的使毒劍客。沙丘隆特已經被捕，跳過。然後桀洛是擅長徒手戰鬥的格鬥家。每個都足以與精鋼級匹敵。」

「嗯，能逮捕這其中的一人，對我們可是大大有利喔。」

「真是太厲害了，克萊姆。不過你碰到布萊恩．安格勞斯，還跟他一起行動，運氣也太好了吧。」

的確，克萊姆也這麼覺得。

「能夠一擊打倒沙丘隆特，就表示據說曾與王國最強戰士（葛傑夫．史托羅諾夫）打成平手的安格勞斯實力是貨真價實。既然如此咧，老子個人對那個連安格勞斯都堅稱打不贏的管家老先生比較有興趣喔。」

「我倒是沒問塞巴斯大人的住址。」

「……嗯，克萊姆。那是他對你抱持戒心，不肯告訴你，還是你知道不該問所以沒問……是哪一個？」

「都是，伊維爾哀大人。如果我問了，也許他會告訴我。然而，塞巴斯大人只是受到波及，卻主動提供協助，我的確不想獲得任何會對這樣一位人士不利的情報。」

「……嗯——太老實了。」

「說得對。」

從頭到腳看起來都一模一樣的兩姊妹對克萊姆做出評價。

「這樣了不起的人物，我卻從沒聽過任何傳聞，真教我不解……」

以伊維爾哀的這句話作為開端，克萊姆感到大家似乎對塞巴斯起了疑心，正要開口反駁時，拉裘絲拍了幾下手，改變了氣氛。

「好啦，這方面的問題就先擱一邊吧。若不是有這麼一個人在，就找不到娼館的正確地址，也抓不到奴隸買賣頭子（岢可道爾）了。他對克萊姆或是我們來說都是恩人喔。」

「妳說得對，拉裘絲。那麼，公主啊。妳說要變更一部分計畫，是指重新選定襲擊地點嗎？」

「是的，伊維爾哀小姐。我想在今天之內同時襲擊各個地點，一口氣加以攻陷。因為時間拖得越長，狀況就對他們越有利，對我們越不利。」

現場一片死寂。

參與這次作戰的只有蒼薔薇。人手不足，所以一開始才會說要依序襲擊。

「呃，可是啊，公主。我們不是說過人手不夠嗎？是有誰在半夜表示願意協助嗎？總不能僱用冒險者吧？」

冒險者工會的創辦理念中，有一項是保護人類免於外在威脅。為此工會有項不成文規定，那就是極力不介入人類之間的糾紛。不然工會不可能跨越國家藩籬，互相協助。

因此就算只要工會出手就能拯救某些性命，基於一旦插手介入，今後將會沒完沒了的判斷，他們會施加壓力，要求冒險者遵守這條潛規則。有時是警告，有時可能會不介紹工作，最嚴重的處分就是逐出冒險者工會。因為這樣，有一部分的冒險者會染手非法工作，成為被稱作工作者的族群；但是根據一些傳聞，如果有人惡性違反規定，工會還可能派出自家僱用的暗殺部隊。

蒼薔薇開始對抗八指這個人類組織，雖然觸犯了這條不成文規定，但她們是精鋼級冒險者，又可說是工會的代表性人物，不可能真的逐出工會，因此得到了默認。只不過，是因為觸犯規定的是她們，所以才能得到諒解。

「想動用別的人力而把衛士牽扯進來，是最愚蠢的做法。那幫人的勢力已經深入衛士之中了。要用他們只能用在最後收尾，否則會有麻煩。」

「貴族們從領地帶來的士兵們也一樣。搞不清楚哪個貴族跟他們同流合汙，就不能找那邊的人手幫忙。」

「哼。唯一能夠信賴的，只有葛傑夫・史托羅諾夫與他的直轄士兵——戰士們而已吧……不，就連直轄下屬們都不知道有幾個值得信賴喔。」

「著實如此。結果因為我們弄不清楚對手的勢力範圍，所以拿不出對策。可是這樣只是一味調查，王國總有一天會完全腐敗。四面楚歌的結果就是頭痛治頭，腳痛醫腳呢。」

聽到拉裘絲的嘟噥，拉娜點了個頭。

帝國外患加上本國內亂，政局又在不斷腐敗。即使在如此不利的狀況下，自己的主人仍然堅持奮戰，克萊姆彷彿在她背後看見了太陽的光輝，瞇起眼睛。克萊姆重新體認到她才是能統治王國，讓許多人獲得幸福的唯一人物，而更加強了忠誠心。

然而有些人卻不明白這點，認定公主只要當個花瓶，美豔動人就夠了，所有這些人——主要是貴族——使克萊姆憤恨不已，握緊拳頭。

但拉娜美妙的嗓音震動了克萊姆的耳朵，化解了他的怒氣，使他再度專心傾聽她們的談話。

「妳說得沒錯。所以，我想向值得信賴的貴族尋求幫助。」

「妳認識能信賴的貴族嗎，公主？」

「認識，伊維爾哀小姐。雖然不多，但我知道只有一位貴族值得信賴。」

「哦，拉娜，妳說的是誰？我覺得妳不會看漏，不過就算值得信賴，沒有一定實力也沒用喔。也不能保證對方能從領地帶來足夠的士兵。」

「我想這方面應該沒問題。還有，我會請王國戰士長來。」

「這倒可以理解。」

「嗯，戰士長值得信賴。應該說如果連他都跟八指是一丘之貉，那一切都沒指望了。」

「那麼克萊姆。請你去叫雷文侯來。他有參加最近那場會議，所以人應該還在王都內才是。」

「侯爵嗎？我的確曾經見過他與王子在一起……」

的確，雷文侯符合他們所要的人物條件。除了能否信賴這一點外。

他是稱為六大貴族的大貴族之一，財力等各方面都遠勝過其他貴族。只是，沒有證據能證明雷文侯與八指並非一丘之貉。或者應該說他的財力如此雄厚，也有可能是收受了他們的賄賂。

不過，克萊姆立即否定了這種想法。

拉娜——他的主人，也是最聰明，最值得尊敬的女性，舉出了那人的名字。既然如此，雷文侯應該可以信賴。

然而蒼薔薇的成員跟克萊姆不一樣，全都顯得面有難色。

「喂喂，公主殿下啊。那位侯爵大人可以信賴嗎？」

「聽說雷文侯是隻蝙蝠。」

「在擁王派與貴族派之間搖擺不定的蝙蝠。倘若是個唯利是圖的傢伙，八指的錢也能讓他動心。」

「我可不希望情報從他那邊洩漏出去喔，公主。」

眾人陸續表示否定意見時，響起了拍手的「啪」一聲。是拉裘絲。

「……大家別再說了！哎，拉娜。我對雷文侯沒有好印象耶，他真的可以信賴嗎？」

「我無法保證。而且我想他也收了點八指的禮金。」

咦？所有人都感到訝異，全是一頭霧水的表情。不過，有些人想到了一個可能性，開口說道：

「散布假情報誘導對方？」

「暗殺前會做這種準備。事先散布老人暗殺者企圖下手的情報，轉移警備人員的警戒方向。」

對於前暗殺者的看法，拉娜搖搖頭。

「不是的，緹娜小姐還有緹亞小姐。我認為有人即使收了金錢，也不會想協助八指，對吧？如果他的背後運作超乎我的預料，那就算我輸了，不過……

克萊姆。去叫雷文侯過來。只要你說出搗毀了八指的娼館，並且逮捕奴隸買賣頭子的事，他應該會願意跟我見面。」

克萊姆的視線移動，確認窗外的光線。朝陽耀眼得眩目。這個時間叫人來有點早。不過，大貴族恐怕不是隨傳隨到，想約時間會面的話，也許現在去最好。
「應該說出奴隸買賣頭子的事嗎？屬下以為暫時保密比較好……」
拉娜說為了見他必須打出這張牌，但對方就算是大貴族，也不可能拒絕公主的傳喚吧。既然如此，是不是應該保留手上的牌呢。
對於克萊姆的想法，拉娜搖搖頭否定。
「想讓他站到我們這邊，我方就應該全面攤牌。因為這樣做最能證明我們信賴侯爵。」
原來如此，克萊姆點點頭，恭敬地低下頭。
「屬下明白了。那麼我這就去叫雷文侯來。」
「拜託你嘍，克萊姆。那麼，這應該會花點時間，要不要趁這時候喝杯紅茶？」

●

## 下火月〔九月〕四日　9：37

蒼薔薇一行人以為雷文侯要來也得花上一段時間，到時候應該是中午了。
身為大貴族，從一早就有與其他貴族會面等各個方面的預定行程。如果傳喚者是國王的話當然另當別論，但拉娜畢竟只是沒有權力的公主。對雷文侯來說，優先順序當然應該也比較低。

因此，當克萊姆比大家想像的還要早回來時，一瞬間，一行人以為他被不由分說地趕回來了。然而在克萊姆走進房間後，看見從他身後出現的兩名男子時，一行人無法掩飾驚愕之情。

其中一人當然是雷文侯。

一身儀容只能說無可挑剔。緊身上衣繡了金線，應該是以某種珍稀野獸——很可能是魔物一類——的毛製成。前排鈕扣與衣領周圍的裝飾極為精緻，從光線反射的模樣來看，鈕扣應該鑲進了小顆寶石。

細窄的立領圍著脖子，將它整個包藏起來。能夠穿去謁見貴人的最高級服飾，穿在他身上無懈可擊，符合了王國六大貴族之一該有的氣度。

接著走進來的是一個微胖男子。

拉娜看到該名人物，驚訝地喚道：

「哥哥。」

「唷，我同父異母的妹妹。看起來氣色不錯嘛……哦，這不是亞爾貝因家的千金與大名鼎鼎的蒼薔薇嗎。這真是太驚人了。想不到能在這裡見到精鋼級冒險者啊。」

敲都不敲門就走進房裡來，開朗地出聲打招呼的此人，正是第二王子賽納克·瓦爾雷歐．伊格納．萊兒．凡瑟芙。

拉裘絲向他行王室禮後，賽納克高傲地揮揮手回答。

「我看你們好像要談很有趣的話題，所以就來參加了。」

「臣是受到拉娜殿下傳喚而來。」

「是的。有勞你跑這一趟，雷文侯。請把頭抬起來。」

看到兄長——王位繼承權高於自己的人物登場，拉娜從椅子上站起來回答。

抬起頭來的雷文侯，臉上彷彿掛著冷笑。

那笑容很是陰險，給予看到的人陰森森的印象，但不知何故，卻又讓人感覺這個男人只適合這種笑臉，旁人即使看到這副表情，也不會感到不快。

「那麼除了我們之外，麻煩其他人到隔壁房間迴避一下，沒問題吧？」

「我明白了，哥哥。拉裘絲、克萊姆。不好意思，請你們到隔壁房間。」

「知道啦。」

拉裘絲簡短地回答後，指示同伴們拿起行囊。大概是不想浪費時間，打算在隔壁房間做準備吧。

蒼薔薇的五名成員與克萊姆，總計六人低頭致意後走進隔壁房間，看著他們的背影消失不見後，拉娜請兩人到桌旁坐下。

「這邊請坐。」

「是，拉娜殿下。」

「好啊，老妹。」

一個是一屁股坐下，另一個則是彬彬有禮地安靜就座。拉娜倒了一杯紅茶，放在雷文侯的面前。

「有勞殿下親手倒茶，不勝惶恐。」

「不好意思，茶有點涼了。」

「喂喂喂。怎麼沒有我的份啊？」

賽納克滿臉不悅地瞪了端著紅茶杯的兩人一眼。

「哎呀，我以為哥哥不喜歡喝紅茶呀。」

「是啊，我討厭有顏色的熱水。可是沒有東西潤喉很空虛耶。」

「那我請女僕送來吧。果汁水可以吧？」

「紅茶就可以了。也沒必要特地讓情報洩漏出去吧。」

「只要在今天之內行動，我想女僕們也沒時間向自己家裡通風報信。」

「但還是得注意一下吧，畢竟女人就是大嘴巴。尤其是在王宮服務的這些女僕，跟自己家裡打小報告的速度，可是快得嚇人喔。」

拉娜微笑後倒了杯紅茶，放在賽納克面前。

「……哼。妳已經試過了這些女僕的情報網，是嗎？」

「您指什麼呢？」

「好吧，算啦。」

只說了這句話，賽納克就灌了口紅茶，「好苦。」他吐出舌頭。

「不過，殿下。什麼事情急著這麼早談呢？雖然只要殿下一句話，臣無論何時都會急馳趕到。」

「謝謝你。那麼情況緊迫，我就明說了。我想借用你的智慧。」

她輕咳一聲之後說出的，是單刀直入的一句話。

雷文侯眼角有些修長的眼睛睜開，湛滿驚愕之色。不過他立刻恢復鎮定，隱藏起驚愕。

「臣的智慧嗎。竟然有問題是殿下也不明白……臣實在沒自信能滿足殿下的期許呢。」

「我想你一定沒問題。因為關於宮廷這方面的事，我認為無人能出雷文侯之右。」

雷文侯與王子交換了一個眼神。

拉娜公主也幾乎沒參與過權力鬥爭。那麼她剛才所說的「宮廷這方面的事」指的是什麼呢？

雷文侯悠然自得地微笑。目前情報太少，勉強揣測也只會想到奇怪的方向去，這是自明之理。他判斷可以等情報多一點再做推測。

「臣該與殿下說些什麼呢？」

「我想問你這個擁王派的背後支配者，或者應該說在背後整合擁王派的人物，能否動員派系的部隊。」

「……嗄？」

雷文侯的那副表情就像魔法突如其來在眼前爆炸一樣。只要人在現場，無論是誰都會大吃一驚。因為雷文侯這號人物，平常表情並不是那麼豐富多變。

不過這也難怪。其他貴族聽到這段發言只會一笑置之。然而，這卻是隱瞞至今的真相。人們以為雷文侯是在兩個派系之間來回晃蕩的蝙蝠，實際上他卻是誘導擁王派，阻止可能造成王國一分為二的內亂，為了保全國家大局而私下行動的最大功臣。

若不是有雷文侯這號人物在，王國肯定早已分崩離析。

賽納克倒抽了一小口冷氣。

他的確早就感覺到，拉娜擁有難以想像的智慧，是個披著人皮的怪物。話雖如此，她沒有眼線或左右手，從某種意味來說就像是被監禁在王城裡一樣，在這種狀況下，她是如何掌握到真相的？在這王國當中除了賽納克之外，沒有人發現到這個答案。

兩人同時想到她可能是虛張聲勢，但即刻否定了這個想法。拉娜的態度，就只像是在講一件理所當然的事。兩人見過許多笑裡藏刀的人，如果拉娜的態度不是足以瞞騙兩人的演技，那麼她究竟有何根據，能找到這個答案？

拉娜似乎覺得需要進一步說明，完全無視於雷文侯的驚愕，溫吞地接著說：

「……不，也許本來我應該問問擁王派的另外兩位大貴族，但勃魯姆拉修侯暗地裡與帝國互通消息對吧？這樣一來……」

「妳、妳說什麼……」

「請殿下稍等一下！」

比賽納克沙啞的低語更大聲，雷文侯睜大了一雙細眼，叫了起來。

「勃魯姆拉修侯……」

「你應該知情吧？你不就是因為這樣，所以才做了限制，不讓勃魯姆拉修侯掌握太多重要情報嗎？」

兩人啞口無言，注視著拉娜。

他們注視著這個沉穩神態文風不動，輕聲說「不是嗎」的美女。

「您……」

雷文侯驚愕到忘了喚她殿下。

拉娜說的都是事實。

六大貴族之一，擁王派的大貴族勃魯姆拉修侯背叛了王國，這件事實只有雷文侯與賽納克知道。之所以默認叛徒的存在，是為了維持派系間的平衡。

為此，雷文侯拚了命向貴族派隱瞞這件事，又千方百計不讓重要情報散布到帝國。沒錯，他應該一直處理得很好，直到現在這一刻。

賽納克知道這件事，是雷文侯告訴他的。那麼這隻籠中鳥是怎麼發現真相的？賽納克一想像，感到自己起了一身雞皮疙瘩。

「您是如何發現……」

「稍微聽聽大家的話就知道了。我有時候也會跟女僕們聊聊。」

女僕講的話，能有多少真實性呢？

無法置信的想法支配著雷文侯的內心。

然而從過去的記憶判斷，他也能理解拉娜所說的話——從女僕的話語等資訊中導出的推測——的確是事實。眼前這名女性是從大量的垃圾中，只挑選出美麗的部分，自己做成了一條鑲嵌寶石的項鍊。

所以——

「——怪物啊。」

他小聲嘀咕著最適合拉娜這名女性的評價。

拉娜應該聽得一清二楚，但她只是微笑，並不責備雷文侯的無禮。雷文侯捨棄了自己直到剛才的想法。

這是值得自己坦誠相對的對象。而過去的記憶的確沒錯。

「——臣明白了。請容臣敞開胸襟吧。王子，您不反對吧？」

看到賽納克點了個頭，雷文侯姿勢坐正，從正面定睛看著拉娜。那態度與舉起利劍的葛傑夫十分神似。

「不過，在那之前，臣想與『真正』的拉娜殿下談話，可以嗎？」

「什麼意思？」

拉娜好像不懂似的，天真無邪地回問。

「臣以前曾經見過某位少女。那位少女以臣遠遠不及的高度洞察力，述說了價值無可估計的言論。只不過，臣是過了很長一段時間後，才理解到那番話的意義與價值。」悄然無聲的室內響起雷文侯的獨白。「……講話讓人費解的少女。當臣看到被人這樣認定的她時，只有一瞬間，臣彷彿看到了一名危險人物。」

「危險人物嗎？」

拉娜平靜地問。

「是的。因為臣只不過是偷看到了一點，因此以為是自己多心了。不過，臣當時是這樣覺得的：那是一雙對世界毫不關心，輕蔑一切存在的人的空虛眼睛。」

室內氣氛頓時與剛才截然不同，變得冰冷起來，雷文侯像是要保護自己似的縮起肩膀。

「只是過了一段時日之後，臣再見到那位少女時，她散發出那個年紀的孩子該有的氛圍，當時，臣以為之前是自己看錯了……我啊，殿下。是想問您至今是否真的都巧妙隱藏起自己的本性。」

兩者的眼神正面相對。有如兩條蛇互相纏繞的陰險鬥爭。

然後突如其來的，拉娜的眼瞳失去了光彩。

雷文侯像是看到了懷念的事物，臉上浮現冷笑。

「啊，想不到竟然如此……」

眼見露出純潔笑容的妹妹，彷彿變成了駭人的怪物，讓賽納克冷汗直流。不，其實他早有感覺她的美貌底下隱藏著醜惡的真面目。只不過他以前猜想，拉娜要的可能是自己掌控權力，或是把囚禁自己的王國破壞殆盡之類的欲望，這點似乎是猜錯了。

這個東西跟自己不同，是異質的存在。

「果不其然呢，拉娜殿下。殿下這眼神，與我過去看到的如出一轍。您從那時候起，就一直在演戲嗎？」

「不是的，雷文侯。我並不是在演戲。我是得到滿足了。」

「……殿下是指您的士兵，克萊姆……嗎？」

「是啊，都是多虧了我的克萊姆。」

「哦。那個少年竟然足以改變殿下……臣只當他是個——孩子……對殿下而言，他是個什麼樣的存在呢？」

「你說克萊姆嗎……？」

拉娜的視線一下子變得在半空中徬徨。因為她在思考要用什麼樣的言詞，才能形容他的價值。

拉娜．提耶兒．夏爾敦．萊兒．凡瑟芙。

若要以一個詞彙形容她的存在，那就是「黃金」。這個詞彙來自於她耀眼的美貌。然而很少有人知道，她擁有一種足以令美貌相形失色的才能。

她的才能在於思考力、洞察力、觀察力、發想力、理解力等等，所有思維相關能力的異常發達——用一個詞來形容，就是「天才」。

這份才能只能說是上天所賜。她的思維像是由靈光一閃所成立，實際上卻是從無數的零碎情報當中，藉由非比尋常的洞察能力考察出來的。

恐怕放眼這整個大陸，也找不到才能足以與她匹敵的人物。

若是硬要舉出與她並駕齊驅的存在，只能從人類以外去找了。只不過，就連那些超越人類物種的存在，也很少有人能與她不相上下。

在納薩力克，一個人就能管理全部樓層僕役的守護者總管雅兒貝德，以及擁有惡魔睿智之人，軍事、內政、外交——在國務運作所有方面具有極致才能的迪米烏哥斯，算是跟她旗鼓相當。

人類會以自己的觀點考慮事物。就這層意義來說，奇人或怪人這種標籤，或許可說是凡人能做出的正確評價。

只不過，她有一個缺點。她不明白自己能夠理解的事，為什麼其他人無法理解。如果這裡出現一個與她水準相當的人，應該能察覺到她的天賦異稟。這樣一來，結果應該會有所不同。

然而並沒有這樣的一個人。

結果她得到的反應，是年紀小小的女孩講話讓人難以理解，讓人覺得可怕。由於拉娜小時候長得十分可愛，因此並未遭人嫌惡，獲得了某種程度的疼愛。然而自己說的話沒有人聽得懂，對小女孩的精神發育形成了極為重大的影響，小女孩的心態便隨著時間流逝，一點一點地扭曲。
稱為天才的孤獨或許比較容易理解。
身處於缺乏同類的環境下，小女孩承受的壓力越來越大，連著幾天食不下嚥，吃什麼吐什麼。
當時眼看著公主漸漸消瘦的人，都認為她來日不多了。
若不是有那隻小狗，這個預測或許就成真了。就算能熬得過來，恐怕也催生出了一個魔王。一個只能以數字判斷事物，為了多數強迫少數受虐的魔王。
那次真的只是一時興起。在某個為了轉換心情而帶著護衛外出的雨天，小女孩撿到了一隻瀕死的小狗。
她撿來的小狗，用一種眼神望著她這個飼主。
好沉重的眼神。她這樣想。
天真無邪地表示尊敬的眼神。
她早已看習慣了把她當怪胎看的眼神。也看習慣了覺得她可愛的眼神。但她卻無法理解這對眼睛。對她而言，滿懷真心的這對眼睛是嫌惡，是驚愕，是愉悅，是感動，並且——是人類。

沒錯，她從那眼睛當中，看見了與自己相同的人類。
小女孩撿來的小狗，後來成了少年，然後成了男人。
無論是小狗、少年還是成為男人的時候，那對眼睛總是以眩目而純粹的眼光射穿著她。
不過，她已經不以為苦了。
因為有這對眼睛，她才能夠稍微像個普通人一樣跟其他人交談。才能與卑俗低劣的生物相處。

而現在，只要有克萊姆在，拉娜的世界就已經圓滿了。

「克萊姆……這個嘛。如果能跟克萊姆結合……嗯——而且還能用鐵鍊把克萊姆綁起來養，讓他去不了任何地方，也許會更幸福呢。」
室內的空氣凍結了。與拉娜有一半血緣的賽納克當然不用說，就連雷文侯也露出驚愕的表情。
他們本來以為能聽見王國當中公認最美麗的女性，說出一些孩子氣的甜蜜夢想。不，想到拉娜已經露出了真面目，也許不能期待說出什麼甜膩的字眼來，但實在沒想到會這麼誇張。

若是她為門不當戶不對的戀情所苦，不知道該有多好。她這番發言實在太不合常理了。

「原、原來如此。這就是妳的本性啊。該怎麼說呢……小時候只覺得像是扣錯一顆鈕扣那樣感覺怪怪的，現在我完全能體會妳這種異常性了。」

「是嗎，哥哥？我覺得我並沒有做出任何異常的事啊。」

「想養就養吧。沒人會對殿下的所作所為……不，還是有點困難呢。除非有人願意幫忙。」

「是啊。如果還要維持公主的顏面，想實現應該很難……而且強迫他看著我也沒意義。我是希望讓他維持著那個眼神，用鐵鍊完全綁住他，像養狗一樣養他看看。」

沒幾個人喜歡聽到別人的性癖好。雷文侯接觸到拉娜這名女性的內心，巴不得能後退幾步。

「當狗養……也就是說殿下並不愛他了？」

拉娜用一種匪夷所思的鄙視眼神盯著雷文侯。

「當然愛嘍。我只是很喜歡他那個眼神罷了。也很喜歡他像條狗似的纏著我不放。」

「真抱歉。我一點也聽不懂。妳那不叫作愛喔，老妹。」

「我認為愛的形態千差萬別。」

「……非常抱歉，這話題對臣來說有點難懂。」

「我無意要兩位理解。只要兩位知道我喜歡他，也很愛他，這樣就夠了。」

太奇怪了。

雖然早就覺得她心態扭曲，但實在沒想到扭曲成這樣。

兩人在精神構造異於常人的公主面前面面相覷。他們都在猶豫該怎麼辦。

明明他們聽到的是公主愛上一個士兵，根據情況甚至可能動搖國本的問題，但他們卻覺得聽到的問題比這離譜多了。

「好吧，性癖好這種問題……」

「這不是性癖好，而是純粹的愛啊。」

拉娜像是責備般打斷了雷文侯的意見，他強行忍住了想反駁的心情。

「好吧，是愛沒錯……對。只是以現階段來說，殿下想與克萊姆……閣下結合，實在有點──」

「不可能啦。豈止不可能，這事一旦傳出去，妳會馬上被許配給哪個貴族。跟貴族派沆瀣一氣的老哥的話，應該會選貴族派的貴族吧。」

「是啊，哥哥。如果現在最大的哥哥立刻繼承王位，他的第一件工作應該就是這件婚事吧。我想這方面的事情他們應該已經談好了。因為有個貴族每次看我，都像在看自己的私有物品。」

「臣知道有個貴族表示願意加入貴族派，只是要得到相應的謝禮。」

「可是按照常理來想，想跟克萊姆在一起，哪可能成真啊……那傢伙就算獲得貴族爵位，頂多也就男爵。就算出於特例領受更高的地位，也不可能讓公主下嫁吧。」

「這點我十分清楚。以王國目前的狀況來說，不管使出何種手段都不可能成功吧。」

賽納克因此咧嘴一笑。他判斷這是最好的一步棋。

「所以嘍，要不要跟我做個交易？如果我得到王位，我就撮合妳跟克萊姆。」

「我接受。」

「回得這麼快！真的可以嗎？」

「沒有任何理由拒絕。因為所有賭注中，這個的勝算最高。哥哥隨同雷文侯一起來到我的房間時，我就想談到這點了。」

「……也就是說妳早都算好了？」

賽納克苦笑著回應，但他的心境卻與表情截然不同。雖說他早就猜到妹妹比自己聰明，但完全沒想到自己會被她掌握得這麼徹底。

冷靜下來想想，拉娜本來沒必要對自己這樣開誠布公。不過，如果是為了引誘自己講出這個答案，那就可以理解了。

他在心裡暗罵妹妹：這個怪物。

「還有，哥哥……應該說我有件事想拜託雷文侯。」
「殿下有何吩咐？」
「雷文侯有個公子對吧？」
「是的。犬子目前年僅五歲。怎麼了嗎？」
雷文侯腦海中浮現出寶貝兒子的小臉，勉強壓抑住快要鬆弛的臉頰。他想到坐在身旁的賽納克露出厭惡表情的原因，便拚命忍住了差點脫口而出的對孩子的讚美。
「請讓公子成為我的未婚夫。」
「不可以！我怎能把那孩子交給妳這種女人！」
雷文侯馬上吼叫起來。然後他看看眼神冰冷的賽納克，又看看臉上笑容依舊不變的拉娜，對自己的失態臉紅起來。
「真、真是抱歉，兩位殿下！臣一時有些混亂……」他乾咳一聲，重新轉向拉娜。「殿下，恕臣失禮，可以請殿下告訴臣理由嗎？」
「你應該很清楚吧？」
「喂喂，老妹。這話是妳自己提出的——」
「跟臣的兒子結婚，殿下與克萊姆懷孕生子。臣的兒子與他最愛的女性懷孕生子——由臣這個孫子繼承家業。然後殿下名義上是他的母親……大概是這樣吧？這個方法還不錯。殿下能與心愛的男子懷孕生子，雖然是偽裝的，但臣的家族也能獲得王室血脈。」

「我對地位或繼承權沒興趣，所以侯爵只要能給我的親生孩子一些財產，我不會侵占你的家族。」

「這方面臣願意信賴殿下。」

「……雷文侯這樣的重臣一旦提議，父親也不好拒絕吧。侯爵能獲得王室血脈，妳能與心愛的男人結合。而我則獲得妳這個協助者。誰都不吃虧，一旦背叛，所有人都得一起下地獄……哎，算是很完美啦。不過，這種事不該在我面前提出來吧……」

「哎呀，我只是想確定哥哥是站在我這一邊的。再說您也不願意事後才知情吧？」

賽納克什麼話也沒回。因為拉娜說的沒錯。而且他無法拒絕這種掌握了雙方弱點的提議。雖說齒輪錯了位，但這樣優秀的人物，也是王國將來不可或缺的人才。

「那麼，我們的話題就講到這裡，聽說殿下好像與八指起了衝突？而且還逮捕了奴隸買賣頭子？」

「是啊。正如同克萊姆跟你說的。所以我想趁八指躲回地下之前一口氣展開攻勢。我從某個場所得到了關於在王都內活動的八指的情報，想在今天之內襲擊那個地點。只是還有一個問題，就是兵士不足。我想借助雷文侯的力量，所以才找你來。」

賽納克與雷文侯面面相覷，開口說話的是賽納克。

「所以要襲擊的地點是？」
拉娜將羊皮紙與寫著翻譯的紙交給他們，兩人傳閱一遍。
「這項情報已經獲得證實了？」
「當然。我請拉裘絲調查過了。我剛才收到報告，這些的確是八指擁有的設施。問題是，每個地點都位於不同貴族的領地。」
雖然還不到治外法權的地步，但是闖進其他貴族的領地，就等於跟該貴族挑釁。
「這點應該沒有問題。只要能找到關於八指的證據，就能用來對貴族施加壓力。」
「就算沒發現，只要硬找出來就沒問題。這下放在手邊會有麻煩的資料廢棄地點就有著落嘍。」
三人相視而笑。那笑容當中不帶一絲溫柔。
「那麼老妹啊，我有個問題，或者該說重要議題。」
賽納克環顧周圍。這是他第一次確認房間裡沒有別人。也就是說這問題相當重要，接下來要談的是最高機密。
「其實我們的哥哥，也收了八指一個部門的錢。我們想說可以用來趕他下台，所以搜索過那個部門在王都的大本營。然後已經掌握到那個大本營就在這個王都裡。我想把那個地點加入這次的襲擊計畫中。」

「可以。這次是大掃除的好機會。畢竟錯過這次機會，下次就不知道是什麼時候了。那麼是哪個部門呢？」

「毒品相關。」

「那樣很不妙呢。幾天前，我請拉裘絲她們襲擊了三座栽培毒品的村子。所以最好及早行動，否則對方可能會逃走。」

「什麼……這樣啊。雷文侯，能立刻行動嗎？」

「很難呢。總之臣知道哪些貴族並未與八指同流合汙。但若是絕對能夠信賴的，大概只剩下兩家吧。臣需要時間說服他們。除此之外還有一個問題。」

「什麼問題呢，雷文侯？」

「我們帶來的士兵也可能敵不過八指。」

以強大冒險者作為代表，某些人的實力有時甚至能與一支軍隊相抗衡。

冒險者當中特別多人獲得超凡力量的理由眾說紛紜。

其中可信度最高的說法，是極限狀態下肉體——另有一種說法是腦部——會異常活性化，引發類似超回復的現象，而使能力不斷上昇。其他還有神給予祝福、吸收魔力而進化等各種說法，不過它們的共通點是：肉體、精神或魔力等身體機能會急速上昇。

這種上昇現象越是對付強者發生機率就越高，因此對抗擁有各式各樣能力的強大魔物的冒險者，非常容易產生這種現象。

而如果敵方當中有這種對手，一般士兵毫無勝算。

「但如果是侯爵直屬的親衛隊，應該可以吧？」

雷文侯搖頭回應賽納克的詢問。

「他們的確是引退的冒險者沒錯，而且是以祕銀級以上的人員所組成，但敵人當中也有超乎想像的強者。八指最強的打手六臂。據說他們每一個成員都能與精鋼級冒險者匹敵，若是他們出動，情況將會相當不妙。如果能好幾個人對付一個人的話，情況或許還有所不同。」

「精鋼級……」

賽納克會說不出話來也是理所當然的。據說每一個最高級冒險者的強大實力，是名符其實的以一擋百，又可說是萬夫莫敵。

「那就拜託拉裘絲，請蒼薔薇的成員們分頭行動，每個人擔任一個地點吧。只要一個地點沒有兩個以上的六臂成員，我想應該行得通。」

「……臣記得蒼薔薇的各位總共是五人吧。敵方的最強戰力有六人。這樣一想，分頭行動可能會犯了兵力分散的大忌……不過也不見得六個人都在王都裡。只要她們不介意，這樣最多可以同時襲擊五個地點呢。」

「雖然很想全部一口氣發動襲擊，但似乎很困難呢。真可惜，如果能一網打盡的話，那是最好。」

拉娜弄到手的羊皮紙上記載的地址共有七個地點。再加上賽納克他們知道的一個地點，總共是八個地點。但他們沒那麼多人手。

「要放過的地點多達三個雖然氣人，但我想也是情非得已。」

「結束襲擊的人員就依序前往剩下三個地點，怎麼樣？」

「這應該是最好的辦法了。殿下，在王都內動用士兵本身就會形成問題，這方面該如何處理？」

「這方面我會好好說服父親。先別管這個了，結果還是得放棄嗎？我這人有點貪心……」

這時傳來了敲門聲。

「來了呢。」

本來應該由女僕去應門，但這次她們不在房間，因此雷文侯想要站起來，不過拉娜以手制止了他，走到門邊後毫不猶豫地打開門。

確認了站在門外的人物後，拉娜滿面喜色地回頭看向兩人。

「可能協助我們襲擊第六個地點的人來了。」

滿心困惑地被拉娜請進房間裡的，是王國戰士長葛傑夫．史托羅諾夫。

## 3

### 下火月（九月）四日　21:00

克萊姆手上拿著一團黑色物體。這個顫巍巍的東西本來應該是個渾圓的球體，但因為極為柔軟，因此像是被重力壓扁似的變了形狀。

克萊姆把這個彷彿塞滿液體的奇妙圓球，砸向自己的身體——鎧甲上。

球體發出啪沙一聲擴散開來，在克萊姆純白的全身鎧（Full Plate）上製造出黑色斑點。剛才克萊姆拿在手上的，是內有黑色染料的球。看到這副景象，大家都會這麼認為。不過，還不只如此。

弄髒了克萊姆鎧甲的黑色染料蠢動起來，在鎧甲表面流動，像是要擴散到全身上下。然後不用幾秒鐘的時間，克萊姆的鎧甲就從耀眼純白變成了暗沉漆黑，沒有一個角落遺漏。

克萊姆砸破的球體是一種稱為魔法染料（Magic Dyes）的魔法道具。聽說比較高級的染料可以抵抗酸、火焰或冰等等，不過克萊姆使用的這種就只有變色效果。

之所以使用這個不用說，是因為克萊姆的純白全身鎧太顯眼了。

拉裘絲召集了各組負責人，克萊姆也走到拉裘絲跟前。

站在全體負責人正中央的，是一名身穿燦爛裝備的少女戰士。

首先是那把無人不知，誰人不曉的魔法劍——魔劍齊利尼拉姆。這把大如變形劍的武器，由於收在刀鞘當中，因此無法一窺那令人聯想起漆黑夜空的刀身，不過光是看劍柄部分就知道做工的細緻精美。尤其是鑲嵌在柄頭的巨大藍黑寶石內部，還搖曳著有如火焰的光輝。

而她身穿的全身鎧散發出只有白銀與黃金才能呈現的光輝，各處雕刻著無數的獨角獸。這正是只有處子才能裝備，出淤泥而不染的無垢白雪（Virgin Snow）。

相對於如此輝煌的武裝，保護背部的斗篷（Cloak）外套看起來就像是灰鼠色的棉料。這件外套稱為鼠速斗篷（Cloak of Rat Speed），能夠提昇移動速度、敏捷性與閃避能力，是件不能由外觀判斷的強力魔法道具。

不過，著名的魔法道具——浮游劍群（Floating Swords）似乎並未啟動。

跟克萊姆不同，拉裘絲之所以打扮得如此顯眼，想必是因為她能用自己的魔法設法解決吧。

聚集在這樣的她身邊的，都是些熟面孔。

蒼薔薇的成員，以及葛傑夫・史托羅諾夫。

跟一行人並肩站著，讓克萊姆覺得自己簡直格格不入，感到很難為情。

拉裘絲說明的這次作戰內容，是襲擊八指擁有的八座設施，並將其占領。

不過由於人員只有七組，因此剩下一個地方將會在占領完其他設施後，再只由各組隊長以及雷文侯的親衛隊——祕銀級以上的前冒險者——前往，小組則繼續駐守占領的地點。要盡量剝奪敵方成員的戰力並將其逮捕。若是不可能的話，不得已也只好痛下殺手。

就只有這樣。

接著拉裘絲又提出警告，說明對方是支配黑社會的巨大勢力，有可能碰上實力超強之人，或是落入陷阱，因此千萬不可疏忽大意。

克萊姆身體顫抖了一下。

這並非因為恐懼，而是對於自己在這次作戰中擔負的職責感受到沉重壓力。

跟其他小組的領隊相比，克萊姆實力實在差得太遠，卻被選為一支小組的領隊，這是因為克萊姆比一般士兵來得強，而且前來提供協助的人推薦了他。

而且因為如此，雷文侯私人僱用的唯一前山銅級冒險者小隊，也被派來彌補克萊姆小組的不足。

大家安排得如此面面俱到，他怎好意思拒絕。

而且當克萊姆一察覺到自己被選為組長的背後原因，他就再也無法將這份責任交給任何人了。

蒼薔薇一行人、雷文侯、葛傑夫．史托羅諾夫，以及發生騷動時負責滅火的賽納克王子。這些人當中沒有人與拉娜相關。正因為如此，他們才會讓拉娜的貼身士兵克萊姆擔任組長，以顯示拉娜也與這次的作戰關係匪淺。

（這似乎是雷文侯與賽納克王子的主意，但他們為何要這樣做？）

克萊姆弄不懂他們有什麼理由這麼做。即使如此，為了讓更多人知道拉娜對王國的奉獻，他心中湧起了勇氣，絕對要完成這份重責大任。

事情講完，所有人宣告解散。克萊姆回到自己的小組時，從剛才就一直待在後頭的男人輕快地出聲叫他。

「都準備好了嗎？」

那個男人，布萊恩．安格勞斯，正是葛傑夫帶來的幫手，也是克萊姆小組的副組長。

「小組一切已經搞定。現在就等司令官閣下的一句命令嘍。還有這是我們要走的路線。路線是那傢伙選定的。」

布萊恩交給克萊姆的王都內地圖上畫著紅線，克萊姆視線投向布萊恩指著的方向。

在那裡的是前山銅級冒險者小隊中的一人，被派到克萊姆小組。那人似乎注意到了克萊姆的視線，稍微揮揮手做回應。對這個有點年紀的男人，克萊姆稍微低頭致意。本來也許身為組長的人不應該低頭，但對於實力不配稱為組長的克萊姆而言，這是理所當然的。

因為以克萊姆的場合來說，自己並不是站在前方帶領大家，而是得請大家拉自己一把。

他們正在談話時，一個大塊頭的人物走來，向克萊姆出聲叫道：

「喂，處男。」

可以不要用這個名字叫我嗎？

感覺到自己組員的眼光變了，克萊姆打從心底如此想。所幸沒人用侮蔑的視線看自己。有人彷彿含笑旁觀，有人的眼光像大人關愛孩子，也有感覺得到強烈連帶感的視線。

「格格蘭大人，怎麼了嗎？」

只見她裝備也跟旅館那時候不同，全身都是一級品的魔法道具。

突出尖釘的濃紅黑色全身鎧的胸膛部分，描繪著眼睛般的花紋。這正是有名的鎧甲「凝視必滅(Gaze Bane)」。

防護手套部分有些特殊，雕刻著相互纏繞的兩條蛇。這是能替碰觸到的對象恢復體力的古代珍品「雙蛇護手(Gauntlet of Kerykeion)」。

掛在腰上、長而巨大的突刺戰鎚(War Pick)是碎鐵(Fell Iron)。彷彿王公貴族服飾的深紅豪華披風是深紅守護者(Crimson Guardian)。還有穿在鎧甲底下，看不見的抵抗上衣(Vest of Resistance)、龍牙護身符(Amulet Of Dragon Tooth)與高階力量腰帶(Belt of Greater Power)。除此之外還穿戴了飛翔之靴（Wing Boots）與龍捲頭冠（Circlet of Twister），戒指也蘊含了強大的魔法力量。

這就是王國巔峰級戰士格格蘭的全副武裝。

她能擁有這麼多單價高到讓人目瞪口呆的裝備，也是因為她是精鋼級冒險者。同樣地，伊維爾哀與緹亞、緹娜姐妹身上也配戴著一眼就能看出等級超高的精品。

「沒什麼啦，老子只是在想處男也許正在緊張，想來拍拍你的屁股。」

原來她是來關心自己的，但克萊姆還是希望她別再處男處男叫個沒完。只要他有心，隨時都可以——到店裡——捨棄童貞，他只是沒這麼做罷了。

正當克萊姆在心中悄然落淚時，格格蘭用罕見的尖銳眼光，看向站在身旁的布萊恩。

「布萊恩·安格勞斯。曾與王國戰士長平分秋色的男人……原來如此啊，那項傳聞絕非虛假，也不是誇大其實呢。」

「蒼薔薇的戰士，格格蘭。原來如此……厲害。的確有資格作為精鋼級冒險者小隊的戰士。那麼，我合格了嗎？」

克萊姆不明白什麼合格不合格，看看布萊恩，只見他聳聳肩，告訴克萊姆格格蘭心裡的想法。

「她是來看我是不是個夠資格的戰士，能夠照顧克萊姆小兄弟啦。」

「是這樣的嗎？」

「才不是好嗎……你會怎樣都跟老子無關啦。老子過來只是覺得保持處男之身翹辮子太可憐了，要是有點時間的話，想替你開封一下而已啦。不過嘛，這下老子知道你打倒『幻魔』並不是偶然了。真是個了得的戰士。不用比劍老子也感覺得出來。只要有你在，一定簡單得很。」

「那真是謝謝妳了。我這下也知道傳聞是真的了。不過，還是不要大意比較好喔。這世上可多得是連我們都能瞬殺的怪物。」

「哦，真是謹慎啊。老子不討厭你這種男人喔。雖然你應該不是處男，不過要不要來一發？」

「還是免了吧。搞不好會被壓斷。」

克萊姆可不會去問是哪裡被壓斷。

「這樣啊，真遺憾。克萊姆，當心點啊。」

格格蘭揮手告別後，跨著大步揚長而去。目送著她的背影，布萊恩輕聲說：

「從外貌還真看不出來她這麼溫柔。」

「不只格格蘭女士，蒼薔薇的各位都很溫柔。伊維爾哀大人也是，雖然打扮成那樣，但意外地也很溫柔。」

「戴著面具的魔力系魔法吟唱者嗎……對了，葛傑夫說他見過一位叫安茲・烏爾・恭的人也是這樣，難道魔法吟唱者之間流行戴面具……嗯？看來好像要行動了。」

「好像是呢。遠方的小組為了跟大家配合襲擊時間，現在不出發就來不及了。」

兩人視線前方，看見了先行出發的小組。

克萊姆環顧周圍，視線四處徘徊尋找某位女性。

理所當然地，他找不到那個身影。她現在應該在跟賽納克王子一起行動。自己明知拉娜的辛勞，見不到她卻又感到有些寂寞，算是一種任性嗎？

「那麼克萊姆小兄弟，我們也動身吧。」

「……好的！走吧。」

克萊姆向自己的小組下令出發。

克萊姆。副組長布萊恩·安格勞斯。前山銅級冒險者四名。雷文侯領地內的民兵二十名。然後與雷文侯有來往的高位神官、魔法師工會人員等後方支援部隊也隨後跟上，總共三十二名人員靜悄悄地動身。

## 4

## 下火月〔九月〕四日　20：31

「想不到能湊到這樣的人員……我得向安茲大人致謝才行。」

這是塞巴斯一眼看到集合在宅邸內的成員們，所說出的第一句話。

以迪米烏哥斯為首，守護者當中派出了夏提雅與馬雷。戰鬥女僕（Pleiades）方面則可以看到索琉香與安特瑪的身影。其他還有多名迪米烏哥斯麾下的高位僕役——魔將（Evil Lord）。戰力強大到無法置信。也可以說戰力過剩了。

「尤其是守護者當中實力排名第一第二的兩位竟然都來了……」

「嗯——根據安茲大人的旨意，所有權責由我迪米烏哥斯掌控。塞巴斯，有沒有異議？」

「當然沒有。」

「那麼希望你不要誤會，安茲大人的確說要救出人類（琪雅蕾），不過湊齊了這樣的成員是有更崇高的目的，那就是誅殺對諸位無上至尊的臉吐口水，那些愚蠢的八指成員，明白嗎？」

「我很明白。次要目的才是救出琪雅蕾，對吧。」

「正是。不過我不認為琪雅蕾能承受得住復活魔法，所以我也贊成你的意見，希望趁她還活著時把她救出來。」

酸溜溜的講話方式。

「話雖如此，如果她已經死亡時該怎麼處理，的確是個問題。再說假使我是敵人的話，就會把人質的腦袋扔向愚蠢地前來送死的對手。」

「如果是迪米烏哥斯的話，應該會故意在對方面前凌虐人質，殺雞儆猴吧？」

「我必須承認妳說的沒錯。讓前來救人的人無法動彈，然後讓他在一旁看我折磨人質……真是令人心動的光景。」

「哪裡讓人心動了？」

塞巴斯將煩躁藏在笑容底下，向他問道。不用說，迪米烏哥斯的觀察眼光想必看穿了塞巴斯的假笑，所以他這樣不過是做做樣子罷了。

「全部啊，塞巴斯。全部。」

迪米烏哥斯笑容可掬，裂紋般的眼瞳中藏有冰冷透徹的光輝。

「當然，如果是我的話，我還會故意讓前來救人的人類帶著俘虜逃跑。先讓他們放心以為得救了，然後再來個大翻盤。畢竟希望越大，絕望也就越大嘛。」

「那樣好像也很有意思呢。下次有機會的話，就來玩玩看這招吧。」

「可、可是，如果這樣真的讓對方跑了，那、那個，不會很糟糕嗎？」

迪米烏哥斯與夏提雅都笑了起來。

「馬雷講話真有意思。就是要讓對方跑不掉啊。好吧，如果對方真的逃掉了，那我可得稱讚他們一句了。」

「有自信絕不會讓對方跑掉，才能這麼自負呀。真不愧是迪米烏哥斯。」

明明時間有限，迪米烏哥斯卻愉快地暢談折磨他人的樂趣。塞巴斯看得不耐煩了，提出問題以結束這個話題。

「迪米烏哥斯，您說要誅殺八指，情報已經到手了嗎？」

「嗯，一點問題都沒有，塞巴斯。情報已經到手了。」

「哦哦。」他佩服地感嘆出聲。關於這點，塞巴斯也不得不真心感到驚佩。

迪米烏哥斯待在王都的時間應該非常之短。但他還是弄到了情報，塞巴斯完全無法想像他究竟用了什麼手段。考慮到迪米烏哥斯是聽從主人命令而行動，他一定不是隨口說說，而是有確切的證據。

「再來就是到那個地點——有好幾個，進行襲擊罷了。當然，要盡可能在各個地點俘虜幾個可能持有情報之人，然後還要讓八指明白自己犯下的愚蠢行徑——」

講到這裡，迪米烏哥斯停頓了一下，瞧了一眼塞巴斯，然後再度開口。

「——為了讓那些踐踏安茲大人以至高輝煌的名號約定之事的人受到相應懲罰，我們必須套出情報。各位，有沒有異議？」

「沒、沒有！」

「竟敢對安茲大人無禮，就讓他們用身體贖罪吧。」

「自然沒有任何異議。」

兩名守護者與管家各自答話。

兩名戰鬥女僕與魔將們沒出聲，只是對迪米烏哥斯行了臣屬之禮。

「很好。那麼首先，塞巴斯。可以把對方叫你前往的地點告訴我嗎？來確認一下我收集到的情報裡有沒有那個地點吧。」

塞巴斯說出留在宅子裡的羊皮紙上畫的地點後，迪米烏哥斯露出笑容。

「應該說真是太幸運了，還是該難過少了一個該襲擊的地點呢。你說的地址似乎與我調查的一個地點完全一致。那麼那裡就交給你吧。」

「沒有問題。不過，她也許受了傷。如果能派一個會使用治癒魔法的人給我，那就再好不過了。」

「拯救那個人類是安茲大人所望……索琉香。我本來想留下探索能力優秀的妳擔任機動人員，不過妳願意支援塞巴斯嗎？」

「遵命，迪米烏哥斯大人。」

「還有應該待在那棟建築裡的人類，綁走了琪雅蕾的那些人……」

「你要是敢幫助讓安茲大人顏面掃地的人類，這次我真的會殺了你喔。」

「別擔心，迪米烏哥斯。我一定會殺光他們。」
「妾身從剛才就一直在看……你們講話就不能再和氣一點嗎？」
塞巴斯眼角瞄到迪米烏哥斯露出難以言喻的表情。同時他想，自己大概也是一樣的表情吧。
不過，自己為什麼會討厭迪米烏哥斯呢？想想還真不可思議。自己對同樣有虐待興趣的夏提雅並沒有反感，但跟迪米烏哥斯講話時總是一肚子火。
話雖如此，在這次這件事上跟迪米烏哥斯不合，等於是對偉大領袖的溫情吐口水。塞巴斯在心中向主人謝罪，並對迪米烏哥斯低下了頭。
「您是來彌補我的失敗，我卻對您態度這麼無禮，非常抱歉。」
「……我沒放在心上，塞巴斯。總之……你救回了琪雅蕾後，就火速將她送到納薩力克地下大墳墓避難，這樣可以吧？」
「當然。只是，那邊已經做好接受她的準備了嗎？」
「沒問題的。這方面啊，都處理妥當了喲。」
聽了語氣甜滋滋的安特瑪所言，塞巴斯點頭表示了解。
「那麼沒有其他問題了吧？好像沒有了呢。那麼接下來把成員分成七組，決定由誰襲擊哪個地點。當然塞巴斯與索琉香已經決定好了。還有我先提醒一件事，夏提雅！」

迪米烏哥斯突然強硬起來的口氣，讓夏提雅嚇得身子一震。

「什、什麼事呀，迪米烏哥斯。」

「妳擔任機動人員，暫且閒置。妳只要身上潑到太多鮮血就會失去理智。要是讓妳對付多數嘍囉弄到失控，那就麻煩了。」

「沒、沒問題的啦！只要用滴管長槍全部吸乾，發動的可能性就會降低很多。」

「就算這樣還是不行。這次行動必須非常小心。要極力避免任何風險。還有塞巴斯，我先跟你說聲抱歉。這次拯救琪雅蕾與嚴懲八指，都只是計畫的第一階段。但是計畫的全貌不用說，就連第二階段之後的行動計畫我都不能告訴你。這是因為你在計畫的第一階段結束時，我就得讓你歸返納薩力克，到時候你就置身事外了。為了避免情報洩漏，知道的人越少越好。」

「明白了。那麼我這就去準備行動。」

塞巴斯離開房間後，迪米烏哥斯對剩下的人員開口道：

「好。首先第一件事，我要告訴大家一些重要事項。絕不要聽漏了。安特瑪。妳能夠製造出幻象，對吧？我希望妳可以照我的指示用幻術做出幻象，可以嗎？」

「了解了。」

聽著迪米烏哥斯細微的指示，安特瑪在空無一物的空間中製造出一個虛像。浮現的幻象讓迪米烏哥斯很是滿意。

「禁止殺害這名人物。只是受點傷還沒關係，不過原則上禁止，希望大家記住。尤其是夏提雅。」

「不用這麼囉嗦妾身也知道呀。」

夏提雅被他一再叮嚀，大大嘟起了嘴，馬雷則是露出無奈的苦笑。

「那、那個，這件事，呃，不用告訴塞巴斯先生嗎？」

「不要緊。以他的性格來看，他不會隨便傷害此人……為了預防萬一，索琉香，發生特殊狀況時，可以幫我阻止他嗎？」

「遵命。」

迪米烏哥斯滿意地點頭。

這次作戰與為納薩力克帶來莫大利益的計畫息息相關。若是犯下重大失敗，可能拖延今後納薩力克……不，是無上至尊安茲．烏爾．恭未說出口的最終目的，也就是征服世界的進度。

既然主人已經說「全權交由你負責」，那就不容許失敗。

雅兒貝德也有嚴加命令，由於夏提雅、科塞特斯與塞巴斯接連犯錯，再繼續失敗下去，守護者——由無上至尊創造出來的角色當中，這些最高階層者的能力可能遭到懷疑。

誠然，主人並未對這些過失表示不悅，科塞特斯那件事更好像是照著主人的計畫進行，但依賴主人的溫情絕不是正確的態度。

（我要以這次作戰的成功，向安茲大人展示守護者派上用場的地方。）

無法好好效力讓主人滿意的愚蠢部下，還有存在的價值嗎？

然後主人會不會對這些窩囊的部下感到失望透頂，就連最後留下的一位大人也消聲匿跡呢？

連迪米烏哥斯想到這裡，都會害怕得渾身凍結。

（不允許失敗。不只如此，還得做出足夠的成果，將之前的過失一筆勾銷。）

迪米烏哥斯懷抱著堅定的意志，環顧室內所有人。

「還有希望大家別忘了，對夏提雅洗腦的人，也許還在虎視眈眈地伺機下手。所有人都不可以未經許可就離開負責區域，希望大家注意。包括我在內，任何守護者盤問的時候要立刻舉起雙手或是相等部位，不要有任何可疑舉動。如果對方有可疑舉動，為了安全起見，必須殺了對方。大家有沒有疑問？」

「呃，那個，剛才我已經問過問題，還可以再問嗎？」

迪米烏哥斯對馬雷溫柔地微笑，做個手勢要他繼續說。

「好、好的。我、我記得塞巴斯先生不像我們持有世界級道具，沒關係嗎？」

「關於這點，安茲大人也想過，塞巴斯要擔任誘餌。若是敵人願意上鉤，那是最好。為此，雅兒貝德已經在王座之廳待機了。還有無法使用『訊息』的人更要特別注意，不要擅自行動。整體監督由我負責，有任何問題請來找我。還有，包括我的計畫在內，我事先已經將所有事情告訴馬雷了，遇到跟我聯絡不上等緊急情況時，馬雷會指揮作戰行動。」

「那我……妾身呢？」

「夏提雅，不好意思，剛才我也說過我無法完全信賴妳，所以妳先待機吧。哦，我的意思是說我擔心妳的血之狂亂。」

「知道了呀！知、道、了！」

「計畫的第一階段結束後，就進入第二階段。關於這個階段我現在開始說明，這邊才是重點。希望大家特別用心聽——怎麼了？」

暗影惡魔（Shadow Daemon）從迪米烏哥斯的影子裡慢慢現身，低聲將得來的情報傳達給他。

「是這樣啊？雖然事出突然，但也沒辦法了。」

這件事對迪米烏哥斯來說雖然很麻煩，但也不能視若無睹。

「抱歉，馬雷。我得到最新消息，必須襲擊的八指據點增加了一個。對你不太好意思，不過我希望你改變襲擊地點。我想你一個人應該就夠了，不過為了安全起見，讓安特瑪也跟你去吧。」

「好、好的。呃，那個，請交給我。」

「回答得好。那麼細節等會再說，趁所有人都在，我要開始說明第二階段的計畫——磯漢那。這是這次在王都進行的一連串計畫當中最重要的部分，請大家安靜仔細聽。」

# 第八章 六臂

# Chapter 8 | Six arms

## 下火月（九月）四日　21:51

在王國，人們習慣於日落時分就寢。這是因為點燈也要花錢的關係。貧窮家庭較多的村落經常過著日出而作，日落而息的規律生活。

然而來到都市地帶，生活樣貌便與農村等地區有所不同。這種差異在多采多姿的繁華街等地更是顯著，各色店家與居民每當華燈初上，都會頓時活躍起來，有如夜行性的野獸。

不過，克萊姆要去的地方並非如此。那裡與其說是燈火輝煌的夜晚鬧區，毋寧說是封閉在暗夜中的黑街。

克萊姆不發一語，也沒拿照明燈火，走在靜悄悄的巷弄裡。沒有照明仍能在陰暗巷弄中走動，是因為鎧甲的頭盔部分具有與夜視頭盔（Helm of Dark Vision）相同的效用，雖然只能看到前方十五公尺以內，不過從細縫看出去的景象簡直有如白晝。

不只如此，使用了祕銀等材料打造的全身鎧，不同於鋼鐵製鎧甲，不會發出碰撞聲。再加上鎧甲附加的魔法力量，連一點金屬聲都沒有。除非是聽覺特別靈敏之人或是優秀的盜賊，否則就算站在附近，想必也聽不見克萊姆走路的聲響。

正因為如此，他才會參加先行偵察部隊。

走過巷弄，目的地映入視野。

周圍覆蓋著高聳的圍牆，形成與四周隔絕的空間。氣氛讓人聯想到監獄，或是要塞。不知道內部進行著何種非法行為？他不禁產生這種陰暗的想像。即使是安裝在門扉左右的魔法燈光，也無法抹滅這種印象。

事前情報所得知的建築物應該就在這圍牆後面，不過從這裡看不見。

「就是那個呢。錯不了。」

克萊姆壓低身子，低聲一說，就在旁邊空無一人的空間，有個聲音回答他。

「是啊，組長。就地點或氣氛來看，似乎就是那裡了。那麼我先去偵察一下。」

一名前山銅級冒險者，擁有盜賊系能力的男人說完，與他們同行的布萊恩答腔道：

「當心點啊。雖說你做了隱形，但別忘了還是有戰士能看穿。」

「當然了。敵人可是八指。我會抱著他們僱用了我這種程度的盜賊，或是魔法吟唱者的念頭謹慎行動。你們倆就替我祈禱成功吧。」

只說了這些，身邊的存在感便漸趨薄弱。雖然仔細傾聽也聽不見，不過如果是同等的盜賊等人的話，也許能聽見往宅邸逐漸遠去的細微腳步聲。

只剩下克萊姆與布萊恩。

他們將組員留在後面，是因為他們不擅長隱密行動。像全身鎧這種東西，等於是用噪音告訴對方自己在這裡。話雖如此，等會就要開打了，沒人有勇無謀到敢脫掉鎧甲靠近敵人。所以才會是這兩個人。

當然，兩人都是戰士，不可能學盜賊那樣行動。即使如此，克萊姆靠身上鎧甲的魔力，布萊恩則是使用武技，兩人因此能夠在黑暗中行動，所以能一同來到這麼靠近敵營的地帶。不過接下來實在只能交給專家了。

兩人冒著危險如此靠近敵營，是萬一盜賊潛入失敗，敵人加強防備時，要判斷是該攻還是逃。所以他們只要在這裡監視，就已經充分完成了職責。

即使如此，隨著時間經過，等待的一方由於沒有一起進去，難免盡往壞方面想像，不安的心情不斷膨脹。

「不會有事吧。」

他不禁脫口而出，布萊恩平靜地回答：

「不知道，不過……也只能選擇信賴吧。信賴前山銅級冒險者的能力。」

「說得也是。畢竟是老資歷的冒險者嘛。」

就這樣等了不知道多久，突如其來地，布萊恩手伸向腰際的刀。克萊姆也與之呼應般伸手去碰劍時，就在身邊傳來有些慌張的男人聲音。

「等等！等等！是我。我回來了。」

是前去偵察的盜賊的聲音。

「啊，果然啊。因為靠這麼近都沒做什麼，我就在想……你是在測試我是否真能用武技看穿嗎？」

「是啊，抱歉。你說得沒錯。真抱歉，我竟然想試試大名鼎鼎的布萊恩．安格勞斯有多大本事。」

「別在意。如果我跟你立場顛倒，搞不好也做了一樣的事。先別說這了，可以把潛入獲得的情報告訴我們嗎？」

克萊姆身旁的空氣動了動，感覺得到有某人坐了下來。看看旁邊明明沒有半個人，卻有種不可思議的感覺，好像那裡有人似的。

「──首先，我想那裡應該是用來訓練什麼的。圍牆後面的整片庭院，構造看起來就像是訓練所。建築物內部我只大致看了一遍，似乎有好幾間類似隔室的個別房間。我想應該是八指警備部門的設施不會錯。有個地方戒備森嚴，有點難以接近。然後有一件非常糟糕的狀況，組長。」

那人的語氣變了。其中充滿了極度的緊迫感。

「潛入得到的重大情報有兩件。一個是建物內部有牢房，裡面囚禁著女性。另一個是有幾個人的外貌特徵與六臂相符。」

先不論女性，六臂可能在這裡面，是早就預料到的事了。這樣還有什麼問題呢？克萊姆產生的疑問，立即因為布萊恩的提問獲得解釋。

「有幾個人？聽起來不像一個人。」

「五人。考慮到幻魔已經被捕，這下是全員到齊了。」

換句話說，此地是無法攻略的難關。也就是說他們抽中了籤王。不過——

「那真是……雖然糟透了，但也很幸運呢。因為全員聚集在這裡，就表示其他地點很容易就能攻陷。」

這算是不幸中的大幸吧。

「那麼，要怎麼做？」

「還能怎麼做呢。想攻陷這裡實在不可能。撤退吧。」

「這樣好嗎，克萊姆小兄弟？」

「雖然不好，但沒辦法。六臂會聚集在這裡，表示這裡是常駐設施，或是有什麼他們重視的東西。沒確認清楚這點就撤退非常不妙。但我認為我們不該做戰力上不可為的行動。」

「確實如此……」

「那麼，要不要我再侵入一次看看情況，好歹帶點什麼文件回去？」

「不，太危險了，還是算了吧。既然對方沒發現我們，我想還是即刻撤退比較明智。如何？」

「說得對，我贊成。那麼我們接下來要怎麼做？去攻略其他地點嗎？」

「我想這樣最有效。可以請您先向後方人員們報告嗎？我們在這裡待機，確認有沒有人出來追您。」

「我想應該不會，不會還是小心為上。那就拜託你們嘍。」

還未解除隱形的盜賊，故意發出克萊姆他們也聽得見的輕快足音，退向留在後方的組員們等待的地點。

「……好像沒有動靜呢，克萊姆小兄弟。」

「是啊。那麼我們也撤退，跟他們一起前往其他地點吧。」

「也好──嗯？克萊姆小兄弟，你看那個。」

眼睛往他手指的方向一看，昨天見過的一位人物正往克萊姆他們監視的建物走去。

「那是塞巴斯大人嗎？他怎麼會在這裡？」

「……怎麼想都不是偶然，不過……發生什麼事了嗎？難不成跟他們是一夥的？」

「我可以斷定絕對不是。布萊恩大人其實也這麼想吧？」

「哎，的確不可能。除非是個超會演戲的人，不過那位大人應該不是那種人。」

「總之，我們先出聲——」

話音甫落，塞巴斯的視線一轉，一直線地盯向兩人。克萊姆他們為了監視建物，拉開了一段距離，而且藏身在黑暗之中。照理來說應該不容易發現。雖然他也有可能只是偶然看向這邊，但克萊姆敢斬釘截鐵地斷定並非如此。

塞巴斯小跑步地趕過來。

那速度實在異常。快到簡直像每次眨眼就做一次瞬間移動，加速地拉近距離。明明只是正常跑過來，那種速度卻不尋常到讓腦部拒絕辨識。

然後他跳進巷弄。更正確地形容，或許應該說是跳越匍匐在巷弄入口的兩人上方進來。

「真是太巧了，能在此地遇見兩位。有什麼事嗎？」

「呃，不，我們也想問這個問題……我們是為了襲擊八指擁有的那棟建物，所以才潛伏在這裡。」

「……就你們兩位嗎？」

「不，後方還有幾人。」

「原來如此。」塞巴斯小聲低語了一句，克萊姆向他問道：

「塞巴斯大人怎麼會來到這裡？您有事要去那棟建築物嗎？」

「是的。是這樣的，昨天向您提過的那名我救來的女性被人綁架了。對方叫我過來，所以我就來了。」

「是這樣嗎！剛才進入內部偵察的同伴的確說過，裡面有位女性。」

「……那位同伴現在在哪裡？」

「哦。我想他很快就會回來了……啊，來得剛好。」

在布萊恩的視線前方，解除了隱形的冒險者回來了。他訝異地望向塞巴斯，這個風度翩翩的老人突然出現，顯得與此地格格不入。

「這位是之前逮捕『幻魔』時向我們提供協助的塞巴斯大人。剛才提到關在牢裡的那名女性，似乎是塞巴斯大人的熟人，所以才會在這裡不期而遇。這位大人絕對值得信賴，請不用擔心。」

「原來如此。」盜賊回答，開始以那名女性為重點，說出自己親眼看到的詳細情報。聽完所有情報後，塞巴斯發出滿懷謝意的聲音。

「原來如此。我明白了。謝謝您。這下要救她就容易多了。」

「不，請別放在心上，老先生。話說回來，大夥已經做好撤退準備了……」

塞巴斯熟識的女性被關在裡面，自己與其他人卻決定要撤退，這種罪惡感讓盜賊一臉尷尬，偷偷觀察塞巴斯的臉色。

「塞巴斯大人。人稱八指最強的六臂當中，有五人聚集在內……您能打倒他們嗎？」

克萊姆的詢問讓盜賊蹙起眉頭。他的心情克萊姆十分明白。六臂是足以與精鋼級冒險者匹敵的強者。他一定是認為一次對付五個這種人不可能打贏吧。然而，塞巴斯無視於他的這種想法，輕輕頷首。

「如果是五個沙丘隆特那種程度的人，我想沒問題。」

盜賊差點沒翻白眼，把克萊姆與布萊恩拉到稍遠一旁，一邊用哀痛的眼神看著塞巴斯，一邊問道：

「……組長。那個人該不會是個瘋子吧？」

聽塞巴斯那樣斷言，一般的確會這樣想，這也無可厚非。知道精鋼級冒險者強大實力的人當然會做如此想。然而，目睹過塞巴斯少許實力的克萊姆，知道他絕不是在說大話。

「不是的。那位大人就是那麼厲害。」

盜賊目不轉睛地盯著克萊姆。那眼神仍然像是在看瘋子。

「布萊恩大人也是這麼想。」

「咦！連布萊恩．安格勞斯都這樣想？」

布萊恩苦笑著對盜賊點點頭。

「是啊，那位大人強到我跟葛傑夫一起上都打不贏。」

「那、那可真是……不，如果你們說的是真的，那真是太厲害了……」

雖然難以置信，但兩人都說到這地步了，也只能相信了。盜賊用這種複雜的表情望著塞巴斯。

「只要能請塞巴斯大人協助，說不定……不好意思，可以請您也將六臂的事告訴塞巴斯大人嗎？」

盜賊同意了，塞巴斯平靜地聽他說完，只有在提到六臂中一人的綽號之時，失去了紳士的氣度。

「不死之王狄瓦諾克是嗎……區區蠢貨不配擁有這種綽號。」

除了塞巴斯低喃的這句話外，其他沒什麼特別狀況，情報交換完成。這時克萊姆問道：

「那麼塞巴斯大人……若您不介意，是否可以請您助我們一臂之力？」

「當然可以。反正我就是來救琪雅蕾的。那麼六臂就交給我對付吧。」

「那麼請塞巴斯大人從正面入侵，吸引敵人們的注意，我們趁這機會偷偷潛入，雖然不能說代替大人，就由我們救出琪雅蕾小姐吧。」

「也好。為了防止她被當成人質，或是從別的脫逃路徑被帶走，如果各位能趁敵人分神時救出她，那是再好不過了。」

「我明白了。我們一定會將琪雅蕾小姐平安帶出來。那麼，要由哪些成員前往呢？我知道按照當初計畫讓所有人入侵，不是個好辦法……」

「嗯——如果有必要悄悄潛入，那得盡量不發出聲音才行。再來是救出對方後必須一直線往外衝，所以要能打鬥才行。這樣一來……」

盜賊被兩人一問，看著克萊姆與布萊恩。

「若是能無限使用透明化魔法，還能想出別的辦法，但……也許就我們三人最合適吧。」

「我也可以嗎？」

「因為我們同伴的戰士鎧甲聲音都太響了，不適合潛入嘛。」

「我知道了。就由我們幾個入侵吧。」

「若是我們那邊的魔法吟唱者能使用消音之類魔法的話，還另當別論……總之只有三個人的話應該有辦法可想，請人家幫我們施加透明化魔法吧。」

「隱形啊。」克萊姆發出苦澀的聲音。「這個頭盔一天能發動一次與看穿隱形的魔法相同的效果，所以全員變得透明也沒問題，不過大家呢？要是看不到其他人而迷路，那問題可就大了。」

「我沒問題。我已讓人在手邊的魔法道具中灌注了看穿隱形的魔法，雖然只能使用一次，但可以對自己發動。」

「我沒有這方面的能力，但我想我應該不會聽漏組長你們的腳步聲。」

「這樣的話，潛入組溝通上應該不會有問題了。那麼請塞巴斯大人隔一段時間再行動，我們先潛入吧。」

「拜託各位了。」

塞巴斯垂下白髮蒼蒼的頭，讓克萊姆與布萊恩都大感惶恐。自己沒做任何讓這樣了不起的人物低頭的事。因為就跟上次襲擊娼館時一樣，他們也有點在利用塞巴斯這位強者。

「不，請您千萬別放在心上。我們也是來襲擊此地的，甚至還很感謝塞巴斯大人願意對付六臂呢。」

「那就是互相幫助呢。」

塞巴斯笑容可掬的臉上，找不到任何對克萊姆他們的負面情緒。克萊姆放了心，站起來。

「那麼我們先後退，請人幫我們施加魔法吧。」

## 2

## 下火月〔九月〕四日　22：15

稍許隔了段時間——雖說如此，也比指定時間早了幾分鐘，塞巴斯站在門前。由於門扉呈現格子狀，因此看得到門的內側，但是被樹木擋住視野，看不到遠處。

「喂，很準時嘛。」

伴隨著嘶啞的聲音，一個男人從樹木之間現身。

當然，塞巴斯從一開始就注意到男人在那裡。因為他啟動了能察覺區域內生命反應的能力。如果對方使用了潛伏系的特殊技能(Skill)，有時會無法發現對方，所以不能太過依賴，不過就某種程度上來說還算有用。

「這邊，跟我來。」

男人開了門，在他的帶領下，塞巴斯走在庭院的小徑上。

以八指這種非法組織的庭院來說，氣氛並不陰暗，樹木修剪得乾淨整齊，感覺僱用了手藝不錯的園丁。

沿著小徑走了一會兒，眼前出現一片像是訓練所的寬敞地方。

幾個篝火台燃燒著熊熊火焰，鮮紅的火光照亮著周遭。

約莫有三十來人吧，在那裡等著的好幾個男人以及幾個女人，臉上露出不懷好意的笑容。那種笑容相當沒品，沉醉在暴力中，絲毫沒有想到自己敗北的可能性。

塞巴斯環顧廣場。雖然沒有半個能與自己為敵的人，不過他找到了克萊姆他們提到的六臂那些人。

其中一人身穿連帽長袍。長袍染成黑色，下擺部分以鮮豔紅線繡出了有如火焰的圖像。雖然看不見連衣帽底下的臉，不過飄散出來的氣息毫無生命力，而是正好相反。看來不死並不是一種譬喻，而是真的身為不死者，才會得到這個綽號吧。

唯一的女性身穿薄絹，看起來一身輕盈。手腕與腳踝配戴著金環，隨著移動發出清澈的金屬聲。腰帶上掛著六把彎刀（Scimitar）。

接下來這個男人身穿錦衣華服。他穿著金線刺繡的上衣與背心（鬥牛士禮服），武器是彷彿劍尖刺出薔薇的細劍，散發出薔薇的芬芳。

最後一個男人以毫無裝飾的全身鎧保護身體，劍穩穩地收在刀鞘裡。

總共四人。沒找到敵人的首領桀洛。也許在哪裡等著出場吧。

這四人走上前來，其他人則移動到包圍塞巴斯的位置。

「老爺爺，聽說你挺有一手？只靠拳頭就能把人揍飛，對吧？」

「在八指當中，我們也是靠實力確保地位的。我們輸了會有點不妙。那個笨蛋沒搞清楚這一點。雖說奴隸買賣部門正在走下坡，但也不能在他們頭子（哥可道爾）面前輸掉啊。」

「說到這裡我有個問題。沙丘隆特堅稱自己是輸給布萊恩・安格勞斯，他並不是輸給你而不敢承認吧？」

「是的。我沒有直接與他交手。只有在他來到宅邸時見過一面，然後就是他倒臥在地上的模樣。」

「原來如此。那麼，好吧，他會輸也是無可厚非的吧。對付大名鼎鼎的布萊恩・安格勞斯，憑他的實力想必打不贏。」

「想到他那次對戰後又繼續磨練功夫，現在與葛傑夫・史托羅諾夫仍然不分軒輊，輸了也是情有可原吧。」

「不過，這不代表我們能饒過你。安格勞斯與金閃閃公主的跟班之後再收拾，首先是你這個惹出麻煩的老頭。先殺了你。」

「我們得用蠻力讓你屈服，殺了你。不然我們立場上會很麻煩。」

「看看那邊吧。」

被六臂的成員們你一言我一語地說著，塞巴斯指向建築物的三樓。

「那裡聚集了來自各方的大人物。他們是來看我們整死你這老頭的。」

「那個叫桀洛的也在那裡嗎？」

「哎，是啊。」

四人中的一人露出瞧不起人的笑臉。塞巴斯伸出手指，指向那邊。無視於六臂大惑不解的表情，他放下了手。

「你這是在幹嘛？跟他們挑釁嗎？」

「請別放在心上。那麼她現在人在哪裡？」

「你說她，指的是誰呀？」

對方還是一樣瞧不起人地笑著反問，塞巴斯淡定地回答：

「你們從宅邸抓來的女性，她叫琪雅蕾。」

「——如果我說她死了呢？」

「你們有這麼好心嗎？」

「哈哈哈！答對了。我們沒那麼好心。那個女人是要送給岢可道爾的禮物之一。小心保管著呢。」

「原來如此……原來如此。」

塞巴斯看到四人當中，有一人視線稍微往建築物的某個位置動了一下。不過，令他在意的是，那個位置並不是剛才聽到琪雅蕾被囚禁的場所——既然這樣，只要確認清楚就行了。

「難得有這機會，你們就一起來吧。要是讓桀洛跑了也麻煩，而且也只是浪費時間。」

「……口氣不小嘛，人類。」

「一定是對付嘍囉太輕鬆了，所以驕矜自滿了吧？不過，你有遇過真正的強者嗎？」

「真是句名言呢。我想把這句話原封不動還給各位，不過……可以問一個問題嗎？你們為什麼會覺得我比布萊恩大人弱呢？」

「別把我們看扁了。到我們這個程度的戰士，見面時就看得出對手有多少實力了。照我們來看，老頭你比我們差多啦。」

除了狄瓦諾克之外，另外兩人都表示同意。

「原來如此……」

塞巴斯也能以氣的大小估量對手大致上的力量。不過就跟其他狀況一樣，若是以特殊技能或是魔法等方式隱蔽等等，就不容易判斷了。

「所以啦。給你個機會。我們一次只會派一個人上場。所以——」

「——我可是很強的喔。」

塞巴斯動動手指，要他們儘管上。

「剛才我也說過，別那麼麻煩一個一個來，所有人一起上吧。這樣的話應該能撐個十秒吧。」

「別小看我們了，人類。」

狄瓦諾克的肩膀不住抖動。

「小看？小看對手的是你們幾位。我的名字是塞巴斯。賜我這個名字的大人是最強的戰士。我所侍奉的主人是無上的統治者……跟你們這些低俗之輩講也沒用吧。好了，我已經懶得應付你們。該結束了。」

塞巴斯踏出一步。對象是綽號最令塞巴斯感到不快的人。

「不死之王」狄瓦諾克。

其真面目是自然誕生的死者大魔法師(Elder Lich)。不死者基本上誕生於眾多死亡當中，是憎恨生命的物種，常常一心只想奪走生物的性命。然而在一部分擁有知性的不死者當中，也有人壓抑憎惡，與生者建立人際關係。狄瓦諾克也是一個這樣的不死者。

他耗費虛偽生命的目的，在於更靈活地運用魔法力量，以及學習自出生以來就能使用的一部分魔法以外的技術。

然而就算想學習技術，身為被視為生者大敵的不死者，他不可能向任何人拜師。如果有跟他一樣的不死者——實際上的確有一群不死者的魔法吟唱者組成的祕密結社——事情也許就不同了，但很遺憾地，狄瓦諾克沒機會遇見這樣的對象。

所以他想到可以積聚財物，然後以此為代價讓人教他魔法。

剛開始他殺害路上的旅人搶劫，然而後來他輸給前來討伐的冒險者，痛切感受到自己的愚昧，開始摸索新的賺錢手段。於是他隱藏起真面目，加入了傭兵團。

然而後來別人知道他能連續發射「火球（Fire Ball）」，不死者的身分因此曝光，他又只得逃出那個傭兵團。

後來有個人找上失去賺錢方法的他，那就是桀洛。

他替狄瓦諾克介紹了願意教他魔法技術的人，並支付適度的報酬，相對地要求他在自己麾下發揮這份魔法力量。這對狄瓦諾克而言真是求之不得。

只要逐漸學會行使多種魔法的力量，身為不死者而沒有壽命問題的他，可以說終有一天可能成為毀滅所有生命的存在。桀洛或許援助了一個人類將來的禍害。

然而——

——一面刮起暴風一面接近的塞巴斯，右手緊握拳頭揮出正拳。無暇防禦或閃避，甚至連動一下的時間都沒有，狄瓦諾克的頭部就被打飛。

虛偽生命遭到抹殺的狄瓦諾克，來不及理解自己為何觸怒了對手，就這樣消滅了。

塞巴斯一反常態，用鄙視的態度不屑地說：

「這世上只有一位大人有資格使用那個稱號。就是那位無比尊榮的大人。你這種下等不死者簡直自不量力。」

塞巴斯右手一揮，甩掉沾在手上的骨頭碎片，同時狄瓦諾克的身體也完全消滅，身上裝備的許多魔法道具散落一地。

當周圍所有人驚愕地完全凍結時，六臂還能展開行動，真不愧是戰鬥能手，不是經歷過多次生死關頭的人，是辦不到的。

這的確值得稱讚。因為這證明了他們號稱相當於精鋼級冒險者，絕非名不符實。

接著塞巴斯走向那個女人。

「血舞彎刀」愛德絲特蓮。

有一種魔法賦予效果叫作舞蹈（Dance）。如名稱所示，這是一種讓武器如起舞般行動的魔法賦予效果，由於武器會自動進行攻擊，因此一般認為最適合用來增加攻擊次數。

只不過這種魔法賦予效果只能進行單調的動作，因此不適合作為主力攻擊。頂多只能用來偷襲或是牽制，在她這種等級的戰士激烈交鋒的戰場上，這招只能用來妨礙對手。由於一件武具能賦予的魔法有限，所以與其賦予舞蹈效果，不如選擇其他效果比較好，這是相當合理的判斷。例如蒼薔薇的戰士格格蘭，就會使用只著重於增加損傷效果的武器。

然而對她來說，沒有比舞蹈更適合她的魔法賦予效果了。

賦予了舞蹈這種魔法效果的武器，本來是由主人思考下令行動的。只是主人身處於搏命死戰當中，除非彼此戰鬥能力相差懸殊，否則要適切命令自己沒拿在手上的武器，而且還是從完全不同的地方砍殺敵人，是件相當困難的事，所以才只能做出單調動作。

但她不一樣。

她能以極其自然的動作操縱武器，彷彿那裡有個隱形戰士——而且能力與她相當。原因在於腦部的異樣構造。這不是天生異能（Talent），而是出生以來就擁有兩種能力。

一種是空間知覺非常優秀——達到了異常的等級。

而且——有人能夠未經訓練就讓右手與左手進行完全不同的作業，不過她的能力比那更強，腦部擁有異樣的柔軟度。這是第二種。

擁有兩個腦子。被這樣形容也不奇怪的腦力，正是她的才能。

假設她只有其中一種能力，恐怕就無法這樣隨心所欲地使劍了。然而，這兩種能力在她當中合而為一。這可說是一項奇蹟。

恐怕在王國九百萬人民當中，除了她以外，沒有人同時擁有這兩種能力了。

聽從她的戰鬥意志，彎刀自行出鞘，浮上半空。她只需要專心防禦就行。五把劍會自動進行攻擊。

這裡是刀劍結界。一旦踏入必死無疑的牢籠。

然而——

彎刀還沒開始攻擊，塞巴斯便已踏入攻擊範圍，以不可能的速度橫向揮出手刀。

霎時間，她的頭顱落地了。塞巴斯包覆著氣的手刀比隨便一把刀劍都要來得銳利。

她從頸口噴著鮮血，身體慢了一拍才倒臥地面。但是舞上半空的五把彎刀還在空中。

這是因為塞巴斯的手刀太過銳利，速度又太快，讓她沒感受到死亡。或許連痛楚都沒有。

聽從意志起舞的五把彎刀，彷彿劃破半空般飛向塞巴斯。

然而，塞巴斯無視於那幾把刀，挺直了背脊站在那裡，以帶有坦率讚賞的語氣，溫柔地對掉在地上的頭顱說道：

「頭都被砍下了，竟然還有意戰鬥……我對您的鬥志表示敬意。」

她嘴唇一張一合。

「你在胡說什麼」。「我聽不懂」。

然而從那句話當中，她或許感覺到什麼了吧。她眼珠子骨碌碌地轉，發現了自己失去頭顱的身軀。表情產生劇烈變化。她眨了好幾下眼睛，然後瞪大雙眼，眼珠子都快滾了出來。

不敢相信。這是騙人的。一定是幻術。我不可能被打敗。他沒對我做什麼。身體無法動彈也一定是某種魔法造成的。拜託誰說說話啊。

然後當她承認了事實，她的臉上塗滿了絕望之色。

她的嘴再度一張一合，殺向塞巴斯的劍像被扔掉般摔落地面，再也沒有動靜。

「兩個人一起上！兩個人對付他！」

穿著全身鎧的男人，發出了近似慘叫的聲音。再堅固的鎧甲也不能抵禦恐懼。

他不是用腦，而是全副心靈完全理解到，塞巴斯剛才所言全部屬實，自己正在與絕對不能與之為敵，不該存在於這世上的生物對峙。

「吃、吃、吃我、吃吃我的『空……空間斬』。」

他已經知道了。知道自己即將死亡。知道不管發生什麼事，自己都不可能戰勝塞巴斯這號人物。

之所以沒有逃跑，是因為直覺告訴他：走不了幾步就會被殺。前進也是死，逃跑也是死。既然如此，至少……這種想法證明了他還算是個戰士。

與之對峙的塞巴斯瞇起眼睛。

因為他在想，也許對方是第一個必須警戒其能力的敵人。

創造塞巴斯的世界冠軍，塔其．米的殺手鐧正是切開空間的一擊。當然此人不可能到達那個領域，但就算是個假貨，也可能對塞巴斯造成損傷。

「空間斬」佩什利安。

以從長達一公尺的劍鞘拔出的一閃，將三公尺外的對手一刀兩斷的魔技，讓他得到了這個綽號。這招實際上，並不是真的切開了空間。

祕密就在劍上。

有種劍叫做劍鞭。這是一種以柔軟鐵片打造的長劍，易彎曲。他所持有的武器就是將劍鞭削到最細，也可以稱為斬絲劍。說成金屬製的細鞭或許更貼切。

將這武器拔出劍鞘高速揮動，就能砍殺敵人不留痕跡，只見冷光閃閃，因此才有此種綽號。

與六臂其他人相較之下，這種招數有點近乎戲法，但能如此靈活運用這種難以駕馭的武器，證明了他作為戰士的高超本事。若是把同樣的武器交給葛傑夫，縱然他被稱為最強戰士，也無法使得像佩什利安一樣好吧。

而且就算招數被看穿，也不影響其威力。

鞭子可怕的地方在於前端部分的速度超乎常理。目測閃避相當困難——不，幾乎是不可能。

超速的斬擊。人類無法對應的攻擊，與切開空間又有何異呢。

然而——

劍的前端部分。進入超高速領域的一擊被夾在兩根手指之間。那動作實在太隨意，自然得就像拈起掉在地板上的東西。

塞巴斯細細端詳夾在手指間的金屬，揚起一邊眉毛。

「這是什麼啊……還說切開空間……」

「殺！」

發出怪鳥鳴叫般的咆哮，細劍朝塞巴斯刺出。

「千殺」馬姆維斯特。

他的主要武器薔薇之刺（Rose Thorn）施加了兩種賦予魔法（Enchant）。一種是輾肉（Flesh Grinding）。能夠在刺進肉體的瞬間，扭轉著周圍的肌肉往內陷，是一種可怕的力量。這種效果會拉扯突刺傷口周圍的皮肉，留下慘不忍睹的傷痕。另一種是暗殺專家（Assassinate Master）。這種魔法力量會擴大傷口，即使一點擦傷也能演變成重傷。

這兩項能力就已經夠凶惡了，但還有一項能力火上添油。它不是魔法的力量——而是毒素。

薔薇之刺的前端部分塗滿了多種毒素混合而成的致命劇毒。這是因為馬姆維斯特本來不是戰士，而比較偏向暗殺者，所以才會備有這麼一手。只要是為了殺死對手而揮劍，不管用的是何種手段，能在短時間內殺掉才有效率，在這種想法下做出的組合，真的連一點擦傷都能奪人性命。

如果沒事先想好對策，不管是葛傑夫．史托羅諾夫還是布萊恩．安格勞斯，都得成為刀下亡魂。

不過這當中有個弱點。

由於依賴著只要給予擦傷就能打贏的想法，馬姆維斯特的劍術本領稍微遜色了點。不過，只有突刺是真本事，如同閃光般的刺擊甚至可以斷定比葛傑夫還要優秀。

換句話說，這是王都當中最強的刺擊。

另外再附加多種武技的這一招，相近於過去曾是漆黑聖典成員之一的克萊門汀。

然而——

塞巴斯沒躲。沒必要躲。

「…………！」

全力刺出手臂的馬姆維斯特說不出話來。

薔薇之刺——一點擦傷都能殺死對手的凶惡武器。他看到塞巴斯的手指擋在它的尖端。

沒錯，塞巴斯用食指指腹擋住了刺出的細劍尖端。

「……什、什麼？」

馬姆維斯特不斷眨眼睛，次數到了異常的地步，才好不容易認清那既非幻覺，也非做夢，喘息似的說出話來。這是他此時唯一能做到的。

以常識來想是不可能的。連鋼鐵都能刺穿的一擊，不可能用指腹擋下來，他的經驗如此大喊。然而眼前發生的卻是事實。

馬姆維斯特的全力，連老人輕輕舉起的手指都推不動。

薔薇之刺彎曲著。

他想拉回細劍砍向別的部位，但還來不及這樣做，塞巴斯先用拇指與食指捏住了尖端。

光是這樣他就變得動彈不得。

眼前是一座不動的泰山。一看，同伴也拚命想把劍拉回來。

在這情況當中，響起一個斬斷一切的鋼鐵之聲。

「好了，換我上了。」

下個瞬間，佩什利安的頭部爆開了。

那以塞巴斯來說是很罕見的攻擊。他至今使出的一切都算得上是招式，然而這一擊正確來說，應該是氣憤到無法思考，用蠻力把對手揍飛了。

他將視線移向從輕易就被炸飛的頭部突出的右手。

白色手套染上斑點，飄散出鐵鏽的臭味。

「這真是失態了……」

放開捏著細劍的手指，塞巴斯脫下染血的手套扔掉。手套掉在石板地上的瞬間，馬姆維斯特從旁用細劍的尖端勾住了它，搶走了手套。

或許馬姆維斯特很有自信，覺得這一下的速度快如夜空中的流星，然而就塞巴斯看來卻慢到想打呵欠。他大可以擊碎細劍，或是踏出一步打爆對方的頭，多的是拿回手套的辦法，但對方的目的實在太過難解，塞巴斯覺得困惑而沒出手，只是坦率地說出疑問：

「您……究竟想做什麼？」

「就是這個！這就是強化你的魔法道具吧！」

只是隻布做的手套罷了。

破鑼般的聲音。嘴角的白沫。再加上充血的眼睛。馬姆維斯特的精神恐怕已經一半陷入了瘋狂的世界。由於目睹了實在難以置信的光景，讓他不顧一切也想找出理由。

「您只需要承認我的強大就好，何至於此呢……您要這樣想也行啦。」

塞巴斯朝著面露撕裂嘴角般笑臉的男人，揮出了拳頭。

頭部被炸飛的馬姆維斯特癱軟倒地後，現場只剩下寧靜。

塞巴斯對著指腹吹了口氣，好像上面沾到了什麼似的。雖然「鋼鐵皮膚」的防護讓他連一點擦傷都沒受到。

「總之，若不是空間斬這種名稱刺激了我的戒心，五秒就結束了。能撐二十秒實在值得讚許。」

接著塞巴斯對準備獵捕建築物當中，待在他剛才指出的位置的人們——從窗戶目睹了這片慘狀的人的捕食者下令：

「索琉香，我想他們應該擁有重要情報，所以不要殺死他們。那麼……」

他冷冷地瞥了一眼團團包圍著自己，愣在原地的人們。

「再追加十秒吧。」

## 3

**下火月（九月）四日** 22：13

克萊姆小跑步衝過無人的走廊。雖然施加了「隱形（Invisibility）」，但藉由頭盔的魔法力量，能看見一同奔跑的兩人身影。甚至讓他懷疑到底有沒有施加透明化魔法。不過只要定睛凝視就會發現兩人的顏色較淡，因此沒什麼好懷疑的。

他注意著不要發出太大聲響，但也不能放慢速度。

他們必須趁塞巴斯爭取時間之際，救出被綁架的女性。就算塞巴斯是葛傑夫·史托羅諾夫與布萊恩·安格勞斯加在一起也敵不過的強者，對手可是號稱能與精鋼級冒險者匹敵的六臂。若是被集體圍攻，也許會有危險。為此他們必須立刻救出被囚禁的女性，與塞巴斯一起逃出此地才行。

彎過幾次轉角，衝下一個樓層的階梯時，走在前頭的男人突然停下腳步。

克萊姆原地踏了幾步，盜賊壓低音量向他道歉：

「抱歉突然停下來，組長。就是這裡。這個轉角的前面就是牢房，最裡面關了一個女人。」

雖然純屬偶然，不過就像算準了他出聲的時機般，魔法剛好在這時解除，三人的顏色變得清晰。

聽從盜賊的暗號，克萊姆從轉角探頭一看，前面是條陰暗的通道，並列著好幾間較大的牢房。

「……剛才來的時候也是這樣，還是沒半個人呢。」

別說俘虜，連看守都沒有。如此粗心大意，實在太過可疑。簡直像是在引誘他們。不過，冷靜想想，不可能有人不要命到入侵八指最強六臂成員全體集合的這棟建築物。克萊姆他們也是，要不是塞巴斯擔任誘餌，又有一名女子被囚禁在這裡等種種因素加在一起的話，他們是不會涉這個險的。

那些人（六臂）應該也是這種想法。

這種從容的態度與破綻，對克萊姆他們大大有利，這正是所謂的善騎者墮。

「那就趕快進去，把人救一救吧。」

也許是因為一起闖入險地，盜賊問話的態度比剛才親近多了，布萊恩問他：

「在那之前，可以問個問題嗎？最裡面那扇雙開門是什麼？」

視線往最深處看去，只見那裡如同布萊恩所說，有一扇大門。

「啊——就我至今的經驗來看，這裡並列的應該不是牢房，而是用來關野獸的籠子吧？我想從最裡面那扇門應該可以把野獸……帶到類似競技場的地方。」

「原來如此……的確，從牢房可以聞到野獸的腥味呢。聽說在帝國，也會讓魔獸之類的在競技場交戰……」

克萊姆也學著布萊恩嗅了嗅空氣中含有的臭味。是野獸，而且還是肉食性野獸的臭味。

「不過是帶去訓練，還是進行公開處刑，可是有差的喔。我不太想去想像其他用途……但可能也表演過畸形秀吧。唉，瞧我講到哪裡去了。要走了嗎？」

布萊恩問道，克萊姆點頭回應。而盜賊也表示同意。

由盜賊帶頭，克萊姆與布萊恩一左一右，跟了上去。

三人沒遇到任何狀況，到達了最裡面的牢房，盜賊開始檢查深處的門扉。克萊姆從隨身包中取出一個鈴鐺，然後搖響了它。

魔法力量發動，傳出牢房門鎖打開的聲音。盜賊雖然一臉不悅，但沒時間了。這種小事情只能請他見諒。

「是琪雅蕾小姐嗎？」

克萊姆出聲呼喚牢裡女性。躺在地上的女性撐起身子。外貌完全符合從塞巴斯那裡聽來的特徵，身上穿的是女僕裝。想到她的穿著應該跟被綁架時一樣，應該就是她不會錯了。

克萊姆心裡安穩不少。第一個目的達成了。再來就是第二個目的，也就是帶著她安全逃出這裡。

「我們是受塞巴斯大人所託，來救妳的。請跟我來。」

克萊姆對她說道，女性——琪雅蕾點了個頭。

從牢房走出來的琪雅蕾看看布萊恩，然後看看盜賊，顯得有點驚訝。尤其在布萊恩身上視線停留得最久。

「這扇門——可能通往競技場的門後方沒傳來聲音。不過踏進沒有任何情報的場所還是太危險了。我們應該按照預定計畫，沿著原路回去。」

克萊姆與布萊恩也都贊成。應該說兩人都是戰士，知道這種狀況交給專業判斷最好，所以毫不猶豫地答應了。

克萊姆低頭看看琪雅蕾的腳，確認她有穿鞋子。這樣用跑的也應該沒問題。

「那就趁敵人還沒來，趕快開溜吧。」

「好，我知道了。跟剛才一樣由我帶頭，你們跟我來。不過，這次沒有透明化的魔法了。我會一邊注意一邊前進，所以你們別看漏了我打的暗號。」

「我明白了……怎麼了嗎？布萊恩大人。」

看到布萊恩用一種觀察的眼光注視著琪雅蕾，克萊姆向他問道。

「嗯？……哦，不，沒什麼，克萊姆小兄弟。」

蹙起眉頭的布萊恩沒再說什麼。克萊姆看了一下琪雅蕾，但沒發現什麼特別讓他在意的地方，就只是個被囚禁的女僕。

「沒問題吧？那，我要走嘍？」

盜賊開始奔跑，克萊姆與布萊恩也跟上，最後是琪雅蕾。

跑過牢房前，盜賊在轉角處放慢速度。應該是為了觀察轉角的狀況。

然而，一個人影用正在散步般的自然步履信步走出轉角，站到盜賊面前。雖然早有心理準備會有人出來擋路，但實際上碰到時，一時還是很難反應。

正當克萊姆被突如其來的狀況驚呆了時，盜賊發揮了前山銅級該有的反應。他立即架起短劍，懷著殺意踏出一步。

然而──留下「碰咚」一聲巨響，盜賊水平地飛了出去，就像被牛撞飛一樣。正巧克萊姆接住了他。在無法重整態勢的狀態下，要是就這樣被砸在地板上，很可能光是撞到地板就要受重傷了。不過即使克萊姆接住了他，還是沒能抵銷那股衝擊力，跟盜賊纏在一起滾倒在地。

盜賊忍受痛楚的呻吟聲雖然令他擔心，但他更注意現身的這個男人。因為他一定是敵人不會錯。

阻擋一行人去路的，是個頭上無毛的男子。肌肉隆起的臂膀與巨岩般的臉龐等部位，刺著野獸圖像的刺青。

克萊姆腦中如閃光般浮起男人的名字，驚訝化為了聲音。

「桀洛！」

這個男人正是六臂之一，也是警備部門的頭子，八指中最強的存在。

「……正是，小子。你是那個妓女的奴隸對吧？哼！竟然連這種地方都有螻蟻爬進來。只要放個甜餌，到處都看得到你們的蹤影。真是令人非常不愉快。」

僅只瞥了倒在地上的克萊姆與盜賊一眼，桀洛嚴肅的視線就轉為正對著布萊恩。他從上到下打量一番，評估布萊恩這名戰士有多少斤兩。

克萊姆感謝自己根本不被強者放在眼裡，檢查盜賊的狀況。

「您還好嗎？有沒有什麼療傷的手段？」

小聲詢問是怕桀洛的注意力轉向他們。

沒有回答，只得到痛苦不堪的聲音。令人震驚的是鎧甲的胸口部分，凹出了一個拳頭狀的洞。桀洛這個男人的一拳威力有多大，不言自明。

搖晃了幾次後，盜賊的意識才恢復清晰，克萊姆照盜賊所說，摸摸他的腰際。

「你這張臉我有見過。是布萊恩．安格勞斯吧」。與葛傑夫．史托羅諾夫不分秋色的男人。的確名不虛傳，一舉一動都沒有破綻。這樣看來，從那場比武之後，還有在鍛鍊自己吧。這下我懂了。沙丘隆特會輸也不是因為他疏忽大意，而是正面交戰的結果。會輸是對手太強吧。只有這次我得原諒他的敗北。好了，你讓我臉上無光，本來我應該殺了你。不過，我這人心胸寬大。看在你無與倫比的劍術才能上，給你個機會。對我下跪。然後發誓成為我的部下。這樣我就饒你一命。」

「錢應該給得不小氣吧？」

「哦……你有興趣嗎……？」

「聽你講講也不會怎樣吧？我好歹也打贏沙丘隆特，應該可以期待不錯的待遇吧？」

「哈哈哈！真是欲望深重啊。還沒向我求饒，就開始談錢啦。錢是帶不進棺材的喔？」

「喂喂，搞什麼啊。你的意思是說拿不出多少金額嗎？想不到你們還挺窮的嘛。還是說所有錢都進了你一個人的口袋？」

「你說什麼？」桀洛的拳頭傳出握緊的嘰嘰聲。「挺會耍嘴皮子的嘛，安格勞斯。很多人是嘴巴比劍術了得，你也是那一類嗎？還是說打倒了沙丘隆特讓你得意忘形了？那我得坦率跟你道歉了，讓你打倒了六臂最弱的傢伙而驕矜自滿。」

布萊恩開玩笑似的聳聳肩。他試圖延長話題，想必是為了受傷的盜賊與克萊姆他們著想。

那麼，桀洛陪布萊恩閒扯淡的理由又是什麼？恐怕是有自信一次對付三個人也能打贏吧。還是說有其他理由呢？

（……奇怪？）

一看，琪雅蕾慢慢移動到布萊恩後面去了。想讓人保護的話，應該逃到克萊姆他們背後才安全。沒必要到與桀洛互瞪的男人背後體驗危險的滋味。

布萊恩隔著肩膀，只看了背後一眼。他的動作很小，克萊姆不敢確定。不過，那道視線的對象是琪雅蕾，而且眼神中絕無好意。不對，根本可以斷定那眼神是在看敵人。

（咦？為什麼要跑那邊去？他看我了？不，不對。）

發生了某些狀況。克萊姆懷著此種不安站起來。

「哼，螻蟻站起來嘍？時間爭取夠了吧？差不多該讓我聽聽你的真正想法了。不，不用說出口。跪，還是不跪！好了，安格勞斯，表示你的態度吧！」

布萊恩用鼻子嗤笑了一聲。

——這就夠了。

「那就受死吧！」

他筆直伸出左手的同時，右手向後拉，握緊拳頭。腰部如垂直落下般壓低，但軀幹直立不動。肌肉大幅鼓起的模樣彷彿能聽見嘰嘰聲。此時的桀洛簡單形容，就是一塊巨大岩石，不，或許是狂暴的猛牛才對。

相對地，布萊恩也沉下腰部。雖然動作跟桀洛一樣，兩人卻有著天差地別。

如果桀洛是濁流，布萊恩就是清流。桀洛是攻的話，布萊恩就是防。

「我有命令他們不要殺了老頭，但歡迎他的是一群火爆分子。也許會一時下手太重，要了他的命。那樣就傷腦筋了。老頭必須慘死在我手下，達到殺雞儆猴之效，讓所有人知道與我們為敵有多愚蠢。」

那張臉醜惡地扭曲。彷彿顯現出憎惡能讓一個人變得多醜陋。

「安格勞斯，你必須成為我最強名譽的基礎。我還會拿你裝飾墓碑，告訴所有人向六臂挑戰的蠢蛋會有何種下場！至於妓女的部下，就把頭顱好好妝點一番，寄給那個女人吧。」

讓人渾身顫抖的殺氣從正面撲來。不過，比起那時從塞巴斯身上感受到的殺氣，這點程度不算什麼。克萊姆眼神尖銳地瞪回去，桀洛顯得有點掃興。

「是嗎，我了解了。那麼桀洛。就由我來當你的對手吧。克萊姆小兄弟，後面的對手就交給你了！」

克萊姆一瞬間沒聽懂他在說什麼，但沒聽懂的只有克萊姆，盜賊毫不猶疑地對琪雅蕾射出了飛鏢。

前山銅級冒險者射出的飛鏢銳利而飛快。

琪雅蕾勉強躲掉了飛鏢。照塞巴斯所說，琪雅蕾只是個普通女僕。以偶然來說，她的身手未免太靈敏了。

「你早就看穿了嗎！」

雖然形體仍然是琪雅蕾，但發出的卻是「幻魔」沙丘隆特的聲音。

「你對來救你的人什麼都不問，是因為覺得聲音會被聽出來吧？不過，你繞到我的背後，未免太可疑了喔。好吧，其實我之前就在猜了，不知道是本人精神遭到操縱，還是別人變身成她的模樣。」

布萊恩頭也不回——一邊繼續與桀洛互瞪，一邊解開謎團。

「結果我是從你跑步的姿勢推測的，但直到最後都不能肯定……幸好真的是你。在剛才那種狀況下，我實在不能叫他扔小心一點，只要留下輕傷就好。」

盜賊的動作只僵硬了一瞬間。然後他也稍微露出了感謝沙丘隆特的表情。

「哼。這麼說來，你提議的小把戲三兩下就被看穿啦。既然如此，不用再依靠這些技倆了。接下來的一切全由實力決定！……沙丘隆特，把後面兩個小角色殺了。這點事總辦得到吧？」

「當、當然了，老大。」

琪雅蕾溶化般消失不見，沙丘隆特隨之現身。不過還穿著女僕裝。

「讓我想想，我可是特地設法把你保了出來。如果你連這點小事都辦不到……」

桀洛後面要接什麼話，再清楚不過的男子迅速點了個頭，然後從正面緊盯克萊姆。

「又見面了，小鬼。」

嚴肅的語氣中，帶有上回贏家的態度中不該有的緊張感。

八指不是個好混的組織，自然不可能原諒第二次失敗。沙丘隆特如今是背水一戰，臉上失去了從容。

「八指能保釋以公主之名下獄的人嗎？」克萊姆清楚見識到了八指的力量，但依然舉起了劍。「……這次我不能輸。」

上次布萊恩一擊幫他打倒了對手。然而同時對付桀洛與沙丘隆特這兩個六臂成員，就算是布萊恩也不能保證穩贏吧。對手可是比自己厲害。抱持這種畏縮的想法，只能坐以待斃。要贏。

克萊姆帶著堅定不移的決心，將腳往前挪了一步——滑向沙丘隆特。

「沒問題——沒問題——我也會幫你啦。」

盜賊從背後出聲鼓勵自己。輕鬆的語氣應該是他的一片好心，想緩和克萊姆的緊張感吧。他的實力強過克萊姆，能有他的支援最好。可是，他受到了桀洛的一擊，雖然用了治療藥水，但還沒完全恢復。而且自己從沒跟他聯手戰鬥過，也擔心步調會不一致。

盜賊敏銳察覺到克萊姆的內心想法，克萊姆能感覺到他咧嘴一笑。

「不用擔心啦。我主要只做支援。盜賊的戰鬥方式跟戰士不同，不是只會鬥劍的，我會讓你知道這一點。」

「謝謝您。」

對方的經驗比自己豐富。應該不是克萊姆配合他，而是他會配合自己。克萊姆只要使出全力對付沙丘隆特即可。

克萊姆做好覺悟瞪著對手，沙丘隆特正跟上次一樣製造出分身。好幾個沙丘隆特，看不出誰才是本尊。一陣苦味在口中擴散。
就在兩者間的距離一步步拉近時，一只袋子從克萊姆的背後拋了出來。
「這就是盜賊的戰鬥方式啦！」
袋子在沙丘隆特的腳邊一下子就破裂了。粉末飛散出來。沙丘隆特以為是毒，摀住了嘴。但並非如此。那不是毒，是魔法道具。
「鬼火粉末（Powder of Will-o'-the-w sp）！」
效果立竿見影。五個沙丘隆特當中，只有一個人的身體發出了模糊的青白光芒。
沙丘隆特也注意到這點，瞪大眼睛。
鬼火粉末是用來讓隱形的對手或盜賊等擅長隱密行動之人現形的道具。而且它對沒有生命的存在無效。
「多重殘像（Multiple Vision）」會反映本尊的現況，因此就算拿染料去丟，本尊一弄髒，幻影也會立刻隨之變化。除非處理得相當巧妙，否則還是很難分辨出本尊。然而換成魔法道具，本尊產生的變化就不適用於幻影了。
若是高等幻術，就連魔法道具也能騙過，然而同時修習幻術師（Illusionist）與輕戰士（Fencer）兩種職業的沙丘隆特，沒辦法使用那樣高等的幻術。
克萊姆的劍朝著沙丘隆特的本尊砍下。

「該死！」

沙丘隆特跳開閃避。雖然躲得漂亮，只可惜身上穿著女僕裝，有點不堪入目。

兩方就這樣展開十幾次的攻防。

占上風的是克萊姆。這不是沙丘隆特有什麼企圖，單純只是戰鬥能力的差距。

人類不會在短短一天內急遽變強，因此兩方的實力差距與上次並無不同。然而，什麼事情都有例外。很簡單，就是克萊姆變強了，而沙丘隆特變弱了。

首先，克萊姆跟那時不同，身上裝備著以魔法強化的鎧甲、盾牌、劍與其他配件。他的肌力上昇，防禦力提高，最重要的是能用本來的方式戰鬥。相對地沙丘隆特因為入獄的關係，裝備的所有魔法道具盡遭沒收，而且為了用幻術變身，身上穿的還是難以行動的女僕裝。

裝備方面，兩者的差距縮小了；但當然還不只如此。

沙丘隆特的戰法遭到看穿，也是他變弱的原因之一。從克萊姆後方進行支援的盜賊，對克萊姆提供了確切的輔助。

沙丘隆特就算使用幻術，也會被盜賊丟出的鍊金術道具或是魔法道具將優勢一一破解。那種對應方式，簡直像是針對沙丘隆特做過準備。實際上，盜賊的確從事前資訊推測過六臂的能力，準備了對抗所有人的對策。令人驚愕的是，他竟然連下獄的沙丘隆特都準備了對策，真是用心到了固執的地步。

沙丘隆特發出了比戰鬥開始前更心急、乾裂的聲音。

「王八蛋！」

銳利眼光盯著的是盜賊。克萊姆移動位置擋住他的視線。不能讓他受到攻擊。

受到盾牌（克萊姆）保護的盜賊故意激怒沙丘隆特。

「喂喂。表情別那麼凶嘛。你不是人稱能與精鋼級冒險者匹敵的六臂之一嗎？讓我們一點又不會怎樣。」

沙丘隆特的臉因為憎惡而大幅扭曲。幾次攻防下受到的傷口流出鮮血，使那張臉顯得更加凶惡。

「狗屎！」

沙丘隆特咒罵一聲，準備使用魔法。本來身為戰士的克萊姆應當上前阻止，但他不這麼做。因為重複了十幾次的聯手行動，兩人越來越有默契，所以他信賴盜賊。

從克萊姆身後以拋物線扔出的瓶子，在沙丘隆特的腳邊摔破。克萊姆看到令人窒息的有色氣體飄散開來。

「咯哈！咳咳！咳咳！」

沙丘隆特難受地接連咳了好幾下。

這不過是用鍊金術做成的道具進行的無聊妨礙。然而卻相當有效，沙丘隆特中斷了魔法的使用。

如果專一鍛鍊魔法吟唱者的能力，這點小動作根本連牽制效果都沒有，然而他除了魔法吟唱者，還同時鍛鍊了戰士的力量，因此一點小妨礙就打斷了他，魔力白白浪費。

克萊姆卯足全力躍向注意力分散的沙丘隆特。這不是至今攻防時的進攻，而是絕不後退的前進。有些人看起來可能會覺得是急於取勝的魯莽行動。然而，克萊姆身為戰士的直覺吶喊著。

這裡是勝敗的分水嶺。

的確目前克萊姆他們比沙丘隆特占優勢，但這種有利局勢不知能持續到幾時。盜賊投擲的道具也不可能源源不絕。應該趁有利時一氣呵成，乘勝追擊。

克萊姆發動的是昨天掌握到的獨創武技。

這招武技尚未命名，如果要暫時取個名字，或許可稱為「腦力解放」吧。效果很單純，就是解放腦部的限制。藉此，從肉體到感官，所有功能都能提升一個階段。

這招長時間使用會引起肉體疲勞或是肌肉斷裂，因此有可能成為雙刃劍。然而他非得如此速戰速決，否則贏不了沙丘隆特。

配合武技的發動，克萊姆感覺頭腦中有什麼應聲切換了。

心中狂暴肆虐的感情化為怒吼宣洩而出。
沙丘隆特彷彿想起什麼似的，臉上浮現出驚愕之色。與驚愕同時顯現的，或許是恐懼吧。這是能與精鋼級冒險者匹敵的男人面對不及自己之人時，不該有的情緒。
克萊姆將劍舉至上段，一口氣向下劈砍——被擋下了。能用沒附加魔法的短劍，擋住魔法長劍的一擊，實在必須讚賞。不過如果要說的話，能逼迫精通閃避的輕戰士沙丘隆特選擇進行不擅長的防禦，克萊姆的一擊也很精彩。
攻擊並未就此結束。克萊姆馬上伸腳一踹。
毫不遲疑想保護腹部的沙丘隆特——整張臉嚴重扭曲。
「哦哦哦哦哦——！」
臉色刷白，冷汗直流，縮著腰後退，雙腳踉蹌。
克萊姆身後的盜賊表情抽搐著。
沙丘隆特被他用鋼鐵製鞋子踹中了要害。雖然似乎裝了護墊，但可以感覺到裡面柔軟歪扭的觸感。
然後最後一擊當頭劈下。
鮮血噴出，沙丘隆特發出「咚」一聲，重重倒地。
克萊姆不敢大意，警戒周圍。他特別留意不讓敵人繞到身後盜賊那邊，注意了一會兒之後，終於敢確定了。這應該不是幻影。

大功一件。就算是二對一，這場勝利仍然相當重要。

克萊姆的目光轉向布萊恩。他原本以為或許可以幫點忙——但這份熱意立即消失了。層次相差太多了。

首先聲音就不一樣。明明是刀刃與拳頭的交鋒，響遍四下的卻是金鐵交鳴之聲。而且沒有一刻停息。刀刃與拳頭激烈衝突，讓人不禁懷疑兩人可曾有喘氣的時間。

尤其引起他注目的，是桀洛。

桀洛的一拳能刨挖牆壁。以一種有如挖掘柔軟黏土般的滑順動作，在牆上留下痕跡。

「喂喂……聽說一流的修行僧(Monk)拳頭能變得跟鐵一樣硬，但那傢伙的拳頭可不只如此。祕銀……不，難道跟山銅一樣硬嗎？」

站在克萊姆身邊的盜賊也目睹了相同場面，無奈地嘟噥。

一分鐘的攻防——經過如果是克萊姆恐怕早已丟掉小命的激戰，雙方卻都毫髮無傷。桀洛的臉上因此顯現出坦率的敬意。

「安格勞斯……挺有兩下子的。你可能是第一個能抵抗我的攻擊這麼久的男人。」

同樣地，布萊恩的臉上也帶著敬意。

「你也是……我這輩子，是第二次見到像你這樣武功高強的修行僧。」

「哦？」桀洛的臉興味盎然地歪扭起來。「竟然有其他修行僧與我實力相當，我還是第一次聽到。把那人的名字告訴我。因為等你被我殺了，我就不能問了。」

「他現在應該正往這邊來吧。打倒了你布署的六臂之後。」

桀洛皺起眉毛，現出笑容。

「哼！你說那老頭嗎？很遺憾，我可是派了四個親信去歡迎他喔。跟躺在那裡的沙丘隆特不同，他們雖然比不上我，但也頗有兩下子。老頭怎麼可能來得了？」

「是嗎？我倒是能想像那位大人從那邊轉角悠然現身的模樣喔。」

「那真是太可怕了。既然如此，我就稍微拿出點真本事吧。」

聽到這句話，克萊姆傻眼了。經歷那樣激烈的攻防後竟然還有餘力，讓他領悟到桀洛認真起來，將會達到多難企及的領域。而布萊恩顯得毫不驚訝，也讓他大吃一驚。

（難道這兩人都還沒拿出真本事嗎！這才是真正的人類最高境界，能與精鋼級匹敵的戰鬥！）

「就這麼辦吧。那邊那兩人已經搞定了。我也不用再平白拖延時間。你就在這裡輸給我，結束一切吧，桀洛。」

布萊恩收起刀，慢慢沉下腰。這個姿勢昨天也看過了，是一擊打倒沙丘隆特的架式。克萊姆還沒來得及想桀洛是否也會被一擊打倒，桀洛已經大大往後一跳。他用超越人類極限的輕盈動作，一口氣拉開距離。

「愛德絲特蓮能展開刀劍結界，你的這招雖然種類不同，但也是刀劍結界吧。隨便踏入就會被一刀兩斷，對吧？」桀洛應該並未看穿布萊恩的獨創武技，但還是預測到這是什麼樣的招式，作為戰士的感覺實在卓越。「不過……我看你這招應該只能守株待兔，不擺出架式就不能施展吧。」

桀洛使出正拳。這動作乍看之下毫無意義，然而這記鐵拳卻產生了衝擊波，搖晃了布萊恩的身體。

「我只要這樣拉開距離攻擊你就能打贏了。還是說你也有能砍傷遠距離敵人的手段？」

「不，沒有。」

布萊恩老實地回答。

「你如果要那樣戰鬥，我也解除這個架式。」

桀洛平靜地——以可以說不適合這個男人，如湖面般湛滿深沉情感的表情，向布萊恩問道：

「布萊恩·安格勞斯。這就是你的殺手鐗嗎？」

「正是。我這殺手鐗只有一次……被人從正面破解。」

「真沒趣。已經被人破解過一次了嗎。那麼這將是你的第二次。」

桀洛慢慢將拳頭拉到身後，擺好架式。

「我要從正面打穿你。粉碎你引以為傲的招式，再獲得勝利。先贏過布萊恩．安格勞斯，然後有朝一日讓葛傑夫．史托羅諾夫跪在我的腳下。如此一來，我就是王國最強之人了。」

「竟然懷抱著第一步在我這個階段就要踏空的野心。桀洛，你也真是吃飽沒事幹啊。」

「就只有那張嘴……不，你打得這麼精彩，不能說你只有一張嘴呢。話雖如此，我還是在你之上，你就到陰間去理解這一點，儘管悲嘆自己不該跟桀洛大爺作對吧。我要上了！」

桀洛的上半身刺著許多野獸圖像的刺青，這些刺青開始發出微弱的光輝。至於布萊恩則是按兵不動。雖然他像一尊雕像般只是等待，然而克萊姆感覺得到，他體內蓄積的莫大力量正在躍躍欲試，渴盼擊出的那一瞬間。

暴虐的力量與力量互相衝突，沒人能阻撓的空間。

忽然，一個毫無顧忌的聲音岔了進來。

「——各位原來在這裡啊。」

所有人像被電到般，將目光轉向這個不速之客。連面對一瞬間都不該錯開目光的強敵的桀洛與布萊恩也是一樣。

在那裡的是一名老人，塞巴斯。以桀洛來說，這人不該出現在這裡。

「什麼？這怎麼回事？六臂那幾個傢伙應該在對付你啊……你是像這幾個傢伙一樣偷偷溜進來的嗎？」

塞巴斯輕輕搖頭。

「不，我打倒了你的所有同事，然後才過來。」

「……無、無聊透頂，少鬼扯了。那些傢伙雖然比不上我，但好歹也是我賜與六臂之名的戰士。對上他們，怎麼可能毫髮無傷地跑來這裡！」

「事實常常是令人驚嘆的。」

「塞巴斯大人！在這裡的琪雅蕾小姐是替身！是沙丘隆特用幻術變身而成的！得快去救她才行！」

「啊。謝謝您的擔心。不過，不要緊的，克萊姆小弟。我已經將她救出來了。她在這棟建築裡的其他地方。」

塞巴斯轉頭看向肩膀後方，克萊姆順著他的視線看去，只見這個房間的入口，有一名身上包裹著毛毯的女性。

「啊！」

克萊姆慌忙低頭看看沙丘隆特。他身上的女僕裝被血沾溼，而且被撕破了一大塊。他不可能把它脫下來給琪雅蕾，人家一定也不想要。

「請別在意，克萊姆小弟。那件女僕裝只是件布衣。一點也不可惜。」

聽到塞巴斯苦笑著說，克萊姆稍微鬆了口氣。

「喂喂喂，竟然無視於我的存在講閒話……挺悠哉的嘛。」

由於剛才面對著布萊恩，無法輕舉妄動的桀洛似乎終於換了站立位置，對塞巴斯露出充滿憎惡的表情。

「老頭！我再問你一次，我的部下們怎麼了！」

「——都被我殺了。」

口氣輕鬆得像是隨手摘了朵路邊的野花。然而話語的內容卻無比冷酷。

「不、不可能！這要我怎麼相信！」

桀洛的怒吼讓塞巴斯露出微笑。毫無敵意的笑容反而讓人直覺明白，塞巴斯所言屬實。

「……布萊恩．安格勞斯。我跟你稍後再戰。我要讓這老頭見識見識六臂的力量！」

「嗯，知道了。好好努力別被瞬殺了吧。哎，不過我看我是沒機會上場了。」

「放屁！……老頭！敢跟我胡說八道，我要你用命來還！」

塞巴斯微微露出苦笑。那笑容令自負為最強戰士的男人（桀洛）無法忍受。

桀洛的刺青發出微光。

警備部門頭子，六臂之冠「鬥鬼」桀洛。

就連葛傑夫．史托羅諾夫或布萊恩．安格勞斯這些強者空手交戰都會瞬間喪命，手持武器也無法預測勝敗趨勢的男人。

這個男人所屬的職業(Class)當中，有一種叫作薩滿導師。這種職業擁有一種特殊技能，可讓動物靈魂附在自己身上，藉此行使該動物的優異體能。雖然一天使用次數有限，但使用後可讓人類的肉身能力達到野獸領域。

體能優異的野獸使用人類的武術——想必不難明白沒有什麼比這更可怕了。

桀洛啟動了特殊技能。

本來為了保存實力，一次只會啟動一種。不過，桀洛已經明白塞巴斯的實力不容小覷。話雖如此，他並不認為塞巴斯一個人真能殺光六臂中的四人。不過，如果他真的不是悄悄潛入，而是正面突破的話，除了塞巴斯之外應該還有其他人，這樣想比較合理。

比較有可能的應該是蒼薔薇吧。

在得到詳細情報之前，自己只能使出全力擊潰塞巴斯，與布萊恩．安格勞斯日後再戰。他要讓周圍的觀眾見識到壓倒性的力量，以此作為威脅，暫且撤退。

他看出這是最好的辦法，開始準備施展最強的招式。

腳上的豹，背上的隼，手臂的犀牛，胸膛的野牛，頭部的獅子，全數啟動。他感覺爆發性的力量自體內溢滿而出，彷彿整個人膨脹起來，甚至一瞬間擔心自己會就這樣爆炸開來。

「喀啊啊啊啊啊啊啊啊啊！」

他從口中吐出體內燃燒的熱量——踏出腳步。

六臂最強戰士桀洛的攻擊。那是來自正面的鐵拳一擊。沒有任何假動作或花招，就只是單純的正拳突擊。然而拳頭上灌注的力量超乎想像。不只是薩滿導師，還有從多種修行僧系職業得來的特殊技能，再以大量魔法道具進行強化，壓倒性的速度與拳頭的破壞力。

由於速度實在太快，就連桀洛都很難控制。正因為這一擊是從正面踏入敵人懷中，專精於全力毆打的攻擊手段，所以才能勉強成為一種招式。讓敵人看到自己最強的絕招，並不讓桀洛感到猶豫。這一招是單純而無敵。他有絕對的自信，這不是能用小花招破解的招式。

桀洛產生一種將一切拋諸腦後的心情。感官延緩拉長，他懷著一種自己往後伸長的感覺，往前踏出一步、兩步。

「——啊！」

有人叫出聲來。

那太慢了。

桀洛一眨眼就到達塞巴斯面前，力道在體內完美移動，已經累積到了最大限度，他揮出飽含力量的右正拳。

桀洛看見塞巴斯或許因為自己速度太快而呆立不動，露出了笑容。彷彿在說：好好去後悔不該與我這六臂最強戰士為敵吧。

「——呼！」

拳頭打進了塞巴斯毫無防備的腹部。出拳方式完美無缺。

爆炸性的威力如狂風肆虐，塞巴斯的身軀有如中空的人偶，以異樣輕盈的動作往後遠遠飛去。那具軀殼被摔在地上，但還不足以抵銷威力，繼續在地板上激烈滾動。

他動都沒動一下。當場死亡。

不，這是當然的結果。可以想像他的內臟全被打破，變成了爛糊的液狀。只有外觀還呈現著人形。

這就是桀洛最強的招式。體現一擊必殺的魔技。

——本來應該是這樣的。

然而塞巴斯——動都沒動一下。

桀洛使盡全力揮出的拳頭，他從正面只以腹部——只以自己的肌肉擋住了。

任誰看到都不敢相信。可以說這一幕已經不屬於常識範圍。

兩者肉體的差距一目了然。然而，結果卻正好相反。

在場所有人當中最不敢相信的，當然是桀洛本人。自己最大的一擊。不可能有生物受到這一擊還能若無其事。實際上，至今都是如此。他雖然這樣想，然而現在結果擺在眼前，所以即使一個黑色物體通過眼前，他仍然無法反應過來。

塞巴斯的腳舉起，朝向上空。那隻腳掠過桀洛的鼻尖——以飛燕般的動作。

高高舉起的腳氣勢萬鈞地落下。

斧頭腳。

這是這招一般的稱呼。只不過速度與其中具有的力量都非比尋常。

「……你究竟是什麼……」

桀洛低聲說著，塞巴斯微微掀起了嘴角。

只聽見一聲既像「喀嘰」又像「喀沙」的恐怖聲響。如同被幾百公斤的重量壓爛般，頭骨被擊碎，脖子與背脊輕易遭到折斷的桀洛倒在地上。

室內鴉雀無聲。

充滿這個房間的空氣，用一句話形容就是「呆若木雞」。塞巴斯挪了挪位置，躲開從桀洛被打碎的頭顱位置滲出的鮮血，並拍了拍剛才桀落的拳頭打中的部位。

「呼，好險。要是警告得晚了點，我恐怕已經沒命了呢。」

絕對是騙人的！哪有什麼警告！

在場的三人——搞不好連琪雅蕾也是一樣的想法——雖然沒說出口，但心中都發出了相同的大叫。

「你救了我，克萊姆小弟。」

「——什……啊，呃……是。」

嘴巴張成「啊」形的克萊姆戰戰兢兢地接受了塞巴斯的謝意。他因為精神受到太大刺激，已經變得不知道該說什麼了。

「看來我比他稍微強一點點呢。」

塞巴斯兩根手指之間比了個短短的距離。那手指間的距離，指的應該是塞巴斯與桀洛之間的差距，但自然沒有人會同意。

不是一點點吧。

在場所有人都跟剛才一樣，產生相同的想法。

「無論如何，既然已經平安救出了她，現在應該撤退比較好吧。」

「啊，不，那個，六臂的其他人……真的都……？」

「是的，我把他們都殺了。因為人數眾多，再加上所有人都是高手，我沒辦法手下留情，現在感到有點後悔。」

「這、這樣啊。那也是沒辦法的，那個，請別太沮喪了。」

三人的視線不約而同地移向躺在地上的桀洛屍體。他們撕破了嘴也不敢說「你騙人」。

「總、總之，先叫士兵來搜索這棟建築物吧。」

他們本來就是為了搜索這棟建築物才來的。得到塞巴斯的幫助，而把對手的一處重要據點清掃乾淨，可說是奇蹟般的幸運。不只如此，如果他所言屬實——可以想見百分之一百是事實——還附帶獲得了毀滅八指最強戰力的巨大成果。

可以說他們做出了比別組都要漂亮的結果。唯一美中不足的，是殺死了桀洛這個對組織知之甚詳的人物，但是也不可能活捉他，因此這不過是計算上的損失。只有傻子才會對這點表示不滿。

聽到克萊姆有點興奮的語氣，布萊恩與盜賊也露出贊成的表情，點點頭。不過，只有一個人表情悶悶不樂。

「怎麼了嗎，塞巴斯大人？」

「啊，沒有，只是有件事讓我有點介意……先別說這了，這個地方空氣不太好。出去外面如何？」

「嗯。說的是。」

所有人輪流看看桀洛的屍體與琪雅蕾，都贊成了塞巴斯的意見。

塞巴斯走到房間入口琪雅蕾的身邊，將她抱起來。幾乎沒長肉，只剩皮包骨的白皙雙腳像踢腿般被拋上半空。他們看見琪雅蕾的細瘦手臂用力握緊了塞巴斯的衣服。

管家與女僕。兩人之間的氣氛不像只有這種關係。

（對兩人的關係問東問西太沒品了。無論他們是什麼關係，又怎麼樣呢。）

「好，我們走吧。」

克萊姆對大家說完，不等回答就帶頭走了出去。

三人也跟了上去。調查等跟塞巴斯他們分開之後再做就行，而且途中如果被什麼人襲擊，他打算代替雙手抱著琪雅蕾的塞巴斯戰鬥——雖然恐怕完全沒這必要——他保持警戒，不過這種擔憂並未成真。

入侵時還感覺得到有人在的建築物內部，如今已像是空無一人。

冷靜想想，當塞巴斯打倒六臂時，已經不可能有哪個勇者還想留在建築物裡，跟塞巴斯大打出手。恐怕所有人都逃走了吧。若是這樣的話，希望待在外面的那些人可以逮捕他們。

克萊姆一邊思忖，一邊走出建築物。

開放感讓肩膀放鬆多了。

有人拍了拍克萊姆放鬆的肩膀。轉頭一看，拍他肩膀的是盜賊。他的視線固定在截然不同的方向。瞪大雙眼的那副側臉，與塞巴斯一擊送桀洛上西天時的表情十分相似。

克萊姆沿著他的視線看去，也瞪大了雙眼。

「火牆？」

聽見布萊恩的低喃，克萊姆不住點頭。

如果房屋起火，自然會產生火柱。那種火焰絕不會讓克萊姆太過驚訝。但眼前的情景並非如此，那是一面高度超過三十公尺的火牆，環繞著王都的一個區劃。長度恐怕不下數百公尺。

「那是什麼啊。」

塞巴斯那種雖然覺得不可思議，但沒什麼緊張感的語氣，讓三人回過神來。

「該怎麼做啊，組長。我想那邊應該是倉庫區，誰負責那個區域？」

「蒼薔薇的領隊，亞爾貝因大人……我判斷這是緊急狀況，捨棄目前所有計畫，依照指示撤退返回王城。之後請示各位大人，再決定如何行動。」

「這樣做應該是最好的吧……啊——塞巴斯大人……」

「我帶她去安全的地方。以免再度發生一樣的狀況。」

「我知道了，塞巴斯大人，感謝您昨晚與今天的協助。」

「請別放在心上。我只不過是雙方目的一致，所以提供點幫助罷了……有機會我會回報各位試圖救她的恩情。那麼我先告辭了。」

## 第九章 亞達巴沃

# Chapter 9 | Jaldabaoth

## 1

### 下火月（九月）四日 21:10

那個女人感到口渴而悠悠醒轉。

她在特大號雙人床上慢慢蠕動，伸手去拿放在床邊的水壺，卻只摸到空氣。

這時她想起今天沒擺水壺，嘖了一聲。

「呼哇……」

她不禁打了個呵欠。雖然她就像老人一樣早睡早起，但畢竟一個多小時前才睡的。實在還沒睡飽。

女人吞了口口水，手放在喉嚨上。她感到一種又乾又黏的感覺，下床去喝水。女人披起放在一旁的一件厚袍遮掩裸體，用腳穿起拖鞋，走出房間。

這幢宅邸是她這個毒品交易頭子——希爾瑪在王都的根據地。照理來說宅邸裡應該有幾十個部下忙進忙出，如今卻像空無一人般一片死寂。

希爾瑪訝異地走在走廊上。在沒有貴族的集會時，這幢宅邸總是很安靜。但這也未免太安靜了。

請貴族來到這幢宅邸，是為了建立人脈。

以貴族來說，就算是嫡子，也常常要等到一把年紀才能繼承家業。通常都會超過三十歲。

在這段期間當中，能自由花用的錢只能向家長，也就是父親伸手。即使都已經是結婚有小孩，老大不小的大人了。所以希爾瑪才會邀請這些人到這幢宅邸來玩。

希爾瑪為他們提供美酒、女人與毒品，在他們耳邊呢喃些挑逗自尊心的甜言蜜語。還讓他們與相同立場的人見面，令其產生親近感。希爾瑪利用這種方式娛樂他們，建立起友好關係。

等到這個貴族繼承家業時，就是收穫的時候了。如果對方膽敢嘗試斷絕關係，就讓他吃吃苦頭，如果能為她帶來更多幫助，就給他一點甜頭。她就用這種方式，更進一步深入貴族社會。

她為了找水喝，走在安靜的走廊上。

安靜不是件壞事。比起人聲嘈雜，她也比較愛好寂靜。跟貴族又喝又鬧的時候，雖然沒寫在臉上，其實她心裡煩透了。可是，目前的狀況未免太不尋常了。令人發毛的死寂，甚至讓她感覺這幢宅邸裡只有自己一人。

「……怎麼回事？」

不可能連護衛都不跟希爾瑪說一聲就擅離職守。她本來想大聲叫人，但如果發生了什麼異常狀況，讓敵人知道自己在哪裡會很不妙。她也想過可以回到房裡躲進被窩中，但那樣又可能坐以待斃。

該行動時不行動之人，只會成為別人的食物。這是她的信念，也因為她向來遵守這一點，才能從高級交際花一路爬到現在的地位。

她看了幾次空無一人的走廊兩邊，確定真的沒人，才開始往前走。

她相信著自己的第六感，走向只有她與少數人才知道的隱藏房間。那裡準備了幾種魔法道具與寶石，還有逃生通道。這裡雖然是她在王都的根據地，但王都內還有其他好幾處據點。也許自己應該逃去那些地方。

躡手躡腳地走著走著，希爾瑪發現有點不對勁。

「這是……什麼啊。」

她忍不住小聲脫口而出。希爾瑪發現的是窗外的異狀。

鑲嵌著薄玻璃的窗戶，覆蓋了好幾層的藤蔓。因此，外面的光線幾乎照不進來。她想開窗，卻完全開不動。

她急忙定睛凝視走廊上的其他窗戶。每扇窗戶都被藤蔓堵住了。

「怎麼搞的？究竟是誰……」

在她就寢前，窗外絕沒有變成這樣。不可能才一個小時就自己變成這樣。既然如此，這必定是魔法了。

那麼究竟是誰做的，又為了什麼目的？

她完全搞不懂這點。即使如此，她仍然明白目前的狀況非常不妙。

「該死！」

咒罵一句後，她開始用小跑步往前跑。沒多餘精神去注意長袍下襬了。她只想早點跑進隱藏房間。

來到階梯，低頭往一樓看去。還是一樣安靜無聲。

她藉著藤蔓縫隙間照進來的夜光，小心走下階梯。同時感謝階梯鋪著厚厚的地毯，而不會發出腳步聲。

「——！」

走到一樓，她驚訝得倒抽了口冷氣。

走廊上有個人影，一直盯著自己看。那人像溶入暗處般站著，但不像是盜賊等職業潛藏在黑影中，只是因為膚色黝黑，才會有這種錯覺。那是個黑暗精靈（Dark Elf），只有左右異色的雙眼彷彿在黑暗中閃耀。

黑暗精靈讓纏在身上的黑布掉到地上。黑布底下是少女的衣服。她手上拿著黑色法杖（Staff），抬眼望著自己。

來路不明的少女背後，就是那個隱藏房間。

想起宅邸內的構造，希爾瑪做好心理準備，提心吊膽地靠近她。

如果是哪個貴族帶來好玩的，那該有多好。

不過，希爾瑪立刻捨棄了自己天真的想法。

聽說岢可道爾被逮捕了，由於不知道今後高層會怎麼行動，因此她早有準備到安全的地點避難。在這種狀況下，這幢宅邸裡沒有部下會帶外人進來，或是不向自己報告。

「吶，小妹妹……」

出聲呼喚後，希爾瑪狐疑地皺起眉頭。

曾經身為高級交際花的她，什麼人都見過了。過去的經驗告訴她眼前的不是少女，而是少年。

他穿的衣服非常精緻，不是一般人買得起。搞不好連希爾瑪都沒有這麼上等的衣物。

過去生活於都武大森林，如今在王國消失蹤影的黑暗精靈，穿著性別不同的昂貴服飾。

若不是周圍氣氛如此詭異，希爾瑪一定會認定這孩子是用來滿足貴族頹廢興趣的奴隸。

「……小弟弟，你在這裡做什麼呀？」

她盡可能不引起對方的戒心，慢慢靠近過去。

「大、大嬸是，這個宅邸裡最大的嗎？」

被叫大嬸並不會讓她不高興。對於年紀這麼小的黑暗精靈而言，自己這個年紀的女人都是大嬸吧。

「不──」

說到一半她停住了。她有種不好的預感。

她至今總是將預感看得比什麼都重要。她一向相信預感勝過常識，直到今天。即使常識背叛她的時候，只有這份預感從未背叛過她。

「對！對啊。我是這幢宅邸裡最大的。」

「這、這樣啊，那就好。」

少年微笑了。那笑容十分純粹，即使在這種狀況下，仍然讓希爾瑪內心幾乎燃起想玷汙美麗事物的慾火。

「那、那個，呃，我是問這些人的，他們說的沒錯呢。」

像是對少年所言起了反應，附近一扇門打開了。一個女人慢慢從中現身。看起來像是個穿著奇特女僕裝的少女，但身上飄散的不是香水味而是血腥味。

希爾瑪以手摀口，嚥下了慘叫。

女僕可愛的小手拎著一條男人的手臂。而且好像是從肩頭連根扯下的，看得到斷裂的肌肉纖維。

「她、她在做……」

「呃，嗯，那個，好像有人要襲擊這個宅邸，我得趁那些人來之前做完一些事，所以，呃，我才請她一起來。」

「請妳別在意喲。我好久啊，沒有吃得這麼飽，覺得很滿足。」

她嘴巴明明沒動，卻能對希爾瑪說話。雖然非常奇怪，但其他還有好幾個更急迫的問題。最讓希爾瑪渾身發抖的問題，是她到底吃什麼吃得很飽。她猜得到，但不願意相信。希爾瑪抱著這種心情向他們問道：

「那、那麼，我、我也是嗎？妳、妳也要吃我嗎？」

「咦？那、那個，不是的。大嬸有別的用處。」

她無法放心。因為她有預感，將會有更悲慘的命運等著自己。

「——那、那個呀，弟弟。要不要跟我找點樂了？」

她讓披在身上的衣服從肩膀滑落。

這是她引以為傲的身體。在她還是個高級交際花時，別人必須砸下重金才能與她共度春宵。之後她仍然不讓身體增加多餘脂肪，維持火辣身材。她很確定自己現在依然能讓任何木頭人慾火焚身，也有自信就算對方是小孩子，一樣能引起他的興趣。

然而，少年的眼中看不出帶有特別的感情。

她承認自己的魅力不比旁邊那個女僕。即使如此，自己雖然已經退隱，畢竟也是專業的。就算對方沒那個「性」趣，她一樣能勾起對方的慾火——

恍如一條蛇滑溜爬行般，她也優雅地扭動身子，不讓對方產生戒心，慢慢靠近過去。

從少年身上感覺不到情慾之色。

所以她使出了另一種手段。她慢慢伸出手，繞到少年的脖子上——啟動了魔法道具。

毒蛇刺青（Tattoo of Viper）。

兩手的刺青毒蛇立體化，抬起頭，飛竄出去要咬少年的身體。只要被具有強烈神經毒素的蛇一咬，任何人都會立刻痙攣著一命嗚呼。這是不具有戰鬥手段的希爾瑪的殺手鐧。

然而，少年靈敏地用一隻手抓住如鞭子般發動襲擊的蛇，然後毫不猶豫地將牠捏爛。

毒蛇刺青咻咻滑著，回到希爾瑪的手臂上。由於模擬實體被殺死，在恢復之前，一整天都不能再度啟動。

希爾瑪陷入了採取了敵對行動卻沒獲得成果的最糟狀況，搖搖晃晃地往後退。然而最讓人害怕的是，這一連串的行動之間，少年的表情絲毫沒有改變。受到攻擊也不顯得焦躁，也沒露出敵意。

「那、那個，所以，呃，我要去了。」

要去哪裡？希爾瑪正感到疑惑時，霎時間，膝蓋產生一陣劇痛。過於劇烈的痛楚讓希爾瑪站不住，倒在地上。

「啊啊啊啊啊啊啊！」

她發出痛苦的叫聲，因為劇痛而冒著冷汗，往自己的膝蓋一看。然後她後悔了。

「腳，腳，我的腳！」

左腳的膝蓋往反方向彎曲了。豈止如此，骨頭還從血紅的——皮肉中突了出來。

希爾瑪哭著，想伸手去壓著痛到不敢相信的腳，但又猶豫了。她不敢碰。

少年一把抓住了希爾瑪的頭髮，然後直接走出去。

希爾瑪被從外貌無法想像的臂力拖著走。不下幾十根頭髮被拔掉，發出噗茲噗茲的聲音，但少年一點也不介意。

「好痛！好痛！不要這樣！」

對於希爾瑪的慘叫，少年只稍微瞥了她一眼，腳步停都沒停。

「我、我得趕快過去才行！」

## 2

### 下火月〔九月〕四日 22：20

結束了宅邸襲擊工作的安特瑪．瓦希利薩．澤塔走出門外。

她撿起黏到腳上的紙張揉成一團，扔進宅邸深處。

原本的預定計畫是掃蕩宅邸內的人類，回收重要文件或值錢物品後撤退。如果可以，最好能像船過水無痕那樣不留痕跡，但他們沒有時間把資料分類，看到什麼就拿什麼，結果變得像闖空門一樣。

不過，這件事本身不成問題。因為本來把安特瑪與馬雷派來這裡的迪米烏哥斯，就表示過也有這種可能性。問題在於他們超出太多預定時間。

與她還有馬雷同行的惡魔們，都已經不在這裡了。馬雷帶著這幢宅邸的最重要人物，先往集合地點去了。僕役惡魔們拿著超出時間的原因——堆積如山的物品，都離開了這裡。

沒錯。時間計算會亂了套，是因為到了要撤退的時候，才發現還有個地下室。而地下室當中塞滿了高高堆起的走私品與疑似違法的藥物。

回收作業進行得相當緩慢。
首先地下細分成好幾個房間，放了滿坑滿谷的雜物，高價物品則藏在這些雜物當中，藉此進行隱蔽。正所謂隱藏樹木的最佳地方是森林。就算是安特瑪與惡魔們也不可能把所有貨物運走，因此，他們必須進行在森林找檀木的作業。
如果馬雷帶走的那個人類還在這裡，問題應該能更快解決。然而現在說這些都太遲了。
安特瑪與惡魔們決定一件件檢查，判斷是垃圾的就塞進一個房間裡。這對肌力遠超過人類的集團來說，仍然是件麻煩的工程。不過相對地，他們的努力有了成果，放在地下室的值錢物品應該都帶出來了。
身為負責人留到最後的安特瑪，以只有完成一件大工程的人才能擺出的態度，仰望著夜空，作狀擦拭額頭汗水。其實她一滴汗都沒流，只是心境上如此罷了。
「好嘍。那麼啊，大家加快速度搬東西喲。」
聽從安特瑪的指令，體型比人類還大的蟲子們背著大量物品，飛上夜空。牠們是安特瑪以馴蟲師的能力叫出的巨大昆蟲（Giant Beetle）。
發出重低音十足的振翅聲，蟲子們一直線往預定地點飛去。
目送蟲子們搬走物品的安特瑪，想起自己一隻手還拎著東西。
「啊，還沒吃呢。真迷糊，真迷糊。」

她矯揉做作地輕輕捶了一下自己的頭，然後把切下的男人手臂拿到下巴底下。只聽見沙咕沙咕的聲響，男人的手臂肉不斷被削掉。安特瑪的喉嚨跟著上下移動。隨著「嗝」一聲可愛的打嗝，血腥臭味擴散開來。

「雖然女人帶有脂肪的嫩肉啊，或是小孩子脂肪比較少的肉也很好吃，不過減肥的時候還是要吃肌肉發達的男人肉呢。」

她靈巧地避開骨頭部分，吃得差不多後，把手臂一丟，扔進宅邸裡。

「謝謝招待喲。」

她對建築物鞠個躬，這才終於動身，要前往上級命令的地點。然而沒走幾步就有個聲音叫住她，拖延她的腳步。

「唷，真是個美好的夜晚啊。」

「……美好嗎？我覺得對你來說一點都不美好喔？」

慢吞吞地現身的人類是男的還是女的，她有點難以判斷。感覺好像是女的，但從那強壯的體格來看，又覺得好像是男的。

「妳在這種地方做什麼？」

「散步啊。」

「……剛才吃什麼吃得那麼津津有味？」

「肉啊。」

「……人類的？」

「對啊。人類的肉啊。」

男人婆的口氣雖然顯得冰冷，但安特瑪並不在意。人類產生什麼樣的感情，安特瑪根本不可能在意。如果礙事就踩死他們，不會礙事就不理他們，肚子餓了就抓來吃，會去在意這點程度的存在才叫做奇怪。

「原來如此啊。這下子怪物登場了是吧。沒想到八指竟然連魔物都敢養。只不過看起來似乎是沒教好。」

男人婆慢慢舉起突刺戰鎚。看到她這樣，安特瑪第一次傷腦筋地叫起來。

「我說啊。可不可以互相當作沒看見呢？」

男人婆的臉上浮現出怪異的表情。她應該沒想到對方會講這種話吧。

「我啊，也是來工作的，要對付妳也很麻煩啊。最重要的是，我現在，肚子很撐呢。」

「……抱歉啊。老子好歹也是王國當中數一數二的冒險者。看到吃人怪物沒辦法說放妳走就放妳走。況且讓妳這種東西待在人類世界，老子也會很困擾。」

「真麻煩耶。不過妳說妳很強啊。既然如此呢，就拿來當存糧好了。」

安特瑪第一次正眼瞧向男人婆。

看起來像是個純粹的戰士。

（嗯——應該滿強的吧。）

安特瑪不是純粹的戰士，因此看不太出來對手強到什麼程度。不過她依然不覺得對方會比自己強。

「喝啊！」

男人婆跑向她。然後將突刺戰鎚高舉過頭，往她毆打過來。

安特瑪用優雅的動作躲開這擊。然而對方緊咬不放，途中急遽扭轉角度，突刺戰鎚直殺過來。那不是利用離心力進行的流暢動作，而是憑藉著壓倒性肌力硬是改變方向的一擊。

安特瑪再度閃避，並發動特殊技能。

「啊？就只會抱頭鼠竄嗎！」

突刺戰鎚讓男人婆揮動著，掀起暴風通過她的頭上，吹動了偽毛的頭髮。

「嗯——妳好像很喜歡到處亂揮喔？」

嘲笑聲得到了咂舌當作回應。安特瑪再度發動特殊技能，同時輕鬆躲開了由上往下揮的突刺戰鎚。失去目標的突刺戰鎚帶著原本的力道，直接砸在大地上。

安特瑪嗤笑對方一再重複的單調攻擊。她的臉部絕不會有任何變化。然而兩人正在交戰，嘲笑的感覺強烈傳達給了對方。

不過，安特瑪到了下個瞬間，才知道對方就是在等自己這種——壓倒性強者特有的大意。

「給老子碎裂吧！」

以突刺戰鎚打進去的位置為中心，大地一口氣碎裂了。不對，是石板地變成了碎片。就像只有那個位置產生了大地震。安特瑪第一次站立不穩。相較之下，對方不知道是什麼魔法道具的效果，姿勢穩如泰山。

安特瑪眼睜睜看著前端被泥土弄髒的突刺戰鎚被對方舉起。

太小看對手了。

安特瑪斥責了自己。

要躲開這招很容易。的確如果是人類的話，立足點一口氣遭到破壞會失去平衡，再加上大地破壞產生的衝擊波傳到腳上形成雙重束縛，必然很難逃脫。然而安特瑪是戰鬥女僕，穿在身上的魔法道具都是上等貨。即使身處這種狀況依然不痛不癢。

只有一個問題。

如果要閃避，她非得跳開不可，這樣會弄髒身上的女僕裝。

這種事能被允許嗎？這可是無上至尊賜給安特瑪的極品服裝啊。

夠了——不玩了。

安特瑪面具底下的真實面容第一次浮現敵意。

不玩了。

——殺了她。

安特瑪懷抱的不是人類撢掉蟲子的心情，而是可以稱為殺意的感情，面對高舉揮下的突刺戰鎚，揚起了左臂。如果是樓層守護者級還另當別論，以安特瑪這個等級來說，用毫無防備的左臂擋下攻擊，很難全身而退。

緊接著下個瞬間，並未聽見鋼鐵削肉的聲音，取而代之的，是兩個堅硬物體相撞的聲音。

安特瑪的左手，此時緊黏著一面盾牌。「緊黏」這種說法並非譬喻。腳的數量超過八隻的一隻蟲，緊緊抓著安特瑪的手臂不放。

「那個，是啥啊？」

「我啊，是馴蟲師喔。所以可以像這樣叫出蟲子來，隨心所欲地使喚。」

她右手橫向一揮，自黑夜中飛來，一隻有如闊劍的長條蟲子便緊緊黏上右手手背。

「這是劍刀蟲與硬甲蟲。我決定要殺妳了。本來是沒打算要妳的命，但我已經饒不了妳了。」

安特瑪向對手踏出一步。然後一刀砍過去。

她砍裂了男人婆的鎧甲，鮮血立刻噴了出來。不過離致命傷還差得遠。對方雖然沒能躲掉安特瑪認真的一擊，但只受到輕傷。

她剛才說自己在王國中數一數二，如此看來既非虛榮也不是誇張，不過若只有這點程度的話，根本不配當安特瑪的對手。

雖然不是由莉．阿爾法那樣的純粹戰鬥系，但安特瑪．瓦希利薩．澤塔好歹也是戰鬥女僕，擁有人類無法比擬的強大力量。

她揮出第二擊，鮮血再度噴出，灑在她的臉上。

由於剛才受了傷，這次的一擊傷勢更深，不只是輕傷就能了事。

「動作竟然給老子變了！拿出真本事了是吧！」

突刺戰鎚伴隨著怒吼高舉揮下，安特瑪用硬甲蟲將它彈開。雖然感到一陣驚人的衝擊，但她踩穩腳步，絕不挪動一步。其實動了也不會怎樣，這算是出自她自尊心的表現，不甘願因為區區人類而移動。

男人婆繼續保持著氣勢，施展出動作流暢的連擊。疾風怒濤般的攻擊，很可能是用上了這個世界特有的「武技」加強。不過，安特瑪用起硬甲蟲與劍刀蟲靈活自如，毫髮無傷地擋下了連續十五次的攻擊。

安特瑪不知道，其實這正是蒼薔薇的格格蘭同時發動多種武技施展的殺手鐧，超級連續攻擊。驚濤駭浪般的連擊，每一下都是鐵臂使出的全力攻擊，就連「要塞」武技都能突破，除非是一部分天才才能習得的防禦武技「不落要塞」，否則無法完全抵禦。然而安特瑪卻以天生的肌力全數擋下。

這就是等級的差距，是種族體能的壓倒性差距。

即使眼前敵人的目光中第一次浮現絕望，安特瑪仍然沒有任何感覺。她一心只想殺了對手。

——噗哈！

她聽見了彷彿頭臉冒出水面時的換氣聲。連續攻擊也隨之停止。安特瑪把右手——劍刀蟲像弓一樣拉緊，像箭一樣刺出。目標是眼前男人婆的胸膛。

對方舉起了突刺戰鎚，但慢得可以。安特瑪的一擊比她更快，刺穿了胸膛——

——本來應該是這樣的。

劍撲了個空。蟲劍沒刺中任何目標。只刺進黑夜的空氣裡。

安特瑪的臉滴溜一轉。她要看清楚是哪個不速之客從中作梗。

在好幾公尺以外的地方，有個身穿黑色服裝的女人。背後是氣喘吁吁的男人婆。

「不好意思啊，緹亞。還以為死定咧。」

「原來格格蘭的血也是紅的啊。」
「妳是在驚訝什麼啊。又不是第一次看到老子受傷。」
「我以為妳差不多該開始流藍色的血了。力量提昇。」
「那哪叫力量提昇，根本連種族都變了吧！」
「那就叫轉職好了。」
聽到兩人互開玩笑，安特瑪火大起來。自己才是強者，只有自己才可以表現得從容不迫。她們應該弄清楚自己的斤兩。
「——差不多啊，可以了吧。臨死前的告別講完了嗎？」
安特瑪第一次提高了戒備。男人婆——格格蘭不足為懼。問題是新來的那個——緹亞。
如果她的穿著不只是好看，那她的真面目就是忍者。是需要累積六十級才能當上的職業。
這樣來看，讓格格蘭逃離安特瑪一擊的傳送技術，就是忍術了。
若她真的是忍者，就算是安特瑪也無法輕易取勝。她本來想保存力量解決對手，不過現在的狀況已經不允許她有所保留了。
「式蜘蛛符！」
對手還來不及行動，安特瑪已經撒出握在右手中的四張符咒。
符咒一掉在地上，瞬間變成了大型蜘蛛。

這種蜘蛛與「召喚第三位階魔物」召喚出的魔物程度相當，算不上是多強的魔物，但只要能藉此判斷對手的一部分力量就夠了。而且她也能趁機做好戰鬥準備。

她之所以這樣做，是因為馴蟲師的蟲武器雖然很強，相對地卻有幾個缺點。其中一個就是呼喚蟲子需要一點時間。

「影技分身之術。」

配合著緹亞發動忍術，她的影子蠢動起來，產生出另一個緹亞。

安特瑪根本不去留意那個分身。影技分身之術製造出的影子，力量只有術士的四分之一。唯一只有閃避能力與分配的魔力成正比，但也不過如此。對式蜘蛛而言或許是強敵，對安特瑪而言卻稱不上對手。

比起這個，本尊有多少戰鬥能力才是重點。安特瑪叫出了她的殺手鋼——鋼彈蟲與另一種蟲子。同時又將符咒貼在自己身上進行強化。

不知從何處聚集而來的鋼彈蟲逐漸覆蓋她的左臂。

長約三公分的蟲子閃耀著鋼鐵光輝，V形身軀的前端部位是尖的，形狀很像步槍子彈。不，會像是理所當然的。因為這種蟲子的使用方式跟步槍子彈完全一樣。

分身光是閃避一隻式蜘蛛的攻擊就已經疲於奔命，本尊則對付著兩隻。花了這麼多時間卻只殺死了一隻，可見對手等級絕對不高。這樣的話，就算加上格格蘭的戰鬥能力，自己應該也穩操勝券了。
（——才怪，我才不會這麼想呢。）
她要毫不留情地，用壓倒性的力量速戰速決。
左臂累積的重量讓安特瑪心滿意足，她伸出左手手指朝著緹亞。
把安特瑪的手臂層層包覆到比原本粗了一倍的蟲子們，一齊移動到手腕前面，然後從手指處爭先恐後地飛出。接連不斷的振翅聲讓人聯想到格林機槍。射穿了射擊軌道上她自己的式蜘蛛，總共一百五十隻的蟲子殺向緹亞。
這些蟲子們連鋼鐵都能打出凹洞，要是被一百五十隻統統擊中，就連大樹都會被射成蜂窩，斷成兩截。然而面對逼近的死亡彈丸，緹亞發動了忍術。
「不動金剛盾之術！」
緹亞眼前出現了七色彩光的耀眼盾牌。蟲子們猛烈撞上了劃破黑暗的巨大六角形光壁。用不到幾秒鐘，盾牌就發出玻璃般的清澈聲響化為碎片。不過當盾牌破碎時，蟲子砲火也停止了，盾牌後面的緹亞毫髮無傷。
安特瑪沒有舌頭，但還是咂了咂嘴。不過，能一張張掀開對手的底牌，就像是用輝煌燈火照亮勝利之路。對方目前還能應付得了安特瑪的攻擊，然而一旦安特瑪的攻擊超出對手防禦時，沖毀堤防的濁流想必將會吞沒一切。

安特瑪用劍蟲彈開前方飛來的苦無——用蟲盾擋下格格蘭來自上空的一擊。她應該是從相當高的地方跳下來的。硬甲蟲承受的力道非同小可，發出慘叫般的嘰嘰聲。

若是不動金剛盾的眩目光彩弄得安特瑪眼花，她一定無法擋下黑暗中格格蘭的躍身攻擊。不過，安特瑪的視覺不會受這點小花樣影響。而且她的視野也比人類廣多了。就算戴著「這個」也一樣。

也許是判斷追擊會有危險，格格蘭在湖面滑行般——雙腳幾乎沒有移動，拉開了距離。身軀龐大，身手卻如此輕盈，證明她的傷勢已然完全治癒。站在緹亞身旁的格格蘭腳下踩爛了鋼彈蟲們的屍體，發出啪嘰啪嘰的清脆聲響。

「慘啦，一點能贏的感覺都沒有。她那是怎樣啊，時機抓得太完美了吧？看都沒看老子一眼就擋住了。」

「視野很廣？」

「應該是別的什麼吧。我覺得是她作為馴蟲師之類的能力，或者是魔法的特殊知覺，可能性比較高喔……不過話說回來，戰況壓倒性對那傢伙有利，她為什麼不趁我們講話時攻過來？」

「野獸會先判斷我方的實力，然後挑要害下手。」

「原來如此。也就是說她在看我們的所有招數嘍。跟我們家那個小矮子不同，慎重派真是難纏啊。」

「因為妳們是人類就把妳們看扁了，也不太好吧？哎，雖然還有其他理由就是了……看，來了。那麼這隻蟲我不要了。」

緊黏著安特瑪右臂的蟲子掉到地上，發出沙卡沙卡的聲音，消失在黑夜當中。

「取而代之的是……過來吧。」

一隻蟲子纏上空出來的手臂。那是一條像是蜈蚣的蟲。不，跟蜈蚣幾乎沒兩樣。只要不去看超過十公尺的長度，以及前端相當於臉的部位異樣尖銳的獠牙。

這就是她以馴蟲師能力能夠叫出的最強蟲子，千鞭蟲。

安特瑪開始在雙腳累積力量。

眼前這兩個人類的攻擊速度、破壞力、防禦力、閃避能力與移動力等等，大多數的情報都收集到了。唯一只有緹亞應對狀況的能力不明，但不足為懼。

「哎唷。」

安特瑪用手去摸臉部下方。手上沾到了透明的黏液。

「剛才啊，明明已經吃得那麼飽了，一運動肚子又餓了呢。」

沾在手上的是她的口水。是她對淪為飼料的人類展現的欲求。

雖然她最愛吃的是人類種族，但向來都只能拿綠色餅乾代替，滿足欲求。當然，她不會因此而怨恨無上至尊。安特瑪甚至覺得，無上至尊允許她食用從哪個村子抓來的人類在治癒實驗中砍下的手臂，已經很寬宏大量了。

即使如此，她畢竟還是在忍耐，如今優秀的兩個人類擺在眼前如同最高級的食材，她無法一口都不吃就丟掉。

暴露在安特瑪飢餓的視線當中，兩人身體顫抖了一下。她們不是畏懼強敵放出的殺氣，而是生物被肉食動物盯上時，生理上的排斥感造成的顫抖。

「嘰呀啊啊啊啊啊啊啊！」

發出泡棉互相摩擦般的尖銳嘶吼，這是這場戰鬥開始以來安特瑪首次主動出擊。捕食者捕捉獵物的動作是一直線的，而且速度快得異常。

當她以盾蟲彈開連續飛來的六把苦無時，兩者之間已幾乎沒有距離。

看見格格蘭充當前衛舉起武器，安特瑪決定了第一個剝奪戰鬥能力的對手，揮動著右手握住的鞭子。

鞭子越長，前端部分的速度當然就越慢。就算是安特瑪這種肌力過人的存在也一樣。但前提是揮動的是普通的鞭子。

安特瑪現在使用的，是她以馴蟲師能力叫出的最強蟲子——

本來應該以繞圈動作進逼的鞭子，做出了不合常理的動作與角度。那就像安特瑪的手臂延長出去，彎出鋸齒狀的銳角，以迅雷不及掩耳的速度與動作逼向格格蘭。

只有生物與武器融合而成的活物才能做出的動作，就連遇過千奇百怪未知現象的冒險者，恐怕也沒機會見識或經驗這種奇觀。若是第一次親眼目睹，當然會感到驚訝了。

然而能夠閃避這樣的奇特攻擊，才稱得上精鋼級冒險者——最高級的冒險者。

格格蘭於千鈞一髮之際躲過攻擊，蟲鞭飛過她的臉旁——

「危險！」

——隨著緹亞的尖叫，格格蘭的身體被炸飛了。那是緹亞使出的忍術——爆炎陣。捨命的爆炸烈焰環抱著兩人時，從背後一百八十度掉頭的千鞭蟲，通過了格格蘭頭部原本所在的位置。

若不是捨命自爆的一擊，格格蘭的腦袋肯定已被千鞭蟲刺穿了。這招閃避得漂亮。然而，安特瑪的攻擊還沒結束。簡直像用線綁住一樣，千鞭蟲急遽改變角度，逼向一身汙黑的格格蘭。

同時安特瑪對緹亞撒出了一把符咒。

——雷鳥符。

符咒在空中化為放出蒼白電氣的飛鳥，朝著緹亞翱翔而來。

對方有兩個人，那其中一個交給蟲子應付就行。這點可以說是馴蟲師的長處。

雷擊炸裂，蒼白電光擴散至周圍，照出了忍受痛楚的緹亞與試著壓制千鞭蟲的格格蘭。

「該死的王八蛋！老子最討厭扭來扭去的東西了！」

格格蘭用突刺戰鎚壓住千鞭蟲的頭部，以左腋夾住固定，試圖讓牠不能動彈，蟲子卻活用全長十公尺的身軀，一步一步纏繞住她的身體。

緹亞踏出一步，抽出短劍一扔，猛烈擊中了安特瑪的盾蟲，發出金屬聲。

「雷鳥亂舞符。」

安特瑪以左手撒出許多張符咒。這些符咒變成了比剛才小一點的鳥，一齊飛向緹亞。然而，緹亞的身影消失，鳥群沒捕捉到目標，就這樣往後方飛去。

在安特瑪的背後，緹亞從視野外的黑暗中隆起現身。這是利用影子進行的短距離傳送。然而，安特瑪早就發現她了。如同一部分蟲類擁有觸角，安特瑪也有個類似的器官可以察覺氣流變化，這就是安特瑪另一種知覺能力的真相。

剩餘幾隻鋼彈蟲，朝著從影子中滲出的緹亞射去。

「嗚！」

鮮血的腥味伴隨著痛苦呻吟飄散出來，但安特瑪判斷對方有意再戰，於是進行追擊。

「爆散符。」

比緹亞剛才的招式更激烈的爆炸，破壞了夜晚的寧靜。緹亞被炸飛，滾倒在地，符咒繼續朝她飛去。是銳斬符與衝風符。緹亞掌握不到站起來的機會，身上留下道道血痕，被割傷、炸飛，一路越滾越遠。

「緹亞！妳這隻臭蟲！」

格格蘭已經被蟲鞭整個包住，從球體中破口大罵。

她們本來大概是想由格格蘭用肌力壓住千鞭蟲，再趁這時由緹亞對付安特瑪本人吧。

安特瑪在面具底下嘲笑。

只能說她們真是蠢到家了。安特瑪身為納薩力克地下大墳墓的戰鬥女僕之一，這點程度的人類本來就不可能打贏她。最正確的選擇是別管安特瑪吃什麼人，全力逃離此地才是上策。她做了錯誤的選擇，才會招致這種下場。

「……雖然順序不對呢，不過好吧，這也是沒辦法的吧。不管怎麼樣呢，反正肌肉長了這麼多，可以吃個過癮，而且看起來也很好吃呢。」

安特瑪叫出了蟲子。這次的蟲子並沒有凶惡的戰鬥能力。像針筒一樣注入體內的是麻痺毒素。

安特瑪抓著蟲子，步履輕盈地走向緹亞。

弄到了一個不錯的伴手禮。納薩力克地下大墳墓當中多得是吃人生物。他們看到這份禮物，也一定會很開心的。

「嗯？怎麼了？」

安特瑪優異的知覺，察覺到有個細長冰冷的物體從頭頂上飛來，她大幅跳開。就在同一時間，安特瑪剛才所在的位置，插進了一支長槍。

那就像騎士會用的水晶騎士槍（Lance）。不過，那不是普通的槍。因為打碎石板刺在地上的騎士槍雖是脆弱的水晶，卻沒有一點裂痕。

「是魔法……嗎？」

身為精神系魔法吟唱者的安特瑪，從騎士槍感覺到魔法職業共通的某種特質。

「沒錯。這是第四位階魔力系魔法『水晶騎士槍（Crystal Lance）』。」

回答她的疑問的，是個緩緩降落在騎士槍柄頭上的人影。那是個聲音稚幼，個頭也很嬌小，以面具遮臉的長袍女子。

怎麼又有幫手啊。就連安特瑪也不禁厭煩起來。本來以為抓到了美味的餐點，卻突然殺出個程咬金。也難怪她難以忍受了。

「勸妳見好就收吧。」

「……誰啊？現在我還可以原諒妳喔，可以請妳走開嗎。雖然小孩子肉質軟嫩，我很喜歡，可是可以吃的部分太少了嘛。等我吃了這兩個人啊，再陪妳玩喔。」

「原來如此，是吃人魔物啊。看妳穿著女僕裝，是在搞笑嗎？我不認為有哪個人會喜歡妳這種血腥魔物隨侍左右。」

「妳說什麼，可惡的東西！」

安特瑪禁不住發出了本來的聲音，趕緊按住喉嚨。

這個新來的敵人說的話讓她無法容忍，以至於一時激動。她不是因為弱肉強食的原則，而是因為不愉快，讓她恨不得把眼前的女人五馬分屍。

當著納薩力克地下大墳墓戰鬥女僕、侍奉各位無上至尊的我面前，這女人說了啥？

地獄業火在她體內深處沸騰燃燒。

「宰了妳！」

聲音控制不住了。但她還是拚命壓抑住，不讓自己的背部隆起。

「伊維爾哀！」

緹亞呼喚了戴著面具的女人，讓安特瑪知道了自己要使盡全力殺死的對象叫什麼名字。

「我還在想妳們在做什麼呢……真沒辦法，第一堂課。要考慮敵我的實力差距。這傢伙比妳們更強……而且比我弱。」

伊維爾哀用手一掀，翻動著披風，怒吼道：

「竟敢欺負我的同伴，妳這個魔物！接下來換我讓妳嘗嘗被欺負的經驗了！好好感謝我吧！」

對方面具底下爆發的激烈怒氣，安特瑪才管不著。

安特瑪渾身散發著出自內心的殺意，拔腿狂奔。在安特瑪受到憎惡支配的腦中，那兩人只像是礙事的小石子。

（——說沒有人會喜歡我隨侍左右？）

同一句話一而再，再而三盤旋腦海。

安特瑪甩動起千鞭蟲。她只留下自己抓住的一公尺左右，剩下部分早已形成一個巨大圓球。當然，球體的中心部分是格格蘭。

「連妳的同伴一起被壓爛吧！討厭的女人！」

她就像揮動鎚子那樣，把千鞭蟲砸向對手。

「哼，真是沒趣的攻擊。」

然而伊維爾哀絲毫無動於衷。

「『重力顛倒（Reverse Gravity）』。」

安特瑪抵抗了魔法，但千鞭蟲失去了重力，輕飄飄地浮起。

只要裝備者抵抗（Resist）成功，裝備品也同樣等於抵抗成功，但蟲武器不是由裝備者進行抵抗，而是由蟲本身進行。

因此就像現在這樣，即使安特瑪本身沒有影響，也可以影響到蟲武器。這是能夠自動進行攻擊的蟲武器相對的缺點之一。

不管安特瑪再厲害，遇到這樣的魔法，也只能放棄一開始的計畫。

察覺了安特瑪的想法，千鞭蟲放開了格格蘭。有如捲尺般迅速移動，一口氣變成了長達十公尺的蟲鞭。同時格格蘭倒在地上，伊維爾哀對她做出指示。

「格格蘭！妳會礙我的事！去替緹亞治療傷勢！如果護手的力量用盡了，就餵她喝藥水！」

受傷的兩個人類要進行治療。如果只是這樣的話並不成問題。因為那兩人不是安特瑪的對手。然而考慮到眼前這個魔法吟唱者的能力，狀況就不一樣了。

伊維爾哀與安特瑪程度相當。如果再加上一點支援，戰況很可能變得於己不利。

於是安特瑪雖然不想用，但還是決定拿出真正的殺手鐧。

她在那宅邸內已經用來一口氣殲滅敵人，不過還能再使用兩次。

那就是吐出肉食蒼蠅的吐息（Breath）——蒼蠅氣息。

這種吐息不是讓蒼蠅吞噬血肉，而是吐出能夠生下鑽進肉中的蛆蟲、類似牛皮蠅的大量蒼蠅，蛆蟲會鑽進犧牲者的體內，給予對手持續損傷。更可怕的是還不只如此，羽化的蒼蠅會成為鋪天蓋地的大軍，除了特別的人之外，一旦進入效果範圍，將會遭到蒼蠅大軍的隨機攻擊。

安特瑪大大掀起喉嚨，從以人類來說相當於下巴的部位暴露出真正的口部。讓別人來看，應該會覺得像是下巴裂開了吧。

「嘔啪」一聲，她吐出整團的蒼蠅群。

「妳！那種力量難道跟魔神有什麼關係嗎！既然如此——」

像是作為迎擊，伊維爾哀身上冒出白色煙霧。

冰系攻擊雖然是很好的迎擊手段，但很難讓蒼蠅完全失效。最適當的手段是使用能引起爆炸波的魔法等等，把蒼蠅群吹散。

她犯下了錯誤。

安特瑪想像著伊維爾哀被蛆蟲啃得亂七八糟的模樣，然而對方用來反擊的魔法超出了她的所有預料。

一碰到放出的煙霧，蒼蠅們一隻一隻掉在地上，煙霧就這樣包圍了安特瑪的身體。霎時間，安特瑪感受到了不合常理的劇痛。

「哦嘔喔喔哦喔喔喔哦！」

馴蟲師女僕整張臉冒出蒸氣掙扎的模樣，彷彿被潑了強酸。

起初的目的只是要讓對手的吐息失效，誰知道竟不期然地揪出了敵人的真面目。

「喂，喂，有效嗎？」

舉起突刺戰鎚的格格蘭正在找機會接近敵人。不愧是優秀的戰士，一定是觀察出此時正是決勝時刻吧。實際上，從敵人的戰鬥力來推測，她們必須乘勝追擊，一口氣速戰速決。

格格蘭無法靠近敵人，是因為長達十公尺的巨大蟲子正在大鬧，不允許她拉近距離。然而，那感覺只像是手下敗將的無謂抵抗。

「到底是什麼魔法？」

伊維爾哀回答緹亞的疑問。

「殺蟲魔法『滅蟲（Vermin Bane）』。因為兩百年前的魔神當中有個蟲族魔神。所以我開發了這種魔法，用來消滅那傢伙役使的蟲子。哎，算是我的獨創魔法吧。」

「喂！這種魔法對我們有沒有害處？」

「沒有。這種魔法對蟲類特別有效，但對其他生物沒有任何毒害。」

「……臉融化了。」

「緹亞，那是因為那傢伙的真面目是……嗯！不對！那不是臉！」

彷彿就等伊維爾哀這樣大叫，女僕姣好的容顏黏稠地下垂，啪答一聲掉在地上。那看起來像是臉部皮膚剝落了，但事實不然。掉在地上的臉部皮膚，背面長滿了蟲腳。

「沒想到竟然是面具形的蟲子……」

「噁嘔喔喔！」

女僕的喉嚨暴露出來。看起來異樣堅硬的喉嚨中央迸開一條裂痕，一大塊滿是黏液的東西從裡面掉落出來。

乍看像是嘔吐物，但決定性的差異是，這個東西也在地上扭動。

「怎麼會……」

面對接連發生的異常狀況，就連伊維爾哀也不禁屏息。在她漫長的人生當中，這種經驗還是頭一次。

「——口唇蟲。」

緹亞用這個名稱呼喚掉在石板地上，滿身黏液，像是水蛭的生物。

「這種蟲會吞噬人類等種族的喉嚨聲帶，發出犧牲者的聲音。」

肉色水蛭的前端部分長得就像人類的嘴唇，用女僕直到剛才的甜美聲音呼呼叫著。

在所有人的凝視下，女僕慢慢鬆開了遮臉的手。底下露出的臉龐就像一隻昆蟲。

蒼薔薇一行人看到那異常的長相，都忍不住往後退。雖然在面具形蟲子掉落，而且殺蟲魔法效果顯著的時候，她們就已經猜到八成了，然而一旦恐怖真相擺在眼前，仍然讓她們心生恐懼。

這種非人的怪物，竟然混進了人類世界，這項事實讓她們感覺被玷汙了。

「妳們竟敢……妳們竟敢……」

那聲音生冷僵硬，很難聽懂在說什麼。

「聲音變得挺可愛的嘛。老子比較喜歡妳這種聲音喔！」

敵意幾乎要從格格蘭唾棄似的口吻中溢滿而出。蒼薔薇的成員當中，就屬這個女人最有人情味。想必內心懷抱著對少女犧牲者的鎮魂之念吧。握著武器的力道似乎更強了。

「區、區區人類啊啊啊啊！」

在方才戰鬥之中，敵人總是有意無意地顯露出從容態度。然而此時，她失去了那份從容。

既然如此，她想必不會再保存力量，將會開始暴烈的攻擊吧。

「接下來才是真正的戰鬥！妳們兩個，千萬不可鬆懈！要知道接下來等著我們的，會是比剛才更凶惡的攻勢！」

伊維爾哀對兩人發出警告。不過如果是她們的話，不用伊維爾哀講也早就明白了吧。根本打從戰鬥一開始的時候，她們就做好捨命的覺悟了。

昆蟲女僕的背部隆起，從衣服底下凸出四隻長長的腳——而且是蜘蛛的腳。那副模樣就像背上揹著蟲腳。

她利用長出來的腳進行跳躍。足以讓人驚訝到以為她用了飛行魔法（Fly）。

取得頭上的有利位置，怪物吐出了肉食蒼蠅的吐息，想把所有人都捲進攻擊之中。

伊維爾哀嘖了一聲，再度發動「滅蟲」。

「只有妳！可怕的只有妳！只要能殺了妳，之後就只剩單調作業了，為什麼就這麼難纏！」

吐出的肉食蒼蠅被對手殺光，降落地上的蟲族女僕的複眼從正面瞪著伊維爾哀。沒錯，只有伊維爾哀能跟這個怪物打成平手。如果伊維爾哀輸了，戰況的勝敗就會揭曉，格格蘭與緹亞必定會遭到虐殺。話雖如此，將注意力全擺在一個人身上，仍然是錯誤的決定。

「看招！」

格格蘭從旁掄著突刺戰鎚毆打過來。

就算伊維爾哀占優勢，格格蘭也絕不會把一切都丟給她，會照樣挺身挑戰強者。她即使知道自己可能遭到迎擊而受重傷，仍然堅持與同伴並肩作戰。對於這樣的女人，伊維爾哀在面具底下偷偷笑了笑。如果沒戴面具，她可是不好意思這樣笑的。

怪物正想躲開格格蘭的一擊，動作卻稍微停了一下。那是緹亞的忍術「不動定身之術」。對方與其說是做了抵抗，倒比較像是具有無效化能力，因此沒能封住她的動作。但即使如此，只要能做出短短一瞬間的破綻，對格格蘭而言已經是很大的助力了。

面對藉由「剛擊」增強破壞力的一擊，怪物從口中吐出蜘蛛絲。那蜘蛛絲多到能讓格格蘭的上半身全染成白色。

兼具黏性與韌性的絲線似乎憑著格格蘭的臂力也很難扯斷，她中斷了攻擊，踉蹌著往後退。反而是怪物往她踏出了一步。

「『水晶騎士槍』！」

水晶的騎士槍朝著怪物射出。

騎士槍命中了她，並深深刺進體內，但她看起來似乎不痛不癢。不只如此，甚至還有多餘精神從黑夜中召集蟲子，讓左臂彷彿鼓脹起來。

「『滅蟲』！」

噴在身上的白色煙霧，讓聚集在左臂的蟲子紛紛落下，並且讓怪物發出痛苦的呻吟。

人類來說等於下巴部位的嘴巴朝向伊維爾哀，吐出剛才對格格蘭射出的絲線。

（用魔法防禦好像太浪費魔力了。反正我能讓束縛系無效化，就吃她一招——不對！）

伊維爾哀慌忙發動了魔法。吐出的確實是絲狀物體沒錯，但散發出的光輝比剛才對格格蘭射出的絲線更冷硬。

「『水晶防壁（Crystal Wall）』！」

眼前立起的水晶牆壁，彷彿被銳利刀刃切開般四分五裂，消失無蹤。

「斬擊的蜘蛛網嗎！」

「這個送妳！」

緹亞扔出的黑線織成的網在空中張開。然而那網子沒能纏住怪物的身體。網子有如幻影般穿過怪物的身體，掉在地上。

「果然對行動阻礙具有完全抗性！」

「嘖！喊暫停啦！」

格格蘭忿忿地說，為了推開進行近身戰的女僕而踹出一腳，這也是為了拉開距離。踢起的鞋子與女僕裝交錯相撞，令人驚愕的是，竟然響起了金屬撞擊聲。

格格蘭就這樣往後退，蒼薔薇的另外兩個成員與她一同遠離蟲族女僕，一邊注意範圍攻擊一邊集合。

「這邊刺一下，那邊刺一下……煩死人了！」

觀察著女僕下巴的嘴卡滋卡滋地響，格格蘭壓低的音量傳進伊維爾哀耳裡。

「妳聽到剛才那聲音了嗎？老子武器的硬度竟然跟女僕裝差不多，太扯了吧。」

「那是用相當硬的金屬織成。以那單薄程度來考量，對方的衣服比妳的武器硬多了。」

「精鋼……恐怕不只喔。」

「還不只如此喔？裝備品也都高級到了不合常理的地步……我的地屬性魔法對她似乎不太有效。也就是說，其中某種裝備品應該有減輕魔法損傷的效果。我就講明了，想抓弱點攻其不備，恐怕沒多大效果。」

「也就是說？」

對於緹亞的詢問，伊維爾哀在面具底下咧嘴而笑。

「要正面進攻，以高火力的攻擊一口氣削減體力。」

「說起來簡單，做起來卻很難耶。要怎麼做？再不快點，那傢伙就要用符咒替自己做完強化了。」

「只要使出每個人能用的最強招式就行了。我的話就是殺蟲魔法。」

「……這答案可真簡單明瞭。好唄，那就進入最後決戰吧。」

說要用高火力一口氣消耗對手的體力，可沒那麼簡單。

一般狀況可以使用「沙之領域·單體（Sandfield One）」或「部位石化（Region Petrification）」封殺對手的機動性，對戰士系進行支援，但這種招數對那個女僕沒用。

要給予損傷的話，讓格格蘭她們進行物理攻擊就行了。伊維爾哀該做的，是物理攻擊不管用時的對策，而不是專心使用攻擊魔法，這是她一直以來的想法。然而現在情況至此，不能再說那種話了。

（我一直主張只會依靠純粹攻擊魔法的魔法吟唱者是二流，不過這次也只能違反一下原則了。）

伊維爾哀架構出該使用的魔法。

最有效的是將威力提升到最大極限的「結晶散彈（Shard Buckshot）」，但那招會波及到同伴。高位階的獨創咒文「滅蟲」因為魔力消耗激烈，最好能保存到對手叫出蟲子時再用。這樣一來，最適合的應該是她不太喜歡的酸系魔法。

三人互相使了個眼神，確定大家都準備好了，便一口氣進攻。

伊維爾哀以「強酸飛沫（Acid Splash）」為主要手段進行攻擊，火力較差的緹亞則以使用道具支援為主。格格蘭一邊發動戰技，一邊連續重複攻擊。

過了不久，戰力均衡開始偏向其中一邊。

沒錯，對手很強。她能吐出多種蜘蛛絲，以符咒進行魔法攻擊，叫出蟲子進行攻擊。而且還擁有在蒼薔薇成員之上的強力魔法道具。

然而，一行人雖然回復道具等資源越來越少，但蟲族女僕後退的次數也慢慢變多了。

如果要問是什麼左右了戰局，伊維爾哀想必會挺著胸脯說「是這些同伴」。

沒錯，格格蘭與緹亞比起伊維爾哀或眼前怪物，弱到簡直可以說不堪一擊。但人手多就是一項不容小覷的優勢。能夠邊攻擊邊回復，影響可是很大的。

尤其是沒有辦法可以自己回復時，能藉由支援進行回復的一方肯定比較占上風。這點判定了勝敗的分野。

「注意不要犯簡單的失誤，就這樣壓制住她！」

## 3

### 下火月〔九月〕四日　22：27

那是一場激鬥。

蟲族女僕終於像斷線人偶般倒地。

伊維爾哀的魔力少了大半，消耗品幾乎都見底了。若只考慮得失問題的話，這次戰鬥可是賠慘了。

「贏了呢。」

渾身是傷的格格蘭氣喘吁吁地宣布勝利。雖然回復用的道具一個都不剩了，不過她的體力損失並不如外觀傷勢來得嚴重。

「給她最後一擊。」

「說得對。」

伊維爾哀也贊成緹亞的提議。蟲族女僕雖然奄奄一息，但還沒死。她還在發出嘰嘰叫聲，就是最好的證據。

趁現在奪走了她的戰鬥力，毫不猶豫地確實奪去她的性命比較安全。

緹亞持劍踏出一步，身體突然僵住。伊維爾哀還沒問她怎麼了，就知道她僵住的理由。

「請各位就此罷手吧。」

難以置信的是，不知什麼時候，蟲族女僕前面站了一個男人擋著她。

那人穿著在這附近地區從未看過的奇特服裝。就伊維爾哀所知，那是南方穿著的一種服裝，稱作西裝。男人臉上戴著面具，看不到本來的長相。

不過，他不可能是人類。因為男人的腰上露出了一條尾巴。

「喂，是伊維爾哀的親戚嗎？」

少說傻話了。伊維爾哀想這樣回答，但說不出話來。她感覺全身像被雷打到。看看右手，只見整隻手滿是汗水。

「——妳還好嗎？接下來由我代為處理就好，妳先回去休息吧。」

男人絲毫不把握著武器準備應戰的蒼薔薇一行人放在眼裡，語氣溫柔地對蟲族女僕說話，那副模樣雖然是敵人，但仍然足以讓人產生好感。不過，伊維爾哀不這麼想。

從頭竄到腳尖的懼意始終不肯消失。

伊維爾哀的求生本能受到刺激。她屏氣凝息，拚命告訴身旁的格格蘭與緹亞：

「……快逃……笨蛋，不要看我。閉嘴聽我說。那個……強得太超過了。是怪物中的怪物。不要回頭，卯足全力逃跑就對了。」

「……那妳怎麼辦啊？」

格格蘭語氣苦澀地問她。

「別在意。等爭取到時間讓妳們都跑遠了，我會立即使用傳送魔法逃走。」

不知道是怎麼辦到的，照理來說應該身受重傷而無法動彈的女僕，搖搖晃晃地站起來。她看起來不像是使用了治癒魔法，也沒看見她喝下了什麼。

從某處飛來一隻蟲貼在她背後，女僕飛上夜空。她留下嘰嘰叫聲，遠遠飛去了。

雖然眼睜睜看著敵人逃走，但伊維爾哀管不了那麼多，無法將視線從眼前男人的身上移開。另外兩人也跟她一樣，滿頭大汗，像是僵住了般動彈不得。

目送女僕離去後，男人重新轉向伊維爾哀她們。

伊維爾哀活了兩百五十年以上，見過形形色色的強者。但眼前的男人對她們發出的靈氣卻獨具一格。不，這種醜惡到令人作嘔的惡意，根本沒人能與之比擬。

作為強者的等級大概是白金龍王（Platinum Dragon Lord）級吧。由於實在太過強大，她無法正確判斷。

「讓各位久等了。那麼，時間也有限，就馬上開始吧。」

「快逃啊！」

伊維爾哀發出的聲音已經是慘叫了。

兩人像被電到般轉過身去。她們對於捨棄同伴不可能沒有罪惡感。就是因為有，所以伊維爾哀叫她們逃時，她們才沒有立即選擇撤退。她們抱持的是信賴。相信伊維爾哀會有辦法。或是伊維爾哀能設法逃脫。

然而這種想法立刻就被推翻了。

「首先，才剛相遇就要分離，未免太傷心了，所以請容我阻止您進行傳送。『次元封鎖（Dimensional Lock）』。分離時總該說兩句辭別的話，這樣無論是從禮儀或感情而論都比較可喜，對吧？」

一部分超高階惡魔或天使等等才能使用的特殊技能，阻止了附近一帶的傳送魔法發動。這下伊維爾哀就失去了撤退手段。

不過這不是什麼問題。她從一開始就知道了。最後留在這裡的人——負責殿後的人不可能活著回去。

「要死得照順序來。年輕人活下去，活得久的人先死。這才是正確的吧。」

向逐漸遠去的氣息告別，活了兩百五十年以上的女人挺身挑戰站在眼前的敵人，即使毫無勝算。

「那麼，您先請吧。不過如果您什麼都不做，那就由我先出手了。」

不同於溫和的語氣，爆發的壓倒性殺意讓人驚駭。伊維爾哀動用全身的意志力，驅散邪惡的氣息。

（我是伊維爾哀。是受人傳誦的女人。不管敵人有多強大——我都得戰鬥！）

「那就恭敬不如從命，由我先攻！看招吧！『魔法最強化・結晶散彈（Maximize Magic Shard Buckshot）』！」

第一招是她特別中意的魔法。比拳頭稍小一點的水晶散彈飛散開來。

前端部分尖銳的水晶碎片，本來應該在近身戰當中打進敵人身上以增加威力，但她不太敢接近眼前的惡魔。

明明做好了覺悟卻又畏縮不前，伊維爾哀不禁自嘲，但對手的力量還是未知數，當然應該慎重應戰。

假面惡魔像是迎客般張開雙臂。水晶彈雨打了他一身——不，在那之前，魔法先消失了。彷彿原本就不存在似的，消失得十分突然。

（只有一部分種族才擁有的魔法無效化能力？敵我實力差距竟這麼大！）

實力差距越大，魔法就越容易失效。

無視下錯第一步棋的伊維爾哀，男人的手優雅地橫向一閃。那動作簡直有如樂團指揮。

「『地獄火牆（Hellfire Wal）』。」

自後方撞上背部的熱浪，讓伊維爾哀不敢置信，急忙轉頭一看。

只聽得「轟」一聲，彷彿夜晚本身燃燒起來，不屬於自然現象的黑色火焰憑空冒出。正在逃跑的格格蘭與緹亞被黑色火焰包圍，像人偶一樣舞動四肢，然後像垃圾一樣倒在地上。當火焰如幻象般消失後，兩人依然動也不動。伊維爾哀壓抑住想趕到她們身邊的心情。雖然難以置信，但也只能信了。伊維爾哀知道那是致命傷。不過才一記攻擊，兩個與自己同甘共苦的夥伴就這樣喪命了。

她咬緊牙關忍住慘叫。

「原本是想燒個半死就好，想不到她們比我預料的還弱。竟然連那點程度的火也承受不了。我衷心表示哀悼。」

男人彷彿打從心底感到遺憾似的，深深低頭致意。那種假惺惺的態度，讓伊維爾哀再也無法壓抑情感。

他無視於站在前面的伊維爾哀——攻擊自己的對手，卻攻擊後面的兩人，理由是什麼？當然是因為她們逃跑了。但是，還有一個更大的理由。

伊維爾哀十分明白敵我的實力差距，因此很清楚自己根本沒被視作威脅。然而實際上卻比她想得更糟——對方根本沒把自己當成敵人。

眼前的人不會逃走。那就先宰了逃走的人。他大概只是這種想法吧。

「……不容易呢，下手還得留下半條命。又不能拿您當標準……為什麼實力差這麼多還要組隊呢？要不是這樣的話，我也能算得再準一點。」

「──你沒有資格！這樣說！嗚哇啊啊啊啊啊啊！」

她發出的不是慘叫，而是怒吼。伊維爾哀發出充滿憎惡的吼叫，拔腿狂奔。不，說是以魔法力量滑翔比較正確。她將魔力灌注在拳頭上，準備施展難以無效化或抵抗的接觸魔法。

惡魔揚起拳頭準備迎擊。

「惡魔諸相：豪魔巨臂。」

惡魔的手臂膨脹了好幾倍以上，變得更長的手臂碰到了地面。那並非吸滿空氣的鼓脹，而是筋骨結實的凶器手臂。

面對讓人望之卻步的凶器，伊維爾哀一瞬間畏縮了，但她做好覺悟，決定躲過那隻手臂攻擊敵人。

巨大的手臂逼近衝過去的伊維爾哀。那手臂的動作比想像中快得太多，簡直有如巨大牆壁占據了整片視野。伊維爾哀立刻判斷這招難以閃避，發動了防禦魔法。

「『損傷轉移（Translocation Damage）』。」

她的視野變得一片黑暗，同時感受到一陣衝擊，被狠狠彈飛出去。視野咕嚕咕嚕地轉動，搞不清楚自己身在何處。她被砸在石板地上，衝擊力造成身體像球一樣飄起。然後她再一次被砸在地上，伴隨著沙沙聲一路滑行。

然而——她沒受傷。

伊維爾哀利用「飛行」以不合常理的動作起身。

沒有受傷。不過若不是她使用了能將受到的肉體損傷轉換為魔力損傷的魔法，恐怕早已奄奄一息了。

「『魔法抵抗突破最強化・水晶匕首（Penetrator Maximize Magic Crystal Dagger）』。」

她製造出比一般更巨大的水晶匕首，射出。這招造成的是純粹的物理損傷，不容易無效化，而且加了特殊技能而更容易突破防禦。

惡魔躲都不躲，直接用身體擋下。雖然是損傷提升到最大級的魔法，對於惡魔卻好像毫無效果。

「……連附加了防禦突破的魔法都不能造成半點傷害……？超越想像的高階惡魔，不，恐怕甚至超越了魔神！難道是魔神王嗎！」

並不是只要名字加上個王就一定強，不過種族當中較強的存在通常都會自稱「王」或「王族（Lord）」，這是世間的常識。基本上只有人類種族才會能力弱還能自稱為王。

「惡魔諸相：銳利斷爪。」

惡魔的指甲伸長到大約超過八十公分。伊維爾哀直覺到那指甲銳利得能切斷任何物體。

（帶著那兩人的遺體逃跑是不可能的。就算其他人來了，對付這傢伙也只會礙手礙腳。

至少我得換個戰場，讓另外兩人容易發現屍體。）

伊維爾哀掀起了嘴角。

最糟的狀況是能使用復活魔法的拉裘絲跟這個惡魔碰上。只有這點她必須避免。

「我要上了！」

就在伊維爾哀正要挑戰難關的瞬間——某個物體發出轟然巨響，掉落在兩人之間。

承受不住那個重量，石板地產生裂痕，塵土飛揚。

出現在那裡的，是因為降落衝擊而蹲在地上的一名戰士。

漆黑鎧甲反射著月亮的靜謐光輝，點綴著絕妙的美感。以夜空為背景，鮮紅披風宛如火焰燃燒般飄揚。兩手各穩穩握著一把超乎尋常的巨劍，散放著斷罪之光。

黑暗戰士慢慢站了起來。那身影真是高大。身高來說的話，應該跟那個惡魔差不多。然而，就像惡魔面對神聖光芒時縮起身子，伊維爾哀從目睹黑暗戰士身影的強大惡魔身上，發現了恐懼之色。就像看見了無法置信的事物。

伊維爾哀在寂靜之中，聽見了吞口水的聲音。聲音來自那個惡魔。就連伊維爾哀覺得實力深不可測的惡魔，面對這位魁梧的戰士，竟也大氣不敢喘一個。

她聽見一個劃破黑夜般的冰冷聲音。

「那麼……哪個才是我的敵人？」

# 過場

有一間體現了「絢爛豪華」這個字眼的房間。

鋪在地上的鮮紅地毯相當柔軟，讓人產生小腿以下都陷在其中的錯覺。放在室內的兩人座長椅以高級天然木材製成，雕刻著精緻的法國洛可可式樣圖案。椅面鋪著黑色真皮，發出特有的光澤。

長椅上，一名男性伸出那雙修長的腿，深深靠進椅背。

眉清目秀。如果有一幅完美描繪出他外貌的肖像畫，人們想必會如此評論他吧。

金髮反射著周圍點亮的魔法燈光，彷彿浮現出繁星的光輝。眼角細長的濃紫瞳眸有如紫水晶，看見的人都將為之著迷。

然而實際上親眼見到他的人，在讚嘆眉清目秀的五官之前，恐怕會先產生不同的印象。與他的容貌無關，一旦親身感受到他身上散發的氣質，那種與生俱來的王者風範，不管是誰都會產生唯一一種第一印象。那就是「支配者」。

他就是吉克尼夫・倫・法洛德・艾爾・尼克斯。

年僅二十二歲就貴為巴哈斯帝國的現任皇帝，貴族對他望而生畏，臣民則對他懷抱著最高敬意，被譽為歷代最賢明的皇帝。而他也因為肅清了眾多貴族而享有鮮血皇帝之名，受到鄰近諸國所畏懼。

室內除了吉克尼夫之外，還有四名男性扈從，不過他們全都立正不動，簡直跟雕像一樣沒有動作。

吉克尼夫將眼光從看了一會的幾張紙上移開，視線固定在半空中。就好像那裡有塊黑板，他正在把想法寫在上面。

不久，吉克尼夫鼻子哼了一聲。這聲鼻息既像嘲笑，也像是起了興趣。王國的內線帶來的情報，值得讓吉克尼夫顯出這種態度。

這時──

──沒經過敲門，門就開了。

失禮至極的態度，讓扈從們一齊沉下腰，以帶有敵意的目光望向門口。不過，扈從們一看到走進房間的人是誰，立刻解除了警戒，恢復成原本的姿勢。

走進來的是位老人，一把白鬍子差不多有自己身高的一半。頭髮雖然也跟雪一樣白，不過並沒有變得稀疏。

活過的歲數化為皺紋顯現在臉上，銳利眼瞳中暗藏明確的睿智光輝。脖子上掛著無數顆小水晶球串成的項鍊，乾枯的手指戴著好幾枚樸實無華的戒指。身上的純白長袍鬆鬆垮垮，以非常柔軟的布料製成。

那人的模樣，就像一無所知的人聽到魔法吟唱者時最初浮現的印象。

「──事情麻煩了。」

慢慢走進房間的老人開口第一句，就用不符合外貌，還有點年輕的聲音吐出了這種台詞。吉克尼夫只動了動眼球，移動興味盎然的視線。

「怎麼了，老爺子？」

「我調查過了，但要發現他是不可能的。」

「所以簡單來說是什麼意思？」

「……陛下。魔法也是這個世界的原理之一。學習知識──」

「哎，知道了，知道了。」吉克尼夫興趣缺缺地揮揮一隻手。「你說教起來沒完沒了。先別管那些，講重點吧。」

「……如果安茲．烏爾．恭這號人物真的存在的話，那麼他必定擁有相當強力的魔法道具，或是以自己的力量防止他人探測，照我推測，他很可能會使用與我同等，或是比我更高階的魔法。」

除了皇帝與老人之外，室內產生起緊張感。

老人說此人能與帝國歷史上最高階的魔法吟唱者，又是宮廷首席魔法師、赫赫有名的大賢者「三重魔法吟唱者（Triad）」夫路達．帕拉戴恩匹敵，其他人都懷疑起自己的耳朵。

「原來如此啊。所以你看起來才這麼高興嗎，老爺子？」

「當然了。這兩百年來，我從未遇見與我同等，或是擁有比我更強力量的魔力系魔法吟唱者。」

「兩百年前有遇過嗎？」

皇帝受到好奇心驅使而提出問題，宮廷首席魔法師開始追憶往事。

「這個嘛。我就只見過一個，那就是童話故事裡的十三英雄中的一人，亡靈師莉古李特．別爾斯．卡勞。哎，不過十三英雄中的其他魔法吟唱者應該也都很優秀吧。」

「那麼現在有比老爺子更優秀的魔力系魔法吟唱者嗎？」

夫路達的目光徬徨著，彷彿望向遠方。

「這就難說了……我想我現在已經到達了比她（卡勞）高出許多的境界，不過……

我也無法確定。因為魔法的術理，並不能單純地決定孰優孰劣。」

他慢慢捋著長鬍子，嘴上謙遜，其中的語氣卻流露著自信。然後他揚起一邊眉毛。

「只希望那位安茲・烏爾・恭，會是比我更優秀的人物。」

吉克尼夫露出得意的笑容，從散落在長椅上的幾張紙中挑出一張，拿到夫路達面前。

夫路達雖顯得訝異，但還是接過了紙張，目光掃過上面的內容。

「哦。」

這就是他的感想。只不過，夫路達賢者般穩重的表情產生了大幅變化。眼中亮起了熾熱的火光，看起來有如飢餓的野獸。

「原來如此，這就是陛下讓我打探的安茲・烏爾・恭的所作所為啊。太令人感興趣了。兩個人對付疑似教國的幾十名特殊部隊……唔唔。真希望能與這位人士當面暢談一番魔法學問呢。」

紙上記載了在王國，葛傑夫・史托羅諾夫於國王面前述說的內容，連記錄者的個人感想也寫在上面。

「那麼陛下，是否有派遣任何人到這個村子？」

「我沒做到那個地步。派人過去會引人注目。」

「……派我的徒弟……不，如果這份書信的內容屬實，最好能跟對方建立起友好關係呢。」

「正是如此，老爺子。若是個駕馭得住的強者，我可是很想讓他來帝國。」

「我認為這樣非常好。為了窺探魔法的深淵，需要各種領域的智者……如果能遇到獨闢蹊徑的人，那就再好不過了。」

他的語氣中帶著渴望。

吉克尼夫知道夫路達懷著何種夢想。

夫路達想窺探魔法的深淵。為此，他想向走在自己前方的人求教。

後進之人只要沿著某人——大多數的場合都是夫路達——開拓的蹊徑前進即可。他們走在最有效率的最佳路徑上，藉此徹底培育自己的才能。

然而孤身走在最前方的夫路達卻沒這個福分。他都是自己暗中摸索，因此成長過程中充滿了徒勞。如果他能省去這些徒勞，讓才能徹底成長的話，想必已成為了更強大的魔法吟唱者。

因為夫路達明白這一點，所以他很想見到能引導自己的人物。才能也是有限的。他不想再浪費更多了。

夫路達培育徒弟，也是希望能出現超越自己的人物，帶領自己繼續發展。只可惜這份心願至今尚未實現。

就只有這件事吉克尼夫也無可奈何。所以他講了另一個話題。

「還有，我也想蒐集關於出現在耶・蘭提爾的精鋼級冒險者的情報。你能幫助我嗎？」

「當然了，陛下。」

# 第十章 最強至上的王牌

# Chapter 10 | The most strongest trump

## 1

### 下火月（九月）四日 22:31

王都上空，標高四百公尺附近。在夜空當中，有一群人夾雜在星辰之中飛行。兩個是發動了飛行系魔法的魔法吟唱者，後面一樣也是兩個人，坐著讓前面兩人拉著飛行，總共四人。

讓魔法吟唱者拉著的其中一人，是身穿漆黑全身鎧，背上揹著巨劍的男子。另一人是綁著馬尾的美女。不用說，就是安茲與娜貝拉爾。

兩人今天一大早，在耶・蘭提爾冒險者工會接受了報酬超出行情的指名委託。委託人的名字是雷文侯。表面上的委託內容是說王都似乎將要發生某些異常狀況，希望兩人能保護他的住處幾天。

安茲之所以知道這只是表面上的委託內容，是因為在接受委託時，對方也把內幕一五一十地告訴了他。

根據對方的說法，他們為了壓制八指這個地下組織的據點而派出了士兵，希望安茲他們也能加入部隊一同作戰。對方特別希望安茲對付的，是敵方的最強戰鬥員六臂。
安茲想不到拒絕這項委託的理由。
一般來說，冒險者為了維持中立，有一條不成文規定，那就是不會參加國務相關的活動。結論上雖然打破了這條規定，但對方為了不給安茲——漆黑飛飛——造成困擾而準備了表面上的委託，這點值得肯定，最重要的是報酬金額大到讓他垂涎三尺。
安茲心想這樣就能稍微喘口氣了，注意不讓自己露出貪婪相，抬高價錢——拚命隱藏著想一口答應下來的心情，假裝不情不願地接受了委託。
不過有個問題，那就是對方拜託他十萬火急趕到王都。
在ＹＧＧＤＲＡＳＩＬ，都市或國家之間隨處都設置了傳送服務，但這個世界可沒那麼好。況且傳送魔法是第五位階以上的魔法，就設定上來說，安茲他們基本上是不能使用的。
但騎馬在地上跑也不可能一天就到達目的地。
那麼，要怎麼前往呢。回答這個疑問的，是雷文侯的魔法吟唱者部下。
他們使用藉由消耗魔力來加速的特殊飛行魔法，搭配「漂浮板（Floating Board）」，高速將安茲他們帶來了王都。
這兩種魔法是如何組合使用的呢。答案很簡單。此時兩人坐著的位置清楚說明了一切。
兩人此時坐在以「漂浮板」做出的半透明漂浮板子上。這種魔法由於可以阻隔重量，因此就算帶著兩個人也不會影響飛行速度。兩人就是這樣讓人一直線地帶來這裡。只是即使如此，時間上好像還是很勉強，以至於大幅超出了預定時間。

因此，安茲感到些許不安。他擔心會不會到了之後人家又說不用了，或是拿不到講好的報酬。

如同安茲被超出行情的報酬吸引，對方應該也捨不得付那麼多錢給什麼都沒做的人。希望不要變成只是空打如意算盤。

安茲悄悄嘆了口氣，憑空祈禱。那就像是在業績惡化的公司上班的白領階級，對年終獎金懷抱的心情。

拜託拜託，一定要支付我全額報酬。我都已經想好要怎麼運用了。

在煩惱的同時，初次看到的王都，而且還是夜間飛行，卻也取悅了安茲的雙眼。很遺憾，並不是有什麼美麗的夜景。王都內幾乎全被黑暗籠罩，毫無美景可言。即使如此，對於眼光能看穿黑夜的安茲來說，仍然是一段滿足好奇心的經驗。

安茲異樣認真地眺望著景觀，偶然間，他的眼睛捕捉到某個場所的異質光輝。

起初他不明白發生了什麼事。然而，當他看見冒出的黑色火焰時，他察覺到那裡發生了特殊狀況。

「等等！看！又亮了。那裡有像是魔法的光輝。」

「……的確……好像是……魔法呢。」

魔法吟唱者望向安茲指著的場所，語氣有點缺乏自信，是因為夜色黑暗加上距離太遠吧。一般人就算看到那光，也很難判別光的來源。

「怎麼了？在王都這種事是家常便飯嗎？還是在放煙火歡迎我們？」

對於安茲的玩笑話，魔法吟唱者笑都不笑，露出嚴肅的表情。

「那個地點是預定襲擊的八指據點之一。」

「原來如此……本來還怕趕不上，看來能幫上一點忙了。」

「知道了。那麼我們往那邊靠近一點。」

「還是不要吧。那裡好像有人會使用相當高階的魔法。如果遭到波及，你們可是會立刻沒命的喔。」

魔法吟唱者臉上浮現出「那麼該怎麼做呢」的疑問，安茲將視線從他們臉上移開，轉向娜貝拉爾。

「娜貝。妳用『飛行』把我帶到那附近。到了那裡我會打暗號，妳就把我放下去。」

「遵命。」

## 下火月〔九月〕四日　22：33

突然現身的黑暗戰士問的問題，就連身處生死極限的伊維爾哀，聽起來都覺得很蠢。不過，她馬上改變了想法。想想彼此的裝扮，兩邊都顯得十分可疑。畢竟是兩個戴著面具遮臉的人在對峙。

以他的立場來想，就算認為兩人可能是同夥鬧內鬨也不奇怪。

伊維爾哀大致猜得到黑暗戰士是什麼人，高聲喊道：

「漆黑英雄！我是蒼薔薇的伊維爾哀！我與你同樣身為精鋼級冒險者，請聽我的請求！幫助我！」

話喊出口之後，伊維爾哀才注意到自己犯了錯誤。

那就是彼此之間的戰鬥力差距。就算階級與自己相當的精鋼級冒險者——漆黑飛飛伸出援手，又能怎麼樣呢？就連伊維爾哀都感到這個惡魔的強大力量深不可測，兩人一起對付這個惡魔，勝算一樣小得可憐。就算他提供協助，也只不過是擋在敵人面前的紙從一張變成兩張。暴風一刮就能把他們統統吹飛。

伊維爾哀的請求等於是要前來救援的他送死。她剛才應該喊的，是警告他逃走才對。如果要厚臉皮地做出請求，最多也只能拜託他帶著同伴的遺體逃走。

然而——

「——知道了。」

男人讓伊維爾哀躲在自己身後，擋在惡魔面前。

伊維爾哀吞了一口氣。

當他站到自己前面保護自己時，她感覺彷彿眼前出現一面超巨大城牆。放心與安心的感受湧上心頭。

與他對峙的惡魔慢慢垂下頭去。那個敬禮如同僕從對高貴之人低頭般，充滿了深深的敬意。由於惡魔不可能真的對男人抱持敬意，因此她認為這是諷刺，說明了惡魔貌似有禮，其實內心輕蔑。

「真是位貴客，歡迎您大駕光臨。首先可以請教您的大名嗎？我的名字是亞達巴沃。」

「亞達巴沃？」漆黑頭盔底下傳來男人狐疑的聲音。接著又聽見他低聲說「好怪的名字」。

伊維爾哀並不覺得這名字奇怪，不過她也一樣思索著惡魔相關知識，希望找到這個名字，但想不到類似的名字。

「……亞達巴沃是吧，我知道了。我叫飛飛。就如同她說的，是精鋼級冒險者。」

對於惡魔——亞達巴沃令人不快的態度，黑暗戰士——飛飛仍以一樣的態度繼續對話。

原來如此，伊維爾哀感到佩服。只要是為了問出對方的情報，就算是再明顯的侮辱，他也能沉得住氣。她從這件事窺見了飛飛這個男人身為一流冒險者的一部分肚量。

同時伊維爾哀也對於自己動不動就感情用事感到羞恥，移動到飛飛鮮紅披風的角落躲起來，以免妨礙這兩人的對話。

這是因為她雖有意幫助飛飛戰鬥，但她有預感自己可能會礙事。

兩人看來並未把伊維爾哀放在眼裡，在伊維爾哀移動位置時，繼續展開教人喘不過氣的情報戰。

「原來如此。那麼可以請教您為何來到這裡嗎？」

「是委託。某個貴族以保護他的宅邸為藉口，把我叫了過去……我讓人送我通過王都上空時，碰巧看見了這裡展開的攻防戰。我認為這是緊急狀況，所以就跳下來了。」

貴族指的應該是雷文侯吧。不然不會挑這個時候把精鋼級冒險者叫到王都來。她推測雷文侯這樣做，應該是想在勉強不觸犯「冒險者工會不干涉國家問題」這條不成文規定的前提下，請他參加與八指的抗爭。

「你的目的又是什麼？」

「我們召喚、役使的強大道具，似乎流入了這個都市。基本上，我是為了收回那個道具才來到這裡。」

「如果我們把那個道具交給你，問題會解決嗎？」

「不，沒辦法呢。我們只能為敵，拚個你死我活。」

「這就是結論嗎？迪——亞達巴沃。我們只有一條路，就是勢不兩立，對吧？」

「是的。沒錯。」

伊維爾哀覺得有點突兀，偏著頭。

這與其說是情報戰，倒比較像是互相交換情報，但她覺得這是不可能的，改變了想法。

「我大致上都明白了。既然是這樣的話……就讓我在這裡打倒你吧。沒問題吧？」

飛飛慢慢張開雙臂。巨劍像是延長的手臂，閃爍著亮晃晃的冷光。

「這樣我會很傷腦筋，所以請容我做些抵抗吧。」

「——我要上了。」

飛飛踏出了一步。不對，應該說是感覺好像踏出了一步。一回神，本來站在眼前的飛飛已經離得遠遠的，逼近亞達巴沃，雙方展開激烈衝突。

伊維爾哀無法說明那樣高度的攻防，只能說好像發生了什麼事。

只見無數刀光劍影縱橫交錯，亞達巴沃用伸長的指甲將其一一彈開。

「好厲害……」

讚美的詞句多得是。然而目睹了那道刀光，伊維爾哀說出了最單純而坦率的詞句。

那種斬擊超越了記憶中任何一位戰士。他看起來就像是將邪惡連同籠罩世界的暗夜一起斬殺的戰士。

她甚至開始覺得，自己就像是吟遊詩人（Bard）的歌曲中登場的公主。瀟灑地拯救公主的騎士，與眼前的黑暗戰士重疊在一起。

從兩腿之間到背脊竄過一道電流般的感覺，伊維爾哀的身子微微震了一震。

伊維爾哀兩百五十年來沒動過的心臟，彷彿跳了一拍。

她抬起手試著放在自己平坦的胸前，不過還是跟那時候一樣，根本沒有跳動。但她還是開始覺得並不是自己的心理作用。

「……加油，飛飛大人。」

伊維爾哀兩手合握祈求著。

願自己的騎士，能戰勝強大的惡魔。

隨著不像是皮肉發出的轟咚一聲，亞達巴沃被狠狠震飛出去。雖然沒有摔倒，但他一路激烈滑行，好像要在石板地上磨掉鞋底似的。後退了好幾公尺之後，亞達巴沃拍拍衣服上的髒汙。

「真是精采。與您這樣的天才戰士交手，或許是我唯一的過錯吧。」

喀的一聲，握在飛飛一隻手上的劍刺進了石板地。他用空出來的手轉了轉脖子附近，像是要消除痠痛，並以平淡的語氣回答：

「客套話就免了。你不也還留了一手嗎？」

聽到這句話，伊維爾哀傻眼了。

那樣驚天動地的攻防竟然還沒拿出全力，太不合常識了。

「難道是……神人嗎？」

繼承了「玩家」這種存在的血統之人當中，有時會出現強大力量覺醒的人物。教國稱這種人為神人。不對，更正確來說是以「神人」稱呼確定繼承了六大神血統的人，繼承其他血統之人則另有不同稱呼。現在先不論這些，總之飛飛這號人物很可能繼承了玩家的血統。不對，一定是這樣，不然普通人類不可能擁有那樣強大的力量。

「不不，我還比不上您呢。我記得您叫飛飛大——先生對吧。」

「沒錯，亞達巴沃。我的名字是飛飛。」

「我了解了。那麼我要出招了！惡魔諸相：觸腕之翼。」

亞達巴沃背上長出了翅膀。每一根相當於羽毛的部分都異樣地長，看起來就像平坦的觸手。他對提高警戒，準備迎戰的飛飛溫柔地說道：

「您很強。真的很強。可以肯定一定比我強。所以我雖然不喜歡，但請容我使出這種手段吧。您若是進行防禦，一定很容易擋下這招，不過後面那個小角色就只能放棄了。好了，您會怎麼做?勸您還是保護她吧。」

話一說完，又扁又薄的羽毛像射出般伸長。羽毛的前端非常銳利，能把人的皮肉連同骨頭輕易切斷。

眼睜睜看著高速逼近的羽翼包圍自己，伊維爾哀束手無策。她早已沒有魔力能做出「水晶防壁」之類的護牆了。她此時只能趴下，期待幸運降臨。

然而下個瞬間，伊維爾哀知道她又小看了黑暗戰士。

聽見堅硬的金鐵聲，伊維爾哀一抬頭，看見那裡站著一面強韌堅固的盾牌。

被切斷的羽毛輕柔地飄落。即使是能輕易砍碎人類的羽毛，飄落的模樣仍然相當美麗。

「妳沒受傷就好。」

她聽見男人清朗的聲音。那聲音平靜如常，不像是剛剛高速揮舞過單手拿著的劍，打落了所有逼近的羽翼。呼吸也沒有一絲紊亂。

「呃，嗯——啊啊!您的肩膀!要不要緊!」

飛飛的肩膀上刺著一根羽毛。由於中途就被切斷，羽毛無力地下垂，有點像是鎧甲上的裝飾。

「我不要緊。這點程度不成問題。不用管我，妳沒受傷，我就放心了。」

語氣聽起來，彷彿對伊維爾哀笑了笑。

怦咚。伊維爾哀再度感覺到心臟在自己體內跳了一下。臉好燙。面具彷彿被加熱了。

「真是精采。想不到竟能保護她不受一點傷害。我亞達巴沃衷心表達讚賞之意。真是太精采了。」

「不用說客套話了。比起這個，亞達巴沃……你為什麼要跟我拉開距離？」

「！」

飛飛一邊說著，一邊將手伸向伊維爾哀，像要抱進懷裡般把她抬了起來。

不會動的心臟差點沒從嘴裡蹦出來。她向來不把吟遊詩人的創作故事當一回事，如今那些篇章卻在腦中一再重複上演。特別是騎士橫抱著公主戰鬥的場面。按照常識來想，只有傻子才會面對強敵時帶著累贅戰鬥。可是——

（對不起！世界上的所有吟遊詩人。真正的騎士的確會抱著柔弱少女，邊保護她邊戰鬥呢。嗚哇，這太瞎了！好難為情喔！）

然而，伊維爾哀的興奮一口氣跌落谷底。她夢想的是公主抱。但現實卻是——

「這……」

——她被飛飛像抱行李般夾在左腋底下。不，這種姿勢當然才是正確的。比起成年女性，伊維爾哀又輕又小。從容易保持身體平衡的觀點來看，這個姿勢才比較合理。

她知道自己沒資格抱怨。而且她心中仍然懷著同伴遭人殺害的仇恨。她也很清楚現在沒有那個閒工夫胡思亂想。即使如此，她仍然無法壓抑內心角落產生的不滿。
如果自己主動抱住他，或許可以讓他輕鬆點，但若被捲進剛才那種高速戰鬥，伊維爾哀沒自信能抓住他而不被甩落，所以沒說出口。
面對即將再度開打的戰鬥，伊維爾哀偷偷觀察飛飛與亞達巴沃。兩人之間的距離比剛才更遠。不過對特級戰士與超凡惡魔來說，這點距離大概一步就能跨越吧。
「那麼是不是該開始了？」
「不，我想就此收手。剛才我也說過，我的目的並非打倒兩位。接下來我要讓王都的一部分區域陷入火海。如果兩位敢闖進來，我保證煉獄之火會送你們下地獄。」
拋下這番話後，亞達巴沃轉身就跑。看起來明明不像是全力奔跑，距離卻越拉越遠，沒多久就融入了黑夜之中。
「糟、糟糕了，飛飛大人。得快點消滅他才行。」
伊維爾哀急忙表示，應該趁還沒失去敵人蹤跡前趕緊追擊，然而飛飛搖搖頭。
「沒辦法。那傢伙是為了完成計畫而選擇撤退。若是追上去，他一定會拿出真本事應戰吧。那樣一來——」
飛飛沒再說下去，不過伊維爾哀知道他後面要說什麼。
那樣一來妳會受到波及而死。他應該是想這樣說吧。就算飛飛把自己留在這裡，照那個惡魔的惡毒個性來想，一定會使出波及伊維爾哀的攻擊。

剛才飛飛保護過伊維爾哀，不幸證明了伊維爾哀具有作為人質的價值。

自己沒能幫上飛飛這個救命恩人的忙，反而還拖累了飛飛，讓她對自己產生厭惡感。自己這點程度還好意思對克萊姆講大道理，真是可笑。

「那麼，娜貝。妳覺得我們接下來該怎麼做？」

如同回答他的問題，一名女性自空中慢慢降落。伊維爾哀早就聽說漆黑英雄飛飛的小隊當中，有個綽號美姬的魔法吟唱者。而且她也在內心嘲笑過，擁有這種綽號都不會覺得不好意思。然而當本人出現在眼前時，伊維爾哀倒抽了口氣。

她實在太美了。想必繼承了異國——南方血統的美貌，就連伊維爾哀都看得出神。

「飛飛大——先生。不如按照原本預定計畫，前往委託人的宅邸，您看如何？」

「……妳是說不去管那個亞達巴沃嗎？阻止他的計畫，難道不正是我在王都的職責？」

「或許是這樣，但屬下認為先向委託人做確認比較要緊。」

「——說得沒錯。」

「比起亞達巴沃，屬下建議您先把抱著的那隻大蚊扔到石板地上。」

「嗯？哦，失禮了。我怕妳被那惡魔的攻擊波及到。」

飛飛慢慢放下伊維爾哀。

「不，你——您別在意。我知道您是擔心我。」

伊維爾哀深深低頭致謝。

「謝謝您出手相助。容我重新自我介紹，我是精鋼級冒險者小隊蒼薔薇的伊維爾哀。」

「多禮了。我也是精鋼級冒險者，名叫飛飛。那邊那個魔法吟唱者是我的同伴娜貝。那麼您接下來打算怎麼做呢？那邊那兩位是您的同伴嗎？如果是的話，我可以幫忙搬……」

他指著格格蘭與緹亞。

「感謝您的一片好意。不過，沒有這個必要。再等一下，我的其他同伴也會過來。說不定她會直接在這裡發動復活魔法。」

鎧甲發出了好大的「喀鏘」一聲。

伊維爾哀敏感地察覺到，細縫中的視線開始帶有強烈感情。

「妳……呃不，您的同伴會使用復活魔法嗎？」

「咦？啊，是的。我們的領隊拉裘絲能進行死者復活儀式。」

「是這樣啊！那麼我想問個問題，復活魔法是不是從再遠的地點都能發動？」

「什麼意思？」

「呃，比方說，從非常遠的地點讓那兩人復活……比方說在帝國發動魔法的話，會在什麼地點復活？是帝國，還是屍體所在的這個地點？」

他為什麼對復活魔法有這麼大的興趣？

單純出於好奇心嗎。能使用第五位階信仰系魔法的人不多，所以會有興趣也不奇怪。還是說他有某個珍愛的人過世了？若是這樣的話，伊維爾哀說出的答案對他而言將會是殘酷的。只能祈禱並非如此了。

「詳情我不清楚，但我聽說拉裘絲的復活魔法必須在屍體附近吟唱，否則很難成功。以飛飛大人的疑問來說，從帝國那兒是不會發動的。」

「嗯。那麼另一個問題，兩人復活後，可以立刻參加戰鬥嗎？」

「不行呢。」

伊維爾哀明確地回答。

拉裘絲能夠吟唱的復活魔法是第五位階魔法「死者復活（Raise Dead）」。由於這種魔法復活時會消耗大量生命力，因此鐵級以下的冒險者幾乎都會化為塵土。兩人身為精鋼級，復活沒有問題，但是肉體會因為生命力的消失而好一陣子不聽使喚，要恢復生命力恐怕也得花上一段時間。

如果亞達巴沃的那番話屬實，目前他們不但還沒脫離危機，而且戰力又大幅下降。

（……不對，既然能夠對抗那個惡魔的人只有這位大人，那麼就算兩人復活也沒有任何差別。這樣的話，復活之後倒不如讓她們好好休養，或許才是明智的做法……）

「原來如此……我大致明白了。如果可以的話，我想見見那位名叫拉裘絲的女性。可以讓我跟您一起在這裡等一下嗎？」

「什麼！您為什麼想見拉裘絲呢？」

伊維爾哀發現自己不由自主地提高了嗓門。她自己也不明白為什麼。當她一聽到飛飛說想見拉裘絲時，胸口像是被針扎到似的。

連自己都嚇一跳了。被這樣大吼的飛飛似乎也有點驚愕。

極度羞恥讓面具底下的臉漲紅起來。所幸戴著連衣帽，漲紅的耳朵不會被飛飛看見，讓她放了心。

「呃，也許我可以問她一些關於復活魔法的事，再說我也想與既是同輩又是前輩的蒼薔薇隊長見個面……況且亞達巴沃也有可能只是假裝逃走，說不定還會再折回來。這些就是我想見她的理由，有什麼不妥之處嗎？」

「沒、沒有，如果是這樣的話……嗯，真抱歉我那樣大聲嚷嚷。」

在知道他是警戒亞達巴沃之後，胸中的扎刺感消失了。

（只要冷靜想想剛才講的內容，誰都知道他的意思啊……再說他是警戒亞達巴沃……也就是說是想保護我……？呵呵……）

「那麼在她們來之前，可以請您告訴我這裡發生了什麼事嗎？」

「在那之前，把同伴的遺體擺著不管讓我很不忍心，可以過去那邊嗎？」

「當然。」遵從飛飛的回答，伊維爾哀來到了兩人的遺體旁。

她原本以為遺體應該燒傷得很嚴重，然而那陣惡魔之火彷彿只燒盡了人的靈魂，兩具遺體都沒有傷痕。伊維爾哀闔上兩人的眼瞼，將她們的手擺在胸前合握，然後從包包裡拿出安息裹屍布（Shroud of Sleep），先將緹亞包裹起來。

「這是？」

「這是魔法道具，將屍體包起來，可以抑止不死者化與腐敗等等。而且在使用復活魔法時據說也有幫助。」

「原來如此。」飛飛說著，看到伊維爾哀包裹格格蘭龐大的遺體包得很辛苦，於是伸出援手。他用超乎常理的臂力輕輕鬆鬆舉起了格格蘭。

面對兩具白布覆蓋的遺體，伊維爾哀做了簡單的默禱。就算之後拉裘絲會讓她們復活，死者仍然必須受到尊重。

「謝謝您的幫助。」

「不，請別在意。不如繼續談剛才的事吧，可以請您告訴我這裡發生了什麼事嗎？」

伊維爾哀爽快地答應，開始描述在這裡發生過的事情。話雖如此，她也只知道來到這裡的目的，以及她們與蟲族女僕交戰到一半時，亞達巴沃就來了。

講到還差一步就能殺死蟲族女僕時，安靜地聆聽的飛飛與娜貝，兩人的氛圍突然變了。

「然後妳們殺死她了嗎？」

語氣雖然平淡，其中卻燃燒著無法隱藏的怒火。

伊維爾哀感到困惑。她不明白試著除掉亞達巴沃的女僕，為何會讓飛飛感到憤怒。所以伊維爾哀姑且語氣急促地告訴他結果。

「不，我們沒有殺她。因為亞達巴沃在我們下手前先出現了。」

「——這樣啊。原來如此……原來如此。」

怒氣煙消雲散，彷彿一切只是伊維爾哀的誤會般，連個影子都沒有。只有默默聆聽的娜貝僵硬的眼瞳中似乎還暗藏著憤怒，不過她本來就散發著否定的感情，伊維爾哀無法確定她的心思。

飛飛輕咳一聲，然後向她問道：

「呃，應該是因為妳們想殺那個蟲族女僕，所以亞達巴沃才會認真起來吧。」

伊維爾哀明白了飛飛發怒的理由。他應該是認為蟲族女僕立場中立，兩人卻主動挑起戰端，才會造成這一切吧。他的意思是說：妳們捋了不必要的虎鬚。

身為冒險者，本來就該避免無謂的戰鬥。尤其是位於最高階級之人，若是沒弄清楚這一點，會傷了精鋼級之名，進而傷到飛飛的名譽。他應該是想這樣說吧。然而就伊維爾哀的立場來想，卻也覺得難以認同。

「亞達巴沃說過，要讓王都的部分地區陷入地獄火海。侍奉那種人的女僕不可能是什麼好東西。我相信我的同伴們挺身對付她是正確的。」

只有這點她無法讓步。那個女僕比格格蘭或緹亞都還要強。即使如此兩人仍然挑起戰端，一定有她們的理由。她認為同伴們做出如此抉擇的理由，一定是為了維護某些正義。

伊維爾哀忍不住用平常的態度反駁，飛飛沉默了。一個是隔著面具，一個是隔著全罩頭盔（Closed Helm）。雙方都無法看見對方的眼睛，但伊維爾哀敢肯定，兩人此時正以強而有力的視線互相衝突。

先退讓的是飛飛。

「唔，啊——是啊。您說得對。對不起。」

然後他略為低頭致歉。那態度讓伊維爾哀慌了起來。她雖然因為無法讓步而差點跟飛飛爭辯起來，但她不能讓救命恩人這樣對自己道歉。

「請、請把頭抬起來吧！怎麼能讓您這樣迷人的男士——！嗚咦！」

伊維爾哀明白到自己差點說出什麼話來，發出一聲怪叫，狼狽不堪。

飛飛的確是位迷人的男子，但是從前後文來考量，這時候實在不該用上「迷人」這種字眼。

伊維爾哀在心中尖叫。

（啊——！我有什麼辦法呢！因為他很帥啊！就算我久違了幾百年萌生起少女情懷，也不會怎樣吧！誰叫他是這麼強大的——對，比我更強，又這麼迷人的戰士呢！）

伊維爾哀一副年輕少女的態度，偷瞄了飛飛一眼。如果對方顯得有點害臊，或許還有一線希望；如果是其他反應，那就無法期待了。

伊維爾哀的身體在十二歲左右就停止了成長。因此她幾乎沒有任何男人想要的東西，很難點燃男人的慾火，也無法讓男人發洩慾望。當然，在一部分極端例外的男人眼中，也許她看起來魅力無法擋，但那是例外中的例外，看看飛飛身旁的娜貝，讓她覺得這種可能性不大。

伊維爾哀鼓起勇氣偷瞄了飛飛一眼，在她面前，飛飛與娜貝不約而同地仰望夜空。

起初她完全弄不懂兩人在做什麼，但她想起自己剛才的怪叫，這才明白兩人在做什麼。兩人是把伊維爾哀的叫聲誤認為警告了。

（不是啦！）

實在太可悲了，讓她好想哭。

「……應該是您看錯了吧？我沒看到任何地方有什麼東西。」

飛飛看過了整片夜空，還對她這樣說。

「好、好像只是我多心了。真抱歉。」

「哦，請別在意。與其被敵人先下手為強，倒不如只是多心來得好。」

讓娜貝幫忙把一把劍收進背後，飛飛一隻手拿著另一把劍保持警戒，輕鬆地回答。

他的溫柔讓伊維爾哀啞口無言。這時，視野角落變得明亮起來。那陣光的顏色不是用魔法等方式製造出的白色光芒，而是大火放出的朱紅色。

「飛飛先生——請看那邊。」

與娜貝發出聲音的同一時間，兩人一同望向赤色光輝。伊維爾哀知道那光亮來自於什麼，面具底下的兩眼瞪得老大。

「那是什麼？」

深紅的火焰直衝雲霄，彷彿要燒焦天空。那烈焰高度少說也有三十公尺。長度更是無從想像。恐怕不下數百公尺。

火牆如搖曳的薄紗般升起，像彩帶般延伸的模樣，似乎將王都的一個方位完全包圍了起來。

初次目睹的現象讓伊維爾哀震驚不已，她的耳朵聽見男人小聲說：

「……磯漢那之火？」

她像被電到般，轉頭看向飛飛。

「您、您說的那個，究、究竟是什麼意思？飛飛大人知道那面巨大火牆嗎？」

飛飛肩膀震了一下，用跟至今截然不同的軟弱態度回答：

「咦？啊……呃，不是，我不太有自信，所以，可以等我確定了再回答嗎？」

「當、當然可以……」

「我、我有點事要跟娜貝談。恕我失陪一下。」

「咦？不能讓我也跟去嗎？」

「啊，不是，這是我們同伴間的小問題，所以如果可以，希望您可以迴避……」

這是當然的。伊維爾哀對於自己問了這種理所當然的問題感到些許羞恥，徬徨移動的視線，撞上了被稱為美姬的女人。

她彷彿從那副美貌中，發現了洋洋得意的笑容。

或許是心理作用。可是，也有可能不是心理作用。因為受到超一流的男人特別對待，只要是女人都會對其他同性產生優越感。

伊維爾哀無法壓抑自己心中興起的奇怪感情。

那是一種不舒服的怒氣——名為嫉妒的烈火。

（不只實力堅強，甚至擁有我所不知道的知識……這種男人不可能遇到第二個了。）

人類的女人很容易受到強者吸引。由於人類時時暴露在強大外敵的威脅之中，因此物種的保存本能受到刺激，會希望能與強悍男性結合，生下孩子，為了獲得保護而進入男性的庇護之下。當然，不是所有女人都只拿這點挑選男人。個性與容貌等各種因素也能培育出愛情。即使如此，追求強者的傾向事實上仍然很明顯。

伊維爾哀向來瞧不起那種女人。

（因為弱小就希望別人保護自己，太愚蠢了。只要變得強到不需要讓人保護就行——我以前明明是這樣想的。）

若是放走了這個男人，自己會不會一輩子再也遇不到滿意的男人？

由於伊維爾哀能夠長生不老，因此飛飛必定會比自己老得快，死得早。而不管再怎麼努力，伊維爾哀也無法幫飛飛生孩子。幾十年後，自己無可避免地又要孤獨一人，即使如此，在自己的人生當中，能用女人的方式活一次應該也不錯。

（要孩子的話，也可以讓他跟別的女人生。只要他最愛的是我，納一、兩個妾我才不會嘮叨。）

「……那麼請稍等一下。不好意思……伊維爾哀小姐？」

「嗯？哦，抱歉。我好像陷入沉思了。有些事還是只能小隊決定吧。我在這裡等您。」

說真的，她一秒都不想離開飛飛身邊。她不想讓飛飛跟她自嘆弗如的美女待在一起。但她不可能說出這種話來。

煩人的女人會被討厭。越是束縛住男人，男人越是想逃。

她想起在酒館聽過的話。那時她還覺得跟自己無關，只覺得無聊，一笑置之就離席了。

（怎麼會這樣啊。也就是說天底下沒有一種知識是無益的嗎？要是那時候有仔細聽就好了……現在開始學還來得及嗎？我還有時間學習女人的手段嗎？）

目光追著一同走遠的兩人，伊維爾哀思考著。她知道現在不是想這種事的時候，但就算去想那面火牆的事，也會因為情報不足，結果一樣原地打轉。只是不管怎麼樣，幾小時後，他們就會投身連伊維爾哀都可能喪命的戰鬥吧。那麼稍微放鬆一下精神，認真地考慮些無聊事應該也不為過。

（……既成事實嗎？）

雖不知道懷不了孩子的這副身軀能有多少效果，但這招值得考慮。

「……唉。打贏亞達巴沃……開創未來吧。」

伊維爾哀對著很可能置身於熾熱火牆後方的亞達巴沃，在心中做出宣戰。

（能打贏你的恐怕只有飛飛大人吧。既然如此，周遭的敵人就由我來對付。那個女僕只要再出現一次，我一定會解決她的性命。我好歹也是人稱滅國的受詛咒之身！別看扁我了，亞達巴沃！）

「到這邊應該就聽不到了吧。」

「距離這麼遠，我想應該很難聽見我們說什麼。」

「話雖如此，還是小心點好了。」

安茲啟動了買來的道具。這種道具擁有阻止竊聽的力量，不過因為是用過即丟型，所以他一直捨不得使用，但這次非用不可。

「那麼娜貝啊。迪米烏哥斯的計畫我可以看出大半。不過，越是精密的機械，越可能因為小小齒輪的差錯而全盤崩壞。計畫也是一樣。以為已經摸清了一切而未經確認就採取行動，可能會因為一點誤會而功虧一簣，這是一定要避免的。妳明白吧？」

「原來如此……真不愧是無上至尊。」

對於娜貝拉爾衷心的讚美，安茲像個支配者般高傲地點頭回應。好像在說「一切都在我掌握之中」。

——才怪。

他內心差點沒被自己瀑布般的冷汗淹死。

他哪可能知道迪米烏哥斯的什麼計畫。剛才安茲也只是看到王都好像有人在戰鬥，想說「這是在王都的第一戰，就來個帥氣登場吧」然後現身而已。當他知道正在戰鬥的是迪米烏哥斯時，受到的衝擊一瞬間超出了安茲的精神穩定，還是不死者特有的精神構造強制鎮靜下來的。

接著，他以為迪米烏哥斯是按照命令在跟八指戰鬥，結果對手居然是精鋼級冒險者。安茲已經完全跟不上狀況，甚至放棄了一半的思考。

以他這樣一知半解的狀態，實在不該講出剛才那種話來。安茲也很清楚不懂裝懂是非常危險的行為。有時候暴露出自己的無知反而比較安全。然而，身為支配者而受到眾人另眼相待的安茲，有必要作為值得尊敬的無上君主，表現得英明睿智。

自己好歹也是上司——而且還是董事長級，太過無知恐怕會失去部下的信賴。

就因為這樣，他用骷髏頭裡沒裝的大腦絞盡腦汁，想到都快發燒了，才終於掰出剛才那個很爛的藉口。

不知道是娜貝拉爾個性坦率，還是他的藉口意外地有一番道理，總之娜貝拉爾的眼中有著尊敬之意。所以安茲假裝下令，做出了請求。

「嗯。那麼，為了迪米烏哥斯作戰成功，我要妳跟他取得聯絡。我不聯絡是因為有人——那個女孩盯著。而且我現在不能使用魔法。哼……伊維爾哀這傢伙盯得可真緊。她就算無法確定，應該也在懷疑我吧。」

「怎麼可能，我想應該沒那種事。真要說的話，應該是出於別種感情吧。」

安茲被娜貝拉爾這樣說，側眼偷看了一下伊維爾哀，以免讓她起疑。

「這才是不可能呢。那女人在想什麼，我清楚得很。我覺得我剛才生氣，實在是犯了個致命性的錯誤，應該毫不猶豫地殺了她才對嗎？」

沒有答案。

聽到安特瑪差點遭到殺害，安茲心中只有滿腔的氣憤。跟平常一樣，激烈的感情起伏立即受到壓抑。但他一時之間仍然受到沸騰的怒火支配，沒把手上的劍砍進伊維爾哀的頭頂已經是奇蹟了。

他之所以能忍住殺意，吞下憤怒，是因為前一刻講到的話題，讓他判斷殺了伊維爾哀的壞處太大。好不容易有機會與能夠使用復活魔法的人建立人脈——而且還對安茲他們有利——這樣就破壞掉未免太浪費了。

——我也成長了一點，懂得忍耐了呢。

安茲感慨萬千地想。若不是夏提雅遭到洗腦時讓他有過失去理智的經驗，他一定不會考慮壞處就把伊維爾哀殺了。存在於納薩力克地下大墳墓，過去同伴們創建的ＮＰＣ是安茲必須守護的寶物。他不可能允許任何人汙辱他們。但他還是想到什麼才是最重要的，並且懂得選擇，正是因為他有所成長。

安茲感覺到自己藉由累積經驗而稍微提升了器量，全罩頭盔與為了安全起見而另外戴上的橡膠面具上的幻影臉龐扭曲起來。繼續這樣成長下去，自己必定能成為名符其實的納薩力克地下大墳墓統治者。應該說，他希望如此。

（在那之前，我不能讓大家對我失望，或是犯下重大失敗……真是嚴苛啊。）

「這樣啊。真不愧是安茲大人。您連那種程度的小姑娘在想什麼，都看得一清二楚呢。屬下認為您的慧眼，正符合穩坐王位之人的資格。」

「別說客套話了，娜貝拉爾。況且這些考察，都是來自於我的失敗。」

安茲難為情地揮揮手。然後以鋼鐵般威嚴的聲音──他自己認為──下令。

「開始行動吧，娜貝拉爾。盡快問出所有計畫，然後告訴我。還有告訴他，雖然不能完全確定，但繼續這樣下去，應該會是我們解決亞達巴沃引起的事件。」

娜貝拉爾鞠了個躬後發動魔法。

安茲在內心擺出勝利姿勢。他剛才告訴娜貝拉爾的並非謊言。現在的安茲因為「完美戰士（Perfect Warrior）」而變得無法使用魔法。所以由娜貝拉爾向迪米烏哥斯發出「訊息」是理所當然的，不過他還有一個理由沒說出口。

由於他假裝自己已經完全弄懂迪米烏哥斯的戰術，因此為了不讓迪米烏哥斯這個智者懷疑自己是否真的明白，他必須盡量避免與迪米烏哥斯接觸。

把這事交給娜貝拉爾處理，等於是採取了傳話遊戲的形式，有可能導致一部分情報變質。不過，這點程度的風險還算小。

比起安茲被認為不適合擔任納薩力克地下大墳墓最高統治者，這點風險不算什麼。

安茲慢慢往伊維爾哀那邊走去。

因為娜貝拉爾在與迪米烏哥斯對話時，自己應當擔任誘餌，引開她的目光。

「傷腦筋……怎麼樣才能掩飾得不留痕跡呢……不過……一個小孩竟然有如此實力……面具底下會是什麼樣的長相？」

## 2

**下火月〔九月〕五日**　00：47

在王城的一隅，雖是深夜卻點亮著熠熠燈火，不算太寬敞的房間裡，集合了眾多男女。每個人都身穿各異其趣的武裝。

他們是王都內的所有冒險者，被十萬火急地召集而來。有山銅或祕銀等高階冒險者，也有鐵或銅等最低階冒險者，可說是總動員。

高階冒險者們，自從自己被叫進本來身分不明者不能踏入的王城內部集合，就知道自己是為了解決目前王都正在發生的問題而受到招集。

而且這些冒險者，看到房間角落維持不動姿勢，身穿白色全身鎧的少年，就猜到委託人是誰了。其中更少數的冒險者，甚至還隱約察覺到心不在焉地站在少年身旁，散發出與自己同類的氛圍，手上握著刀的男人是何許人也。

門扉開啟，一群女性組成的集團——其中沒有任何一名男性——出現在眾人面前，引起了一陣鼓譟。

王國的冒險者們沒有人不認識她們，全都是赫赫有名的大人物。

站在最前面的是精鋼級冒險者小隊「蒼薔薇」的領隊，拉裘絲．亞爾貝因．蒂爾．艾因卓。接著是人稱黃金公主的拉娜。然後是王都冒險者工會的工會長。蒼薔薇的伊維爾哀與雙胞胎中的一位。走在最後面的是王國最強的戰士，葛傑夫．史托羅諾夫。

一行人站在所有人面前。身穿白色鎧甲的少年攤開手上拿著的一大張紙，張貼在一行人後面的牆上。上面畫著王都的詳細地圖。

最先出聲的雖然是個四十歲左右的女性，不過曾經當過祕銀級冒險者的她，眼光當中漲滿了精力。

「首先謝謝大家在緊急時刻踴躍集合。」

環顧鴉雀無聲、表情嚴肅的冒險者們後，她再度開口：

「本來冒險者工會，是不允許介入國家問題的。」視線一瞬間移向蒼薔薇的成員們，不過她沒說什麼。因為一個眼神勝過千言萬語。「不過，這次這件事例外。冒險者工會認為應當全面支援王國，盡快解決問題。關於詳細作戰內容，公主有話要對大家說。請各位安靜聽。」

公主慢慢走上前來，左右跟隨著蒼薔薇的成員與王國戰士長葛傑夫．史托羅諾夫。

「我是拉娜．提耶兒．夏爾敦．萊兒．凡瑟芙。感謝各位為了這次的緊急狀況集合。」

她鞠了一個躬。看到她如此嬌柔的模樣，幾名冒險者感嘆地嘆了口氣。

「本來我是應該再多說幾句感謝的話，不過時間非常有限，我就立刻開始說明了。今天凌晨，王國的部分地區——」公主指著背後王都內地圖的一隅，在東北方用手指畫了個圈。

「在這一帶張開了火焰障壁。高度超過三十公尺，有如牆壁的火焰，我想在座的各位應該也都看到了。」

大多數的冒險者點點頭，有幾個人看向王城的窗外。從城牆環繞的王城無法直接看見火牆，不過從這裡也能望見那面火牆的反射光，把一部分的天空照得火紅。

「這種火焰有點像是幻覺，就算碰到似乎也沒有任何害處。根據實際上碰過的人所說，它摸起來並不燙，也不像障壁會阻礙外人入侵。而且在火牆內部也能照常活動。」

聽到這番話，一些以低階冒險者為主的人發出安心的聲音。

「引發這場事件的主謀者名叫亞達巴沃。根據得到的情報，他是個非常凶惡而強大的惡魔。實際上，這位蒼薔薇小姐已經確認過那面火牆當中有低階惡魔，並且從牠們身上感覺到遵從上級命令行動的規律。」

拉裘絲點頭表示拉娜所言屬實。

「……擒賊先擒王是基本戰術……所以只要打倒亞達巴沃就好了嗎？」

聽到脖子上戴著祕銀牌的冒險者這樣問，拉娜只點了一個頭。

「說得極端點，我希望這樣事件就能解決。然而我有更重要的事要請求各位，那就是阻止敵方惡魔的企圖。根據我們得到的情報，對方的目的是搶奪被帶進王都的某個特別道具。」

冒險者們鼓譟起來。因為以王都為中心冒險的這些人，注意到被火牆包圍的區劃裡，有倉庫與商會等設施，可稱為王都當中的經濟心臟地帶。

「……這項情報是用什麼方式弄到的？」

「據說是亞達巴沃這樣說的。」

「這項情報的真實性不是相當可議嗎？」

「的確不能說百分之百可靠。這起事件也可能是為了引開我們的注意，而進行的大規模聲東擊西。不過，我覺得可信度相當高。因為敵人在製造出火牆之後，就沒有任何動靜了。

再說如果亞達巴沃所言屬實，我們若是袖手旁觀，難保不會引起最糟糕的事態。因此，我們必須踏出一步。」

「妳從剛才就一直提到的亞達巴沃這個惡魔，究竟有多強？我在書本上從未讀到過這個名字的惡魔，如果妳知道估計難度之類的資訊，講個大概就好，希望可以告訴我們。」

拉裘絲愁眉苦臉地往前走出一步。

「亞達巴沃的實力，我的同伴伊維爾哀曾親眼見識，不過目前還無法決定難度，晚點再向大家報告。」

所謂的難度，就是冒險者遇到的魔物的強敵度。數值越高表示魔物越強，不過冒險者都會說相信難度將會嘗到苦頭。會有這種定論是因為每個個體的實力差距非常大，頂多只能當作參考。

因此這種數值很少用到，但是像這次這種場合，剛才那個冒險者應該是覺得這種數值最適合用來讓所有人知道對手的強度，所以才會那樣問吧。

「相對地，我來解釋一下發生了什麼事。我的同伴打倒了蟲族女僕——很可能是亞達巴沃的隨從，這時亞達巴沃出現，在與他的戰鬥當中……我的兩名同伴，戰士格格蘭與盜賊緹亞不在這裡，我想你們應該也猜到了……」拉裘絲環視一圈集合在房裡的冒險者們的臉。

「被亞達巴沃殺了。」

「而且是僅僅一擊。」

聽到伊維爾哀接著說，現場一片騷動。

精鋼級冒險者。那是冒險者的最高階級，是活生生的傳說。這樣的強者居然被一擊殺害，實在太令人難以置信了。

然而——

「不要慌！」

伊維爾哀帶著驅散沉重空氣的氣勢厲聲一喊。

「沒錯，亞達巴沃很強。這一點，跟他對峙過，輸得一敗塗地的我可以保證。那是人類打不贏的怪物。就算在這裡的所有人一起挑戰，也會被殺得一個不剩吧。不過！不過，我們還沒有真正落敗！與亞達巴沃對峙而生還的我，就是最好的證據。不用擔心，我們有個與亞達巴沃勢均力敵，甚至在其之上的人物！」

眾聲嘈雜，一部分精明的冒險者視線看向某個位置——看向在那裡的冒險者。

「各位當中應該也有人聽過吧，王國第三位精鋼級冒險者在耶·蘭提爾誕生了。沒錯，就是他——」伊維爾哀伸手比向兩名冒險者，讓所有人的視線幾乎集中在同一位置。「『漆黑』的領隊，漆黑英雄飛飛閣下！」

身穿漆黑全身鎧，在這場合仍然不拿下全罩頭盔，於房間角落維持不動姿勢的魁梧勇士，與絕世美女的雙人組，早就吸引了許多人的目光。當眾人知道此人處於即使行為失禮也不會受到責怪的立場時，室內充滿了感嘆的呻吟。

飛飛掏出藏在深紅披風下，證明精鋼級地位的牌子，讓所有人都能看見。

「來吧，飛飛閣下。請到前面來！」

對於伊維爾哀欣喜的發言，飛飛左右揮揮手作為回答。然後他對站在身旁的娜貝耳語了幾句。

「飛飛先生表示不用為了他多花時間。他認為應該趕緊開始說明阻止亞達巴沃的作戰計畫。」

「那還真是遺憾。不過呢，飛飛大人說的沒錯。那麼伊維爾哀小姐，我可以繼續說明了嗎？」

「呃，嗯……抱歉，拉娜公主，妳繼續吧。」

即使戴著面具而看不見表情，消沉的聲音也清楚說明了伊維爾哀的心境。

「如同伊維爾哀小姐剛才的介紹，我方也有能與敵方首謀亞達巴沃匹敵的強者。希望大家知道我們不是要投身毫無勝算的死戰。那麼接下來說明作戰內容的細節。」

拉娜如同勾勒弧線般，在地圖上畫出一條線。

「首先，我希望大家做的，是成為一把弓。」

「弓？」有人發出訝異的聲音。「不是盾嗎？」

「用盾是打不贏的。首先，我想請各位冒險者組成戰線。後面是衛士的戰線。最後面是神殿與魔法師工會等支援部隊的戰線。首先大家進攻，入侵敵人的陣地。這時如果敵人沒有出來迎擊，各位的戰線就往敵方本營，火牆的中心地帶徐徐推進。如果遇到迎擊，請確認是否可以攻破。可以的話就前進。不可以的話就請各位冒險者帶著敵人後退。同時，請後援的各位衛士盡可能前進，然後搭建屏障。各位冒險者後退時請到這條線為止。」

她指的是魔法師工會等人組成的支援部隊列隊。

「請各位在這裡療傷，看情況或許必須再度出擊。」

「等一下！這樣一來……是要衛士代替我們戰鬥嗎？」

衛士的戰鬥能力等於零。應該不可能代替冒險者戰鬥才是。

拉娜正要回答疑問時，別的冒險者開口了：

「這種作戰方式有個致命性的缺點。後退時戰線會拉長，守備變得薄弱，會不會導致惡魔從戰線縫隙中湧進王都？就算是低階惡魔也比一般人強，會有很多人犧牲喔。與其這樣，不如用『飛行』試著一口氣突破敵陣比較安全。」

「我也想過很多方法。但我聽說屬於惡魔種族的魔物有很多都會飛，是不是？」

許多冒險者想起曾經對付過的惡魔模樣，點頭同意拉娜所言。即使是低階惡魔也有很多長著翅膀，能夠飛行。

「一般的『飛行』使用方式會吸引敵人的注意。因此我想過可以從高空降落突擊，或是以房屋掩蔽敵人的視野，藉此進行低空突擊……不過在那之前有件事得先做好才行。剛才有人說拉長戰線就等於守備變薄，不過我想這點對方也是一樣。所以這次作戰才不是用盾，而是弓。」

表示恍然大悟的聲音此起彼落。

「各位是弓，將弦向後拉，射出穿透敵方陣地的箭矢。」

就像冒險者散開一樣，敵人也會散開。這表示敵人的防衛陣形也會變薄。橫隊與縱隊。正面衝突時橫隊較容易被突破。

冒險者們的戰線陣形，一言以蔽之，就是拉薄敵人陣地的聲東擊西法。

「而擔任箭鏃的就是飛飛大人。只要覺得敵人的陣地變薄弱了，就請飛飛大人立刻以低空飛行進行突擊。」

「……朱紅露滴怎麼了？就算是精鋼級冒險者，我覺得靠兩個人還是不可能突破。為了保險起見，是不是該組織一支警衛部隊，讓他們一定能對上亞達巴沃？」

聽了一名冒險者的提問，站在前面的人面面相覷，最後由工會長代表大家回答。

「他們現在正前往評議國國境執行公務，我們已經用『訊息』將現況傳達給他們了，但是他們回來還需要半天。我們認為等他們回來太過危險了，所以這次就不考慮借用他們的力量。」

「那麼蒼薔薇的成員們呢？會跟飛飛先生同行嗎？」

「……我們失去了兩人，戰力大幅下降。我與緹娜會參加組成戰線的戰鬥。伊維爾哀的職責不太一樣——」

「——我要與飛飛大……閣下同行，因此現在要開始恢復魔力。」

「那麼另一個問題。我想問站在那裡的戰士長，貴族們的私兵與戰士們怎麼了？蒼薔薇的成員們失去了格格蘭女士。只要你代為擔任戰士與她們同行，蒼薔薇的各位不就可以替飛飛先生開路了嗎？」

「我來回答吧。」

葛傑夫向前走出一步。

「貴族的私兵要保護主人宅邸，士兵則開始保護王城。我直屬的戰士們負責保護王族。」

現場一片鼓譟，同一名冒險者又更進一步地問：

「也就是說史托羅諾夫大人也不會上前線嗎？」

「沒錯。我必須留在王城，保護各位王室成員。」

氣氛變了。其中帶有惱火。他們理智上明白葛傑夫說的話是無可奈何的，情感上卻無法理解。冒險者的工作就是以金錢為代價流血，他們已有覺悟投身可能喪命的戰場。然而說到拿錢賣命，貴族與王族應該也是一樣的。既然他們要人民納稅，那就不該躲在安全的王城裡，應該率先站上前線拯救人民才是。

尤其是竟然把王國的最強戰力拿來保護自己，這算什麼意思？

當現場對貴族，尤其是王族的不滿情緒逐漸升高時，葛傑夫後退一步。他現在不管說什麼，聽在冒險者們耳裡都只像是藉口吧。正因為如此，才會由另一名女性替他開口。那人就是拉裘絲。

「我明白大家的不滿。不過在那之前，希望大家只要記住這點。這次召集大家的費用不是由王室支付，而是拉娜個人的資產。而且能把飛飛閣下帶來，也是多虧了雷文侯這位貴族的盡心盡力。他沒派出自己的兵士，就是要預備應對惡魔在王都內分散時的狀況。沒錯，我對貴族與王族的想法也跟大家一樣。但我也希望大家知道，不是所有貴族或王族都棄民眾於不顧。」

拉裘絲的發言讓氣氛稍為平穩了些。因為各個冒險者都覺得，至少在拉娜面前不要顯得忿忿不平。

「……講到這，我想起來了。射出箭矢的同時，我還有一件工作要託人處理。克萊姆！」

「在！」

傳來氣勢十足的一聲回應。視線聚集在穿著白色全身鎧的少年身上。

「我知道這件事很危險，但還是要拜託你。請你進入敵人勢力範圍，如果找到倖存者，就將他們帶出來。」

聚集的冒險者當中，傳出了「胡鬧」「亂來」等聲音。進入敵人的勢力範圍救人，已經不叫作危險，而是幾乎等於命令他去死了。在敵方陣地中護送弱小的市民，根本是不可能的任務。

然而，克萊姆立即回答：

「屬下遵命！即使要付出這條性命，我也一定會完成任務！」

也難怪大家要用看瘋子的眼光對著克萊姆了。

「……公主小姐。讓克萊姆小兄弟一個人去太危險了。可以讓我也跟去嗎？」

「可以嗎，布萊恩．安格勞斯大人？」

這個名字讓冒險者們一陣動搖。只要是重視強大實力的人，絕不能忘了布萊恩．安格勞斯這個名字。

「嗯，我無所謂。」

「勞您費心了。那麼可以請各小隊只派出領隊到前面來嗎？」

望著在前面集合的冒險者們，安茲忙著做另一件工作。

那就是寒暄致意。

眾多看起來像是副領隊的人接二連三地向安茲打招呼。他們報上小隊名，先稱讚兩句武器防具，然後說希望下次還能見面，想聽聽安茲的冒險故事等等。這些行為的意義就等於交換名片。只有一點不同。那就是交換名片手邊會留下碰過面的證據，口頭致意則只能留下記憶。

重要的是小隊名以及對方是哪種階級的冒險者。記憶力與集中力當然只能分配給高階人士。鐵或銅級冒險者也會來致意，但因為生活的世界不同，他認為忘了也沒關係。就像大公司的老闆收到中小企業一個業務專員的名片，也不可能小心保管一樣。

即使如此，他不也想讓人家覺得飛飛會看對象而改變態度，因此小心注意著與大家寒暄。他跟來打招呼的人握手，狀似熟稔地拍拍肩膀，還會對無聊的奉承發出開朗笑聲，互相讚美兩句。

自己一直戴著金屬手套，對方卻拿掉護手等裝備與他握手，大概是出於地位順序的關係吧。除了這點以外，致意時立場都是對等的。

安茲的目光追著剛才寒暄過的人的背影。

（好誇張的顏色……）

那人的頭髮是一頭大粉紅。

安茲知道冒險者會把身上裝備染成搶眼的色彩。但他第一次看到有人連頭髮都染成那種搶眼顏色。大概是耶・蘭提爾與王都的冒險者人數有差吧。

由於王都有較多的冒險者，因此為了引人注目，必須打扮得稍微搶眼一點。

（大家對染髮好像也沒什麼排斥感或壞評價嘛……）

安茲作為業務專員的思維，難免覺得把頭髮染成粉紅色不太妥當，但這個世界對這方面並沒有什麼嚴格要求。畢竟連小孩子都有人染髮了。

安茲擺脫對頭髮的想法，從在自己面前排排站的冒險者身上，感覺到近似日本人排隊精神的習性，並稍微留意了一下站在自己背後的娜貝拉爾。

安茲自己從未報上過小隊名或綽號，不過這支被稱作「漆黑」的小隊除了安茲之外還有娜貝拉爾在。身為絕世美女的她之所以能在安茲背後維持不動姿勢——各個冒險者沒去向她致意——是因為她那種甚至感覺得到敵意的帶刺氛圍。況且就建立人脈這點來想，向領隊安茲致意好處比較大吧。

（冒險者的圈子跟企業界還真像呢……）

畢竟都是人群建立的社會結構，大概不免有些相似之處吧。

握手握到如果是人的話手都痛了，當安茲面前的冒險者漸漸減少時，伊維爾哀過來找他講話。

即使有人插隊，排隊等著跟安茲致意的這些人並沒有任何怨言。一看，站在那裡的都是最低階的冒險者。最高階、高階、中階、低階都已經按照順序打過招呼了。再來只剩下等著有機會向高不可攀之人致意，當上冒險者時日尚淺的菜鳥。

這樣的他們，對精鋼級的最高階冒險者不可能提出任何怨言。

「我看該商量的差不多都商量完了，可以請您到這邊來嗎？」

安茲略為動了一下視線，隔著全罩頭盔的細縫望了一下葛傑夫。如果他人還在那裡，答案就只有一個。

「娜貝。妳代我去向那些人士致意。我跟這邊的各位致意後就過去。」

聽到這句話的所有人都睜圓了眼睛。

「抱歉。請讓我先跟排隊等候的各位致意吧。」

安茲如此告訴伊維爾哀後，繼續跟惶恐的冒險者們寒暄。

安茲如果被大企業的老闆叫去，就算中小企業的老闆排隊等著，他也會毫不猶豫地去見大老闆。這不是偏心或歧視，而是一般人理所當然的做法。反而如果固執著繼續跟中小企業的老闆寒暄，作為一名高層人士，會被認為不懂得看場合。營業專員也是一樣，有時必須犧牲自己的原則，以公司利益為優先。這是作為公司的齒輪必須要懂的事。

然而，這次他不能這樣做。

（——我怎麼可能跟葛傑夫講話啊。雖然上次只講了三言兩語，而且是兩個月前的事了，他不可能記得我的聲音……但要是被他想起來就慘了。可是，對方一定很想跟我講講話。這方面雖然令人不安，但也只能交給娜貝了，我還是把聲音壓低一點吧。剛才他們那邊也談了很多事情，我確定他不會聽見我的聲音……不過還是小心為上。）

「好了，娜貝。去吧。」

「遵命。」

她低頭領命後就往公主他們那邊走去，安茲將視線從她的背影移開，拿下頭盔。

他感覺到視線一口氣集中到自己身上。他甩甩頭，再度戴上頭盔。其實他很想加點擦汗的演技，但安茲的臉是幻影做出來的，雖然戴著橡膠面具，但如果把手放上去，除非很有技巧，否則看起來就像手陷進了臉上一樣。所以他才只甩甩頭就算了。

他這樣做的目的，是讓葛傑夫看見飛飛的長相，藉以滿足他的一部分好奇心。

（這個再加上讓娜貝拉爾去致意，最好他就不會來跟我打招呼了……）

安茲向神祈禱之餘，再次專心與站在面前的冒險者致意。

「想不到您很習慣這種場合呢。」

是伊維爾哀的聲音。她還沒走。安茲心想早知道就讓娜貝拉爾順便把她帶走了，又注意著不要把情緒顯露出來。不只如此，伊維爾哀搞不好還在懷疑自己，所以他用像是懷著好意的溫柔聲音回答：

「我想還不到習慣的地步吧。」

這點程度只要是做業務的，誰都做得到。

「沒那種事。我覺得您的態度相當合宜，很有領隊的風範。」

煩死了。我在跟人致意的時候，不要在旁邊吱吱歪歪的。

安茲雖然這樣想，但硬是忍了下來。要是在這裡破口大罵，之前忍著沒殺她就白費了。

他像投身於一貫作業的工人般心無旁騖，只做最簡單的致意。對方也知道有人在找飛飛，因此大家都很識相，兩三句話就結束了致意。

隊伍都致意完了，移動視線，已經不見葛傑夫的人影。他拚命壓抑著想跳起來的喜悅心情，裝模作樣地向始終等在一旁的伊維爾哀問道：

「那位王國戰士長閣下好像不在……是不是花太多時間了？真是對不起。」

「唔？的確不在呢。他也有事要忙，當然沒辦法在這裡待太久了，但是沒跟保衛王都的王牌飛飛大人道謝就離開實在失禮。我去叫他來吧。」

「等等！等一下！」安茲被自己意外地大聲的嗓門嚇了一跳，趕緊把音量降低。「不，不用了。真的請您別放在心上。我也是受雷文侯委託才來的。保衛王都是為了酬勞，所以戰士長閣下沒有必要向我道謝。」

「是這樣嗎……？我從剛才就一直在想，飛飛大人真是寬宏大量呢。」

安茲懷疑自己是遭到諷刺了，看了看伊維爾哀，但她的臉被面具遮住，看不出是不是真心話。

（戴什麼面具的人都不能信任……真是。不過話說回來，這傢伙為什麼要戴面具？我想應該是某種魔法道具，不過……）

這時安茲注意到自己的失誤，環顧周圍。

氣氛沒有改變。沒看到任何人對飛飛這個精鋼級冒險者表示敵意或恐懼。

（ＹＧＧＤＲＡＳＩＬ時代的幻術，是披上別種外裝，或是讓控制台的動作變差的魔法，效果不怎麼好，但是在這個世界卻是真正的幻術。既然如此，就算有能識破幻術的道具也不奇怪……在耶．蘭提爾沒有人看穿，又在魔法師工會聽說這類魔法只能用經驗看穿，所以一時大意了。這裡還有山銅級冒險者在，實在太不小心了。）

安茲再度環顧四周。

（看來好像沒有人提高警覺，應該是沒穿幫，不過……今後在王都還是別拿下頭盔吧。

沒有什麼是絕對的。我必須記清楚這點。特別是說不定有人具有這方面的天生異能。）

「……伊維爾哀小姐。」

「希望您可以直呼我伊維爾哀。飛飛大人是我的救命恩人。您沒必要對我這樣畢恭畢敬。」

安茲只當這是一種禮貌，但既然她都這樣說了，也沒理由拒絕。

「那麼伊維爾哀。我們到那邊去吧。」

「好的！」

她回答得很開朗。雖不知道是什麼觸動了她的心弦，總之安茲就讓伊維爾哀拉著，走向公主等人那邊。

目送一行人——拉娜與她的下屬，以及兩支小隊的精鋼級冒險者等等——離開前往其他房間，冒險者們迫不及待地開始交談。成為話題的當然就是飛飛這個最高階冒險者。

「之前我只聽說過從耶·蘭提爾傳來的消息，想不到那位人士如此彬彬有禮，無法想像是精鋼級呢。」

「也不只是他這樣喔。我還認識朱紅露滴的成員們，待人處事也是像他那樣。感覺人格很高尚，讓我體會到精鋼級不只是武藝高強。」

兩名戴著祕銀牌的冒險者正在談論時，一名戴著白金牌的冒險者插嘴說道。

「是這樣喔？不過就算是這樣，也沒有人會聽到公主等人在叫自己，卻還優先跟新人冒險者致意吧？」

「那個真的嚇了我一跳呢。」

周圍的其他冒險者也不住點頭。

像這次的任務這樣，當小隊之間需要互助時，理所當然應該先打聲招呼，一旦遇到緊急狀況時才容易得到支援。因為比起陌生人，誰都會比較想幫有過一面之緣的人，這是人性。但是精鋼級冒險者會求助的對象，最低不過祕銀。可以很肯定地說，他根本沒有必要跟新人冒險者致意交流。

然而，飛飛卻這樣做了。換句話說他並不是想尋求支援或有其他用心，而是真的想跟大家做個朋友。

「一般都會自己去見公主他們，讓同伴去應付新人吧。」

「是啊。一般是這樣。如果是我一定這麼做。你也會這麼做吧？」

「我也會這麼做……說得難聽點就是不會看場合。這人可能很容易錯判狀況呢。」

雖然是批評，講出口的男人臉上卻沒有任何負面情感。

「那麼，說得好聽點呢？」

好像就等對方問他一樣，男人以比剛才快出一倍的速度開始說起：

「沒有比他更棒的男人了。站在精鋼級這種最高階級，卻還把其他冒險者——就算是新人也當成同伴一樣尊重。你們看看那些新人臉上的表情。」

「啊——完全被迷住了呢。」

新人們的臉上，浮現出年輕棒球迷與海外大聯盟頂尖球員握過手的表情。

「要是我也會被他迷死啦。要我把屁股交出來都行。」

「最好是。是說他怎麼可能對你的髒屁股有興趣啊。人家可是跟那麼標緻的美女組成兩人小隊耶。」

「他們是不是真的是一對啊？」

「應該吧？不然怎麼會選擇兩人小隊這種危險的形式。」

「好像也不是喔。」

第四個男人插嘴道。戴著的是山銅牌。

「你們握有他們在耶．蘭提爾的情報，所以應該知道，那兩個人真的是超出一般標準，因為沒有人的實力能跟他們比擬，所以才兩個人組隊喔。」

「……你從一開始就在偷聽啊。」

「哈哈哈！別這麼說嘛。何況你們也不是在講悄悄話吧。」

「也是啦。」從一開始就在聊這個話題的兩個冒險者之一回答。

這時，留下來的冒險者工會長拍了拍手，讓眾人注意自己。

「那麼我們接下來開始移動。集合時間是走出王城的一個小時後。因為時間緊湊，因此請大家火速轉達沒有到場的同伴。總之，請各位跟著我一起到王城外。」

●

## 下火月〔九月〕五日　01：12

在另一個房間集合的理由，是為了對「箭矢」的職責做最終確認。大夥提到敵方陣地如果堅不可摧時該如何應對，提出可能發生的危險與對策進行研討。結果因為情報不足，還是只能隨機應變。

專注聆聽討論過程，身穿白色全身鎧的少年克萊姆開口了。

「恕我僭越，公主。」

「怎麼了嗎？」

「關於成為箭鏃的人，其實還有一位擁有壓倒性戰鬥力的大人。是不是可以找找看那位大人，請他幫忙呢？兩支箭絕對比一支來得有把握，而且只要雙方合作，竊以為再強大的惡魔也一定能剷除。」

「怎麼，克萊姆。你是說我推薦的飛飛大人還不夠嗎？」

伊維爾哀的語氣就像毫不隱藏的銳利刀刃，讓克萊姆顯得有點退縮。

「不，絕無此事。希望您明白我絕沒有那個意思……」

「不可能有哪個戰士比飛飛大人更強。我可以斷定你推薦的人物反而很可能扯飛飛大人的後腿。」

持刀的戰士布萊恩持反對意見。

「不，我覺得很難說喔。克萊姆小兄弟所說的人物我也親眼見過，強得離譜。畢竟那人連六臂最強的桀洛都能一擊解決呢。」

「你就是布萊恩．安格勞斯嗎？聽說你受到葛傑夫．史托羅諾夫與克萊姆的推薦，被錄用為公主的侍從。」

「我是被錄用為葛傑夫的部下。直到正式上任之前，暫時在公主身邊當侍衛而已啦。」

「我知道你比克萊姆強上許多。可是，這也不足以保證你們說的那傢伙的實力吧？追根究柢說起來，你不是輸給了那個老太婆嗎？」

「……哎呀，如果要說的話，伊維爾哀，妳不也是嗎？對不起喔，安格勞斯先生。」

「嗚咕！」受到自己的領隊拉裘絲的攻擊，伊維爾哀呻吟了一聲。「那、那是因為那時候不只有她，還有妳們……」

「……那時輸了之後，她馬上說自己是輸給莉古李特，不是輸給我們。」

「妳還記得真清楚啊，緹娜！」

「哼哼。」緹娜一臉得意。「姆咕咕……」伊維爾哀發出了搞笑般的呻吟聲。兩人講相聲似的態度，一掃越來越糟的氣氛，反而帶來了鬆弛的氛圍。

就在這個時候，安茲問道：

「真令人感興趣。他是位什麼樣的人物呢？」

克萊姆以充滿自信的表情講出了那人的名字。

「是塞巴斯大人。」

「……嗯？塞巴斯？」安茲心想：這名字好像在哪聽過。會不會只是碰巧同名？「……他是個什麼樣的人呢？」

聽了克萊姆的介紹，安茲大大點頭。

（啊不就本人嗎！）

為什麼，這個少年怎麼會認識他呢？是塞巴斯在王都建立的人脈之一嗎？塞巴斯的報告書，他只有為了整理情報而稍微過目一下，寫在上面的人物幾乎都沒記住。

（沒辦法啊。我有太多事要做，管不到那麼多嘛……）

安茲一邊跟自己找藉口，一邊焦急地思考。
總之，如果這個少年是塞巴斯獨自建立的人脈，隨便毀掉等於是讓塞巴斯的努力白費。上司應該盡量避免讓部下的努力白費。既然如此，現在不妨尊重少年的意見，同時也間接稱讚塞巴斯幾句，比較安全吧。
而且最重要的是，他絕對不希望讓塞巴斯覺得「我明明就有寫在報告書上，啊你都沒在看喔」。
「除非我跟那位名叫塞巴斯的人物直接交手看看，否則就算要我想像，我也想像不出誰的本事比較強……」
「飛飛大——先生比較強。」
娜貝拉爾肯定地說，伊維爾哀也點頭。
安茲忍不住給了娜貝拉爾腦袋一記鐵拳。
「我的同伴講是這樣講，不過既然兩位都這麼說了，我想實力應該不相上下吧。」
「這才叫大人的應對。相較之下我的同伴……就像身高不會長高，心智也還像是個小孩子。」
「講夠了沒啊……！」
「好了好了。不要再暴露自己人丟臉的樣子了，好嗎？這是領隊命令。作戰內容應該沒什麼大變動了，緹娜，妳去看看緹亞跟格格蘭身體狀況怎麼樣吧？」

「好。」

死亡的兩人已經復活了。很可惜沒能旁觀復活的場景，不過至少獲得了關於復活的知識，安茲覺得很滿意。

「對了，妳不能用漆黑能量對付敵方那些惡魔嗎？」

「……漆黑能量？」

看拉裘絲一臉納悶，伊維爾哀也不解地問：

「是啊，我聽格格蘭說過，只要解放妳的魔劍齊利尼拉姆的所有力量，不是就會放射出能吞沒一個王國的力量嗎？」

拉裘絲睜大了眼睛。

「那、那個下次再說吧！現在有更重要的事要談嘛。」

（她說魔劍？等等，劍的名字以前好像在哪聽過……我記得不是在YGGDRASIL，而是在這個世界……對了！是尼納！記得尼納曾經提過魔劍齊利尼拉姆會釋放黑暗能量。可是……一整個國家？也許是誇大表現，但也說不定真的有那種程度的力量。）

之所以滿臉通紅是因為生氣，而慌張則是因為底牌被掀開的戒心吧。安茲看穿了對方的心境。

所有人的視線集中在拉裘絲身上時，有人敲門，兩個男人沒等應門就走進房間。
「哥哥，還有雷文侯。」
所有人對拉娜的話起了反應，稍微低頭行禮。
安茲也是第二次見到這兩人。
第一次見面就在剛才，是在他進入王都時。委託內容在那裡做了變更，不再是對八指做戒備，而是消滅亞達巴沃。同時對方還請他為了這項委託，與拉娜她們召集的冒險者們並肩作戰。
簡單打過招呼後，兩人表示有話要跟公主談，於是安茲等人離開了房間。大致上事情都已談妥，至於尋找塞巴斯的意見，則因為時間不夠而遭到否決。再來只要拉裘絲到現場指揮作戰即可。
「那麼各位。我留在這裡，向神祈禱大家都能平安回來……一切都看各位的表現，更正確地說，是全看飛飛先生了。祝武運昌隆。」
安茲等人一邊回應深深鞠躬的拉娜，一邊走出了房間。
剩下的人是雷文侯與第二王子——賽納克．瓦爾雷歐．伊格納．萊兒．凡瑟芙，以及公主拉娜。

克萊姆一離開房間，拉娜臉上頓時失去了表情，一雙藍眼睛湛滿冬季冰凍湖水的色彩。賽納克對那種可說是突如其來的變化感到一陣寒意，問道：

「詳細情形我在後頭都聽見了，不過……」那個房間的隔壁設計了一個可以竊聽的房間。兩人剛才就是待在那裡。「只有一個問題妳沒有回答。為什麼要用衛士建立戰線？……豈不是把他們當成棄棋了嗎？」

衛士非常弱。實力大概只有相當於最低階冒險者的程度。他們若是遭到襲擊，肯定只能慘遭蹂躪。

「他們是誘餌。」

這個回答完全符合他們的猜測。

「有位冒險者也說過，讓亞達巴沃役使的那些低階惡魔散布到王都當中的各個區域，後果不堪設想。所以為了讓敵人聚集到一處，我才在附近準備了一個飼料場。」

而且只要填飽肚子，殺意也會緩和一點吧。拉娜笑著說。

這世上能用好聽話解決的問題驚人地少。不管做什麼都會有犧牲。為政者就是為了減少這種犧牲而行動的一群人。從這個觀點來看，拉娜真可說是為政者的榜樣。

然而人類這種生物，就是忍不住想用感性去否定某些問題。

「沒有更好的辦法，能讓衛士也不用犧牲嗎？」

「如果有的話，哥哥您不妨提出來如何？」

賽納克沉默了。

他想不到比拉娜更好的點子。雖然有幾個想法，但總是欠缺太多條件。目前他只能承認拉娜的提議是最好的辦法。

雷文侯將視線從閉口不語的王子身上拉開。然後他也提出了疑問。

「臣也可以請教一件事嗎？為何要賦予克萊姆危險的任務呢？」

「就跟哥哥隨同雷文侯的兵士一起在王都內巡邏一樣。」

賽納克在王都中巡邏，假裝王族當中也有人為平民擔心。然後他預定過幾天後，散布他們的長兄，也就是第一王子躲在安全的王城裡不出來的傳聞。目的是提高自己的名聲，同時降低對手的聲譽。

拉娜說她的做法跟這一樣，也就是說她的目的，是賦予自己的心腹拯救人民的危險任務，藉此獲得名聲嗎？然而，想到之前聽到拉娜對克萊姆的愛意，心裡不免留下疑問。

或許是察覺到他有所疑問吧，拉娜又接著說：

「也許克萊姆會喪命，不過真的發生那種情況時，拉裘絲會對他使用復活魔法的。復活魔法需要用掉大量黃金，不過這點程度我手邊還有，沒有問題。然後生命力被魔法吸走而變得虛弱的克萊姆，要由誰來照料呢？他遵從我的命令而死，然後死而復活，我照料他，誰又能有怨言呢？」

「原來如此，臣能理解。謝謝殿下。只是——」

「——你是想說拉裘絲可能會喪命，對吧？」

「殿下聖明。」雷文侯低下了頭，拉娜將自己的計畫告訴他。

「在需要再度出擊，風險提高的時候，我已經安排了一些問題。冒險者工會長也不願讓能使用復活魔法的重要人物死亡，所以很爽快地答應了。」

「全都照妳的計畫在走是吧，老妹。」

「是的。」看到妹妹像花朵綻放般展露笑容，賽納克渾身顫抖了一下。就連雷文侯都得用盡全力，才能壓抑背脊竄起的寒意。

# 第十一章 動亂最終決戰

# Chapter 11 | The final Battle of the disturbance

## 1

### 下火月〔九月〕五日　02：30

從火焰噴發的境界感覺不到熱度，簡直有如幻影一般。站在前頭的冒險者們與自家同伴交換眼神後，拿出勇氣，往噴出的火牆踏出一步。

他們已經請神殿的支援部隊施加過減輕火焰損傷的防禦魔法，但通過火牆時仍然憋住了呼吸，大概是怕火焰燙傷肺部吧。

（……就說這個火焰本身沒有害處了。）

從後方看著大家，拉裘絲在心中嘟噥，思緒飄向噴出的火牆。

沒有害處就不用做防範，這種想法太欠缺考慮了。如果不是用來給予損傷，那就得推測敵人的真意——為了何種目的而做出這種東西，又有何種效果。

（其實不管怎麼想都想不出答案時就該放棄了……應該把頭腦用在更重要的事情上，這話好像是伊維爾哀說的？還是叔父？）

他們穿過如幻影般不具有任何抵抗與熱度，以魔法火焰構成的境界。

拉裘絲環顧周圍神色緊張地走著的冒險者們。

按照計畫，他們要建構起一條戰線，然而想在都市內建構一條漂亮的直線談何容易。為此他們以四支山銅級小隊為主軸，將所有冒險者分成四組，建立了組織的構造。如果有人從上方俯瞰，看起來大概就像四隻散開的原生生物（變形蟲）吧。

既然擔任主軸，他們這些山銅級小隊就必須成為其他人的榜樣。

而他們卻懷抱著嚴重的緊張感。如果可以，拉裘絲很希望他們能巧妙隱藏起情緒，做出能給予身旁所有冒險者勇氣的行動。

（還是得由我站在前頭才行嗎？）

只要身為精鋼級冒險者的她站在前頭，士氣一定會上昇。然而此時的拉裘絲身旁沒有可靠的同伴。就算是精鋼級，一支獨秀的薔薇面對狀況，也不如山銅級小隊來得有能耐。所以她才會請他們擔任先鋒。

（是我拜託他們的，如果我又強出頭，很可能會弄得他們不高興。不過……還是找個機會站上前線比較好吧。）

拉裘絲如此判斷，自己也穿過火牆。

眼前是一片鴉雀無聲的世界。除了到處都有房屋崩塌，而且沒有半個人影之外，眼前王都的街景與之前並無二致。

「居民都到哪裡去了？沒聞到血腥味，是躲在家裡嗎？」
「不可能。看，門被破壞了。應該是被帶到哪裡去了吧。」
「要提防躲在無人屋內的惡魔，一間一間房子看過去嗎？會很花時間喔？」
「聯絡拉裘絲小姐，向她請示一下比較安全吧。」
「那就馬上聯絡……」
「不用了。」
聽到背後的聲音，本來在討論的冒險者們像被雷到般回過頭來。拉裘絲覺得是時候了，就走到前面來，似乎讓他們嚇了一跳，睜圓了眼睛。
「鐵級與銅級的冒險者留下來搜索房屋。然後留下一支祕銀級小隊做監督。其他人員就一邊散開，一邊前進。有沒有異議？」
眾人對她搖搖頭，表示沒有異議。
「那麼請大家繼續前進。」
拉裘絲與山銅級冒險者並肩走在王都的道路上。四周安靜得教人毛骨悚然，不敢想像直到日落時分，這裡都還有許多人居住。
「……話說飛飛先生不要緊嗎？」
得把一切都託付給飛飛，拉裘絲很能體會他們的不安。

「我想不會有問題。那人可是連伊維爾哀都承認比她更強的人喔。只有一個問題，就是能跟實力如此堅強的飛飛先生打成平手的敵方首謀，亞達巴沃。那人究竟會有多強呢……」

聲音能傳到的範圍內的冒險者們，表情全都變得陰沉。

「啊，對不起。別放在心上。我們只要好好完成自己能做的事，這樣就行了。」

「嗯，說得是。作為冒險者雖然覺得心急，不過就安慰自己適才適所吧。好，大家走！」

「是啊，走吧。」

站在所有人前頭，拉袞絲與山銅級冒險者走在一起。

她一隻手握著魔劍齊利尼拉姆。有人說這把劍就像取一塊夜空打造而成，表面蘊藏著星辰般的光輝。

開始前進沒多久，遠方就傳來微小的爆炸聲。低階冒險者身子一震，中階冒險者進入了輕微的臨戰態勢。高階冒險者提高警覺環顧四周。至於超高階則瞪著前方。各人做出不同反應，拉袞絲也眼神銳利地瞪著前方。

「那邊的隊伍好像開戰了呢。」

應該不是緹娜那一隊。

「既然進攻速度幾乎相同，敵方的迎擊部隊也差不多該來到這裡了吧。」

「——上面呢？」

「有按照作戰計畫布署聯絡人員，但沒有分配迎擊人員過去。」

「這樣就行了。惡魔當中有很多會飛的魔物。也不能讓牠們散布到王都當中，所以我們就在地面前進，吸引對方的注意。」

「也就是說一開始的作戰方針不變了。」

「對……嗯？吶，你聽見了嗎？」

「嗯，聽見了。那是狗叫聲吧。喂，那是什麼？」

被他一問，魔力系魔法吟唱者回答：

「要親眼看見才能確定，不過我想應該是地獄獵犬（Hell Hound）。使用的特殊能力是火焰吐息（Fire Breath）。難度差不多十五吧。」

「難度啊……對了，妳認為亞達巴沃與蟲族女僕的難度有多少？」

拉裘絲猶豫著該怎麼回答。若是誠實回答，想必會減損他們的鬥志。可是若是撒謊，讓他們以為有勝算也不好。猶豫了半天，拉裘絲誠實回答了。

「——一百五十。」

「咦？」

聲音所及範圍內的所有冒險者都露出相同表情。

「照我推測，蟲族女僕的最低底線是一百五十。亞達巴沃推測在兩百以上。」

「嗄？」

除了拉裘絲之外，所有人都張口結舌。這是當然。就連超高階的精鋼級冒險者，普通能對付的難度也才約莫八十左右。雖然一般認為大約到九十五都還能勉強打贏，但多出將近一倍根本是開玩笑。不只如此——

「等一下！飛飛先生要去對付難度兩百嗎？」

「是啊。所以我們只會礙手礙腳，對吧？」

「那已經不是那個領域了！兩百……是在開玩笑吧？……是不是其實精鋼級都有那麼強？」

「怎麼可能。我們最多只能對付到九十吧。」

「那不是不可能打贏了嗎！」

她別開目光，不去看呼吸困難的冒險者們。

她沒說謊。但也沒說真話。拉裘絲本身的能力還不到九十，但伊維爾哀少說也超過一百五十。所以她才會那樣估算蟲族女僕與亞達巴沃的實力。而這正是伊維爾哀沒參加這個戰線的理由。

她為了急速恢復魔力，正在進行特殊的休息。一恢復後，她就會與飛飛一同前往亞達巴沃所在地，進行支援，讓飛飛能與亞達巴沃一對一決戰。按照預定計畫，由她來對付應該會出現的蟲族女僕。

拉裘絲漫不經心地思考時，她以肌膚感覺到周圍的氣氛越變越糟。鬥志跌到谷底，甚至還聽見有人說是不是該捨棄王都逃跑比較好。

果然跟她預料的一樣。誰都會這樣想吧。就連拉裘絲聽到伊維爾哀的描述時，都產生了相同的心情。

「你也聽到伊維爾哀是怎麼說的吧？飛飛先生至少能與那個亞達巴沃打成平手喔。所以我們要把一切託付給飛飛先生，盡量幫忙，讓戰局對他有利。」

「亞、亞達巴沃就交給飛飛先生對付好了，可是如果蟲族女僕跑到我們這邊呢？」

「由我們蒼薔薇來對付。藉由伊維爾哀擁有的特殊道具力量，我們可以互換位置。伊維爾哀有可以有效對付蟲族女僕的手段，所以只要由她來，可以不用擔心難度差距而贏得勝利。」

眾人發出讚嘆聲，低落的士氣獲得恢復。

時機正好。

從道路前方傳來響遍四周的野獸吼叫，還有跑來的腳步聲。

「來了呢。就從這裡架構戰線吧。進入小道的時候由掛牌等級較高的人帶頭！這條路由我前進！」

一群野獸沿著道路衝來。看起來像是大型犬，但兩眼布滿地獄的邪惡色彩，嘴巴噴出的不是口水，而是烈焰。

地獄獵犬。而且數量多達十五隻。擋在牠們前方的拉裘絲以雙手握緊魔劍齊利尼拉姆。

「區區惡魔，別小看我了。」

向水神獻上祈禱，拉裘絲一刀砍死了撲來的地獄獵犬。

她巧妙地移動兼具盾牌功用的浮游劍群，化解了從旁邊撲來的地獄獵犬的攻勢。接著又一腳踹飛想咬她腳踝的地獄獵犬。

總共六隻地獄獵犬襲擊拉裘絲一個人。剩下的往四周散開，襲擊周圍的冒險者。

實力較差的冒險者幾個人對付一隻，實力較強的冒險者則一個人對付幾隻，地獄獵犬的數量不斷減少。當拉裘絲將六隻統統解決掉時，周圍的戰鬥也告一段落。

「傷患！」

「都沒事！拉裘絲小姐！」

雖然不能說所有人都毫髮無傷，但沒有人受重傷。

在必須保存戰力的狀況下，算是個不錯的開始。

「復述一遍讓左右都聽得到！大家前進！先到前方五十公尺處！」

「到前方五十公尺處」如山谷回音般從左右兩邊傳來。拉裘絲揮了一下劍，挪動腳步走在眾人的前頭。

●

**下火月〔九月〕五日　02：41**

三人在毫無人影的道路中移動，而且是挑選細窄陰暗的小路小跑步前進。

三人是克萊姆、布萊恩，以及襲擊桀洛一幫人的設施時並肩作戰的前山銅級冒險者盜賊。

為雷文侯效力的冒險者們都跟賽納克王子在王都內巡邏。如果惡魔出現在包圍區域之外，就由他們來消滅。

之所以能將前山銅級這種最強戰力借給克萊姆他們，雷文侯說是盜賊自己要求的。他似乎是因為在受到桀洛的一擊時克萊姆接住了他，之後又替他做治療，為了回報才主動說要幫忙。

另外可能還有一個原因，就是雷文侯想賣拉娜一個人情。

也許是因為走在前頭的盜賊選擇了不會遇到惡魔的路線，三人目前還沒遇到過一次惡魔。

如果沒有盜賊在，他們或許無法來到這裡。

他有自信能對付依靠力量與速度戰鬥的惡魔，但如果出現能使用魔法或特殊能力的類型，勝算會立刻下降許多。由於這支小隊無論攻守都是以鋼鐵為主，因此很難應對物理以外的攻防。

雖然認識還不久，但盜賊已經知道布萊恩與克萊姆缺乏這方面的技術，所以才會志願參加這種只有不想活了的人才會接受的危險任務吧。

懷抱著感謝之情，布萊恩壓低身子持續小跑步移動。周圍建物的氛圍逐漸起了變化，非住家的大型建物越來越多。目的地就在眼前了。

「話說回來，為什麼目的地是倉庫區呢？」

盜賊一邊留意周圍一邊問，克萊姆回答他。

「拉娜大人是這樣說的。如果人類被當成俘虜關在一處，就需要能囚禁許多人的寬敞地點。這樣一來比起讓俘虜聚集在廣場，敵人應該會把每個家庭拆散，關進幾間倉庫裡。」

「原來如此。把一家人分開關在不同地點，就可以互相當成人質了是吧。那麼我們動作得快點了。哎，我會盡量找安全路徑，就算要繞遠路也行。」

「麻煩您了。」

救了人之後還有事要做。想到回程的事，尋找安全路線絕對有其必要。尤其是他們還得帶著許多人一起行動，找出路線的確事關重大。

可是，這份幸運能持續多久呢？布萊恩心想。

這件任務等於是在命令克萊姆去死。

敵人如果把大量平民抓到一個地方，必然有他的目的在。那麼少不了一定會有看守。聽說敵方的主謀亞達巴沃是能夠一擊打倒精鋼級冒險者的強者。那麼那種怪物布署的敵人也不可能是小角色。

他視線稍微往跑在旁邊的克萊姆動了動。

為了讓人知道自己是拉娜的貼身士兵而身穿純白鎧甲的少年，正在摸自己的金屬手套。不，布萊恩看出他摸的應該是金屬手套底下，戴在無名指上的戒指。

戴在無名指上的，是葛傑夫給他的戒指。

那枚戒指好像是以前曾隸屬於蒼薔薇的年老女性送給葛傑夫的，據說是以古代魔法做成的超珍貴道具。布萊恩稍微聽人提過，好像是能夠提昇戰士的力量，使其突破極限的道具。

他想起葛傑夫說「你們要活著回來」的表情。

葛傑夫的臉上並沒有什麼特別的表情。沒有憤怒，沒有悲傷，沒有哀痛。這是因為擁有值得效忠的主子的戰士，知道自己有時必須奔赴等於是送死的戰場。然而，葛傑夫將具有極高價值的戒指借給克萊姆，這種他能做到的最大支援，似乎充分說明了他的心境。

跑在前面的盜賊招招手，布萊恩正要跟著跑過去，忽然感覺到一種氣息，抬頭一看。他的目光沿著建物往上移——受到心臟彷彿停止跳動的震撼。

在一間倉庫上，站在屋頂邊緣，任由一頭金髮隨風飄逸的——從身高與體態來看——是個少女。她身穿純白布料加上銀線刺繡，看似相當昂貴的禮服，散發水晶般光輝的高跟鞋從裙襬下露了一點出來。除此之外，她還配戴了項鍊與耳環等多款高雅的裝飾品，就像某位大貴族的千金小姐或高貴淑女。

妖媚反射著後方火炎簾幕灑下的光彩，閃閃發亮的身影，即使遮臉的白堊面具造成一種異樣感，仍不破壞那種神祕性。再加上縱然外貌如此引人注目，存在感卻極為薄弱，彷彿自幽玄世界飄落此地。

裝扮、髮色全都不一樣。如果那時的她是誕生自黑暗，現在的她就像是自月亮降臨。但布萊恩不可能認錯人。強烈烙印在布萊恩心中的陰影，與眼前此人完美重疊。

他敢斷定。上面那個少女面具底下的容顏，一定就是那個怪物——夏提雅・布拉德弗倫。

她似乎沒有注意到他們。不過，如果是那個怪物的話，不管離得多遠，只要一被發現都會遭到殺害。然而，他們能從現在這個位置，在不被那個怪物察覺的情況下逃走嗎？

他實在覺得不可能。

感覺就像不知不覺間踏上了裂開的薄冰。只要想到可能連一絲動彈都會被對方察覺，全身上下就冒出了黏膩的冷汗。

克萊姆與盜賊想說什麼，他以手指阻止兩人。

大概是看到布萊恩鐵青的臉色，察覺到什麼了吧。兩人都停住不動，屏氣凝神。

（該怎麼辦？怎麼辦才好？要是跟那個戰鬥必死無疑。想逃也逃不掉。那時候能逃走是因為有隱藏通道。在這種地方逃不了的。可是她怎麼會出現在這裡？難道是來找我？）

想到這裡，布萊恩笑了。

答案只有一個。

「克萊姆小兄弟。我來爭取時間。你走吧。」他又轉向盜賊，稍微低下了頭。「他就拜託你了。」

他不等兩人反對。

布萊恩飛奔而出，抓住建物的突出處，一口氣把身體往上抬。

他雖然不像盜賊有攀登技術，但兩層樓的矮房子，靠戰士的臂力就能輕鬆攀爬。爬上屋頂一看，夏提雅還在剛才那個地方。

布萊恩的心臟重重跳了一下。

他好害怕，怕得要命。那時拚命逃跑的記憶重回腦海。然而不可思議的是，他仍然有勇氣與對方正面對峙。

「……有什麼事？」

由於隔著面具，女人有點變調的冰冷聲音傳到布萊恩耳裡。

（——她沒認出我？為什麼？在演戲……嗎？）

那麼自己也該裝成不認識對方，觀察對方的反應才對。布萊恩如此判斷，向她問道：

「我是看到一個可疑的女人站在屋頂上，才來看看。你們在王都裡幹些什麼好事？」

「憑什麼我得告訴你？你一個人類又怎麼會在這裡？只有你一個人闖進來嗎？」

心臟開始劇烈跳動。他很想知道克萊姆他們逃了多遠，但他不能移動視線。為了掩飾內心緊張，他稍微提高了嗓門。

「妳在找什麼人嗎？不是找我？」

「找你？為什麼？」

「我們這是第二次見面了吧，我可從來沒忘記妳那漂亮的臉蛋喔。」

夏提雅伸出了手，摸摸自己的面具。

「…………你是不是認錯人了？」

布萊恩一瞬間愣了愣。他在想是不是自己認錯人了。不過，他馬上捨棄了這種想法。

就是她不會錯。

布萊恩沒有絕對音感，沒自信能聽出隔著面具的聲音。即使如此，這世上只有一個人布萊恩絕不會認錯，那就是夏提雅。

（……大概我在她眼中就像隻螻蟻，太難記住了吧。）

如果夏提雅不是故意諷刺，而是真的不記得布萊恩了，就表示她對布萊恩只有這點興趣。

對夏提雅這樣無人能比的強者來說，這既不是驕傲也不是傲慢。

「不……抱歉。是啊……妳說得對。我們是第一次見面。」

「……是嗎？你知道就好……不過我是不是該殺了你比較好呢？你是想死，還是想活呢？只要你下跪舔我的鞋子，也許我心情會好一點喔。」

「抱歉，我不打算那樣做。」

布萊恩慢慢吐氣，沉下腰，做出拔刀的架式。

發動的武技當然是「領域」。不用說，他知道這招對夏提雅無效。

「唉……」

夏提雅一副無奈的樣子，輕輕抓抓頭。

「搞不清楚彼此的實力差距……真的很麻煩呢。」

不，我很清楚。布萊恩瞪著夏提雅，在心中回答她的自言自語。

他知道夏提雅有多可怕，可怕到令他作嘔。但為什麼自己沒有逃走呢？

布萊恩懷著疑問，翹起嘴角。

名為內心的湖面沒有一絲漣漪。即使面對那樣懼怕、讓自己拋下一切逃走的存在，內心卻驚人地寧靜。

夏提雅輕鬆自在地踏出腳步。那動作簡直像是過去場面的重複上演。那麼結果也不會改變，還是布萊恩的慘敗。他耗費一輩子努力的一切都會像玩遊戲一樣被粉碎。

（應該……會這樣吧。）

他很害怕。

一輩子跟人打打殺殺的自己說害怕也許很窩囊。但他無法撒謊。布萊恩很害怕。

敵人壓倒性地強大，是能輕易奪人性命的怪物。如果至今的戰鬥是生死之戰，這就像是從斷崖絕壁跳下去一樣。

他有覺悟在戰鬥中捨命，卻沒有覺悟自殺。

只是，不可思議地，在他來到王都時，刺在胸中的那種一心只想逃跑的念頭，如今消失了。

無意間，這令他想起一名少年的背影。

遠比自己弱小的少年。他在壓倒性的殺意奔流中，渾身發抖卻仍拚命站著。

布萊恩寂寞地笑了。

那位老人說過，人類有時能夠發揮出無法置信的力量。可是，那對布萊恩來說恐怕是不可能的。

他沒辦法像那個少年那樣，為了自己侍奉的公主竭盡所能，也無法像葛傑夫那樣為了國王鞠躬盡瘁。他跟那種「優秀」的人不一樣。布萊恩是只會為自己而活，自私自利的人。

（即使如此……只要能為克萊姆爭取時間，或許能將那些一筆勾銷吧。）

一步又一步。翹起左手小指的夏提雅，以異樣緩慢的速度逼近過來。

是提高到極限的集中力延緩了時間流逝，還是夏提雅真的為了玩弄自己而故意慢慢走？

布萊恩覺得兩種都有可能，露出苦笑。

（那個女人就是那種個性。）

雖然不過是幾分鐘的相遇，布萊恩卻覺得自己了解她勝過至今認識的任何一個女人。

（還剩兩步……我的劍就要結束了……）

他曾經逃跑。但仍然沒有放開武器。

自己的人生與劍同在。那麼就與劍共赴終點或許也不錯。

他做好了覺悟。

布萊恩覺得自己就是為了這個結論，才會來到夏提雅的面前。

「揮刀就是我的……人生嗎？」

以這句話做結，他決定忘記一切。敵人是無法企及的存在。連思考不必要的事都嫌浪費腦力。

使出的是「神閃」。甚至連察覺都不可能的武技。

即使如此，即使同時使用兩種武技「領域」與「神閃」，還是傷不了眼前的怪物。速度慢到能讓對手輕鬆捏住刀背。所以，他又加上了一種武技。

他想起葛傑夫・史托羅諾夫的臉。

如果自己沒在王都遇到他，就算到了這節骨眼，他也一定不願意用。

然而，在王都的許多邂逅改變了布萊恩的想法。

布萊恩對自己最大的——過去必須超越的敵手，也是現在的勁敵滿懷感激。

他接受了自己要死在這裡的事實。

（雖然晚了點，不過……謝謝你，我的勁敵（朋友）。）

一有了這種想法，布萊恩的心情頓時輕鬆許多。他不再有任何迷惘，覺得自己能使出一切力量。過去的屈辱已不復存。

「——啊啊啊啊啊！」

布萊恩張開嘴唇，發出怪鳥般的吼叫。那聲吶喊當中，帶有打從內心深處、靈魂中吐出的渾身力量。

對於「領域」察覺到的存在，使出超高速的「神閃」。不過還不只如此。以「神閃」加速的不只是一把刀。

使出的是——

四次同時斬擊。

過去那場讓布萊恩．安格勞斯初嘗敗績的御前比武。在那場對戰中，葛傑夫史托羅諾夫使用過的武技。

那令布萊恩憧憬，欺騙自己是為了了解敵人而重複練習的招式。又因為不甘心而誓不使用的必殺技。

然而，現在，這個瞬間，從一切束縛中獲得解脫的布萊恩，毫不猶豫地使用了它。

「四光連斬！」

四光連斬其實具有一個重大弱點。

那就是肉體承受不住同時揮砍的強大負荷，攻擊會往四方大幅散開。由於這種斬擊命中率低，因此就連研發出這種招式的葛傑夫，都只有在四面受困等對付多個對象時才會使用。

斬擊數比六光連斬少的四光連斬，可以勉強攻擊同一個對象，但還是很少能全數命中。

這樣隨便亂砍不可能打中夏提雅．布拉德弗倫。這點布萊恩也很清楚。

然而布萊恩．安格勞斯擁有一招葛傑夫．史托羅諾夫所沒有的獨家招式。那就是能在範圍內大幅提高命中率的——「領域」。

紛亂飛舞的四道斬擊，受到「領域」的補助，以超乎常人的命中精準度修正軌道，劃出布萊恩腦中描繪的軌跡。

絕對必中的超高速同時四連斬。

這一刀就連稱為英雄、超越人類的人類都極為難以防禦。以人類種族的體能，要擋下所有斬擊幾乎是不可能。真可謂超人的攻擊。

然而——夏提雅．布拉德弗倫就像極限顛峰，站在無人能超越的領域。對這樣的她來說，神速的同時四連擊也慢得像蝸牛在爬。

「哼。」

夏提雅嗤之以鼻，左手以更快的速度一晃。

一道類似金鐵聲的堅硬聲響，在夜晚的空氣中迴盪。那其實是攻防速度太快，導致四下反彈聲響混在一起，形成了一道聲音。

也就是說，就是這麼回事。

四道斬擊全被彈了回來，沒有一次砍到夏提雅的身體。

夏提雅聳聳肩。面具底下對浪費時間在無聊的兒戲上發笑。她笑的不是眼前愚蠢的戰士，而是花了少許時間應付他的自己。

然而，下個瞬間，夏提雅略為睜大了眼睛。

如果在這裡，有人能將兩人的能力化為數值做比較的話，此人一定會對布萊恩報以大聲喝采。太陽打西邊升起。此人將會對在眼前引發了此種現象之人，抱持尊敬與驚嘆之意。

沒錯。布萊恩就是引發了這種程度的奇蹟。

「……………咦？」

在夏提雅的視線前方，左手小指的指甲斷了一小塊。雖然長度還不到一公分，但的確是斷了一點。

夏提雅回想一下。被切斷的部分，就是彈回所有斬擊的部位。

回想起來，四道斬擊是以上兩擊、下兩擊的形式使出的。而且是精準地夾著夏提雅反彈攻擊的部位。

「……算好的？」

「呵！啊哈哈哈哈！」

突然間，眼前的男人笑了起來。夏提雅心想他是不是瘋了，又覺得好像不是。她想男人應該是因為切斷了指甲而發笑吧。但她就是搞不懂這點。砍斷了指甲又怎樣呢。

夏提雅的指甲與牙齒算是肉體武器，因此可以用武器破壞系的特殊技能加以破壞。而且因為可以用治療魔法跟生命力一起回復，所以比同等級的武器容易毀壞。不過就是這點程度的東西。跟神器級道具滴管長槍根本比都不能比。

所以她不懂這個男人在笑什麼。

砍掉一點小指指甲又怎樣呢。又能改變什麼呢。夏提雅看看左手剩下的四隻指甲。小指指甲也是，雖然變短了點，但還是能輕易切開人類的皮肉。

「……當指甲刀算是合格了呢。」

男人睜圓了眼睛，喜色更加濃厚起來。

「謝謝妳這樣稱讚我。我的劍術……人生絕沒有白費。我稍微構到了一點無盡的高處了！」

誰稱讚你了。

夏提雅是在酸他。

然而得到的回答怎麼聽都像真心話。也就是說，男人被人說是指甲刀，而高興得要命。

這個男人是不是頭腦有毛病啊。仔細想想，一開始見面的時候他也講了些莫名其妙的話。感覺好噁心，總之趕快宰了他吧。

夏提雅如此想，正要踏出一步——

就收到了迪米烏哥斯開戰的聯絡。

夏提雅知道這是什麼意思。她忍不住轉頭看向那個方向。但是感覺不到氣息。

「無上至尊的戒指的效果嗎……」

主人戴的戒指當中，有一枚戒指可以完全避開探測系能力。雖然守護者們也都領受了同樣戒指，但它還具有能消除納薩力克地下大墳墓統治者氣息的力量。

無法感受到主人的氣息讓她感到遺憾，轉回來一看，眼前那個腦子有毛病的人類已經不見蹤影。

（啊，我忘了還有那個怪人！）

環顧四周，只見男人還面對著夏提雅這邊，正從樓上躍身一跳，要到下面的路上。他趁夏提雅分心時逃到了屋頂邊緣。

（脆弱的人類怎麼可能逃出我的手掌心嘛。）

只要用魔法延遲時間流逝，就能在男人落地前追上他。夏提雅立即如此判斷，發動了魔法。

「『自我時間加速（Time Accelerator）』。」

夏提雅進入增加黏度的世界後，移動到男人跳下屋頂的位置。低頭一看，那個人類正在慢慢下降。發動這種魔法時雖然無法傷害別人，但她可以先跳到路上等對手過來。

（就這麼辦。難得有這機會，我就張開雙臂抱住他吧。那個人類也一定會很高興的，被我這樣豐滿的美女擁抱。）

想像著男人即將露出的表情，夏提雅翹起嘴角，打算趁魔法失效前跳到地上。就在這時，她發現那裡還有其他人類。

（——那是？）

是個身穿白色全身鎧的人，以及像是盜賊的人。

布萊恩跳到路上，抬頭一看。夏提雅不見了。

（沒追上來？不，還是說她想跟那時候一樣，故意讓我嗎？）

他本來就不覺得自己逃得掉。只是認為克萊姆他們應該正在逃跑，與其待在高處，不如到下面去比較能爭取時間，延遲夏提雅找到他們的時間。

布萊恩的所有行動都是為了讓克萊姆他們逃生。所以他打算再次與夏提雅玩捉迷藏。然而當他正要開始奔跑時，他看見了令他不敢置信的景象。克萊姆與盜賊正在對他招手。

（什麼！）

他覺得腦袋要沸騰了。那是激烈的怒氣，是焦急。

臉色大變的布萊恩全速衝向兩人，抓起兩人的衣領就跑。其實不用這麼做，按照正常方式跑絕對比較快。但此時的布萊恩失去了冷靜，想不到那麼多。

隨便跑了一段路，他一次又一次確認夏提雅沒從後頭追上來，然後才把被自己抓住的克萊姆往牆上一摔。他沒能控制力道，克萊姆像被牆壁反彈般跌坐在地。

「為什麼！為什麼你們沒走！」
他情緒激動到了極點，但用上了所有理性制止自己發出怒吼。
「那、那是因為……」
他抓住搖搖晃晃地站起來的克萊姆。
「因為什麼？你想說因為擔心我嗎！我都叫你們走了！」
「等等，等等，等等，等等。我不知道發生了什麼事，但你剛才沒解釋清楚。這不能只怪克萊姆小兄弟吧！」
聽到盜賊說的話，頭腦恢復了冷靜。的確剛才那樣解釋得不清不楚。他重複了幾次深呼吸。
「……抱歉，克萊姆小兄弟。我好像有點失控了。」
「啊，不會，我才應該道歉，沒照您說的去做。」
「不，是我不好。真的很抱歉。我一時太激動了。」
「……我說啊，安格勞斯先生。到底發生了什麼事？我們雖然認識不久，但你剛才完全失常了。該怎麼說呢，好像剛學會拿劍的菜鳥一樣。」
「留在這裡太危險了。邊走邊講吧。總之我只能說，我碰見了能跟塞巴斯先生匹敵的怪物。」

三人提高警戒走著。布萊恩隨便逃跑時沒碰上亞達巴沃的手下，只能說是幸運。但如果期待每次都能這麼好運，一定會死得很慘。

「那你……看起來好像沒受傷……你取得壓倒性勝利……不，是交涉成功了嗎？」

「不是。我用刀……對，我切斷了她的指甲。」

一說出口的瞬間，布萊恩的心中產生了難以想像的喜悅。沒錯，自己砍斷了那個——無人能敵的怪物，夏提雅．布拉德弗倫的指甲。

「我砍斷了那傢伙的指甲啊。」

布萊恩重複一遍。自心底湧生的狂喜幾乎讓他渾然忘我，必須拚命壓抑。但他仍然因為太過感動而無法阻止自己講話發顫。

「這、這樣啊。砍斷了指甲啊……也、也是啦，能用刀砍斷的確很厲害……」

盜賊似乎也不禁動搖，講話在發抖。

「……畢竟是能與塞巴斯大人匹敵之人的指甲嘛？我想應該……很厲害？」

「就、就是啊，真不愧是布萊恩．安格勞斯啊！」

受到兩人的稱讚，布萊恩仍拚命忍住不露出笑容。然後他甩甩頭擺脫情感。

「克萊姆小——不，克萊姆。你見過塞巴斯大人，應該知道吧？世上比我厲害的人多得是。漆黑飛飛恐怕也是塞巴斯大人那種領域的人物。所以你要記住。我要你逃你就逃。因為你留下來也只會礙事。答應我，下次不要有疑問，聽我的指示就對了。」

「我、我明白了。」

「這樣就對了。你不是要為那位公主效力嗎？所以就連塞巴斯大人的殺氣都能熬得住對吧？既然如此，就別搞錯優先順序嘍。」

布萊恩拍了一下克萊姆的肩膀，目光望向一路逃來的方向。

（那傢伙為什麼沒追上來？是有什麼原因嗎？也想不透她為何會在這裡……難道原因出在倉庫區？）

這時他想起拉娜說的話。

（難道她跟亞達巴沃在找同一個道具……？這樣的話……是她在役使亞達巴沃……？）

既然夏提雅這樣的超級怪物出現在這裡，他們應該放棄任務，全速逃離此地才是上策。然而，這樣講克萊姆會接受嗎？剛才他已經說過會聽布萊恩的，只要自己下令撤退，他應該會服從吧。

這樣做是對的嗎？

考慮到克萊姆的性命，這樣做並沒有錯。可是——有時一個人必須為更重要的事物捨棄性命。這個如同被拉娜下令送死的狀況，不就是他捨命的時候嗎？

除了克萊姆這個名字之外一無所有的少年，度過了什麼樣的人生，又是如何對黃金公主效忠，布萊恩不清楚。但他仍然覺得接受了拉娜命令的克萊姆的意志，不應由別人隨便改變。

布萊恩把盜賊拉到一邊，壓低音量以免克萊姆聽見，向他問道：

「我問你，你覺得我們就這樣帶克萊姆前進是對的嗎？比起達成任務，是不是應該讓他平安回城比較好？」

「……你真是溫柔呢。」

「別說無聊的客套話了。再說我倒覺得自己志願參加這種超危險工作的你，才叫作溫柔咧。」

盜賊害臊地咧嘴一笑，瞄了一眼不知道兩人在說些什麼、一臉不解的少年。

「該怎麼說呢，看到少年努力的模樣，好像讓我懷念起失去的過往……總之我很欣賞他啦。雖然一起行動的時間很短暫。話說回來，我大致上能猜到你在想什麼。你想得沒錯。不過……」盜賊眼中閃爍著犀利的光輝。「這是那傢伙選擇的人生。不能讓別人隨便扭曲。」

布萊恩不禁屏息。

「我很欣賞那小子。也許是因為曾一度生死與共吧，看看那小子的眼睛，就猜得到他對公主的心意。真是個難以置信的小子。這份心願太魯莽，太亂來了。正因為如此……所以我想讓他搶到王國最有價值的珍寶啦，以我一個盜賊來說。」

「……說得對。雖然可能會送命，但那也是他的決定。」布萊恩下定了決心。「既然如此，就加快腳步吧。夏提雅也有可能會追上來。」

2

**下火月〔九月〕五日　03：38**

擔任殿軍的冒險者們穿過屏障旁邊，退到後方。衛士組成的這支小隊接到的命令是死守此地，直到他們傷勢痊癒，做完補給。

屏障打開的空間——讓冒險者們通過的入口立刻堆起木材，堵塞起來。

前面沒有任何人。也就是說，這裡就是最前線（Frontline）。

後面可以看到後退的冒險者傷痕累累的背影。鎧甲上有著新的爪子抓痕與燒焦痕跡。還有血染的斑點。

在更遠的後方，可以看見噴出的火牆。這裡是入侵敵人陣地約一百五十公尺的地點。明明是熟悉的王都，卻讓人產生誤闖異世界的突兀感。

他們破壞了周圍的房屋，利用冒險者們爭取的時間搭蓋了屏障，然而直到剛才都還覺得堅固無比的障礙物，此時卻顯得十分脆弱，彷彿輕易就能破壞。

「沒事的。魔物沒有追著冒險者們過來。敵人一定也不想進攻，打算鞏固防衛啦。沒事。不會被襲擊的。」

又有人說了一樣的話。為了排解極度不安，祈求能活著回去而說出的這番話，如同對天神的祈禱般一再被重複。

防衛這道屏障的是四十五名衛士。他們手持長槍，身穿皮鎧。其中有個男人還戴著頭盔。他叫柏納．英格瑞，是幾名衛士長中的一人。

說是衛士長，跟一般衛士其實根本沒有差別。既不是體格特別好，也不是頭腦特別聰明。力氣恐怕也不及其他的年輕衛士。他之所以能坐上這個位子，是因為執勤到四十歲，空出來的職位沒有其他合適的人選，所以就讓他做了。

他臉色蒼白，手緊緊握槍握到都發白了。一看，腳也在微微發抖。視線緊盯前方是因為不敢看其他地方吧。這副實在太不可靠的德行，加重了其他衛士的不安。

不過，也怪不得他，因為這是他第一次搏命戰鬥。

的確，王國每年都會揮軍前往卡茲平原，與帝國兵戎相見。然而，衛士因為身負保衛都市的任務，從未上戰場與帝國作戰。因此對於不想參加帝國戰爭的市民來說，衛士是令人豔羨的職業。誰知道現在卻——

至今他只會被捲入醉漢吵架之類的小爭端，很少插手阻止流血事件。因此恐懼感也就更加強烈。之所以能壓抑住想逃跑的心情，是因為他能肯定只要敢逃，會吃不完兜著走。就算不會受到懲罰，自己是為了保衛都市才不用參加帝國戰爭，要是沒好好保衛都市，下次百分之百會被迫上戰場。

「等這事結束了，我一定要辭掉衛士工作。」

柏納低聲嘟噥。他身旁的幾人表示同意。

「那你們還記得冒險者他們說過的內容嗎？」

「您是說他們遇到了地獄獵犬、高階地獄獵犬(Greater Hellhound)、朱眼惡魔(Gazer Devil)與極小惡魔群(Daemon Swarm)這些魔物的事嗎？」

「對。有沒有人對那些魔物有印象？尤其是知道牠們的弱點，或討厭什麼東西？」

沒人回答，大家只是面面相覷。

柏納臉上明顯寫著「真沒用」，看到幾個人一臉不滿的表情，才改把怒氣發洩到別的方向上。

「該死！那個冒險者，就不能講清楚點嗎！」

將魔物資訊告訴這些衛士的冒險者們，當時身受重傷，正急著撤退。因此他們只能說出魔物的名稱，沒有多餘力氣告訴他們魔物的外型，或是具有何種攻擊手段。

不過，拿這點責怪冒險者們未免太冷酷了。因為衛士與冒險者雙方沒有做好聯繫，資訊傳達不利，拿一無所知的衛士架構防衛線可以說是高層人士的失策。再說其實也不是所有衛士小組都沒得到敵方資訊。在相同的狀況下，還是有小組拿到了資訊。

這種小組是調出幾名組員，幫忙將冒險者們搬運到後方，同時問出詳細資訊。

這組沒有這樣做，可能是因為組長柏納沒想到那麼多，也不敢減少防衛屏障的衛士人數吧。

「他們拿的錢應該比我們多，就該再拚命一點啊！別怕死啊！」

柏納大聲叫罵，也有幾人表示同意。

「我們也是不要命的在作戰耶！那他們也應該堅持死戰，不該後退吧！」

柏納對身邊的衛士們問道。他沒注意到站在遠處的衛士們冰冷的視線，只顧著跟自己身旁的衛士們大聲數落冒險者的不是。

「來了！」

視線始終緊盯前方看守的衛士出聲一喊，柏納馬上露出了噁心欲嘔的表情。

所有人都看見了沿著道路往他們走來的惡魔身影。

走在前頭的是宛如青蛙與人融合而成的惡魔。膚色像是罹患黃疸的人，還帶有黏液般的油亮光澤。鼓脹身軀的各處，浮現出彷彿從內側硬推出來的人類臉孔。

牠張開能吞下一個人的直線嘴巴，長到異樣的舌頭舔了一口空氣。

而牠的周圍跟隨著期待飼料的地獄獵犬。

後面還跟著一批皮膚被剝掉，全身沾滿黑色滑溜液體代替皮膚的人類。

也就是一共五十隻野獸、一隻露出肚皮的惡魔，六隻被剝皮的惡魔。

「數量太多了！」柏納發出破鑼般的慘叫。「不行了！快逃啊！」

「吵死了！」有人對柏納怒吼。「給我閉嘴！」

無視於發出慘叫的柏納，怒吼的衛士神色緊張地轉向同伴們。

「聽好了！只要用長槍往外戳就行了！我們的工作不是殺死牠們！是爭取時間！不用怕！我們會活下來！」

好幾人跟著重念「我們會活下來」，然後又有好幾人重複一遍。

「好，我們上！」

衛士們的表情雖然因恐懼而凍結，但還是散開到各個位置，舉起長槍。

「你也給我過來！」

一個人拖著柏納，強迫他就定位。任何一個人力都不能浪費。

野獸們發出咆哮，亂抓亂扯想衝破屏障。木材以驚人速度發出啪哩啪哩的聲音，被撕成一片片木屑。衛士們從急速變細的柱子間刺出長槍。

野獸急促的慘叫此起彼落。其他沒被長槍刺中的野獸，也急忙離開了屏障。牠們喉嚨發出咕嚕咕嚕的低吼聲，原地徘徊著觀察情形。

精神稍微輕鬆了點的衛士們，一有野獸接近屏障就從隙縫刺出長槍。然後野獸就會馬上離開。

衛士們的臉上恢復了光采。

後面的惡魔只是露出令人恐懼的冷笑而沒有任何舉動，引起眾人內心不安，但如果時間能就這樣經過那最好。他們待在這裡並不是為了打倒惡魔。

「怎、怎麼了！」

一名衛士對眼前發生的事發出畏怯的聲音。

野獸們開始排成隊列。牠們在長槍快要搆到的距離排成橫一列。

不同於至今胡亂突擊的行動，讓衛士們顯露不安。如果他們擁有眼前野獸的詳細資訊，也許有別的辦法應對，然而他們能做的只有從隙縫中刺出長槍。無法因應對手的行動隨機應變。

當他們架著長槍，準備刺出時，野獸們張開了嘴。那張大嘴像是下巴脫臼了似的。喉嚨深處看起來格外火紅，並不是因為那是口腔內部。

吐出的紅蓮業火一齊襲向屏障。宛如整道屏障全都起火了般，衛士們的視野頓時一片通紅。
雖然火力極猛，但時間太短，因此沒能把屏障完全焚毀。然而，躲在屏障後方待機的衛士們可不一樣。
哀鴻遍野。有人眼珠被燒傷。有人吸進了火焰，從食道到肺全被燒焦。這些人一個一個倒地。只有兩端的人存活下來，鎮守中央的衛士們全都被烈焰燒個正著，一命嗚呼。
「已、已經不行啦！」
沒人說出口的話，第一個叫出來的是柏納。他接下來的行動十分迅速。柏納扔掉長槍，連頭盔也不要了。他盡可能減少身上重量後，使盡全力逃之夭夭。
剩下的所有衛士都驚呆了。他們並非沒想過柏納會逃走，但他逃得如此徹底，真是讓眾人無言以對。
柏納飛奔的速度，讓人驚嘆人類被逼至絕境時原來可以跑得這麼快。存活下來的衛士們半張著口，眼看著那個背影越跑越遠。
然而，他的逃亡，被自上空降落的惡魔劃下句點。
身軀膨大的惡魔沒有翅膀卻能飛行，從上空猛烈降落，壓住了柏納。傳來一陣枯枝折斷的啪嘰啪嘰聲。
他們聽見了痛苦的啜泣聲。惡魔明明能輕易致柏納於死地，卻沒殺死他。惡魔的下一步行動，使他們立刻知道那不是出於慈悲。

惡魔舉起柏納的身體。

牠張開大嘴巴把柏納一口吞下。原本就鼓脹的腹部即使吞進柏納的身體，也沒有任何變化——不對，有個很大的變化。彷彿黏在身上的好幾張臉之中，浮現出新的一張臉孔。

雖然不太容易看出來，但那是柏納的臉。

背後傳來屏障一步步毀壞的聲響，但衛士們都無法動彈。

區區屏障從一開始，對牠們而言就什麼都不是。

惡魔們越過被破壞的屏障，逐步將衛士們團團包圍。

聽得見小小的嗚咽。是知道死期已至的人的哭聲。

接著是惡魔們的哄笑。嘲笑愚蠢人類的聲音。

一名衛士邊向神祈禱，邊抬頭仰望夜空時，看見了奇怪的物體。

那是個高速接近的影子——異樣的一行人。有兩個人影從左右兩邊抓著一名身穿漆黑鎧甲的戰士。深紅披風隨風飄揚的戰士，兩手各握著一把巨劍。

「扔下去。」

明明有一大段距離，他卻彷彿聽見了那個聲音。

然而那似乎不是他聽錯，飛在空中的兩人放開了手，戰士彷彿被看不見的力量從背後用力推動般加速，描繪出水平拋物線，降落在道路上。他用像是沒有摩擦力的流暢動作在路上滑行，砍倒擋路的一隻地獄獵犬，這才停了下來。

華麗過頭的登場讓敵我雙方都停止了動作。所以他那平靜的聲音顯得格外響亮。

「我是冒險者——飛飛。換手，你們退後。」

他們一開始沒聽懂黑暗戰士在說什麼。

然而大量的野獸叫聲讓他們回過神來。這才明白他們期盼的援軍終於到了。

「地獄獵犬嗎……就這幾隻啊。再多一倍都還嫌少呢！」

試著殘殺黑暗戰士——飛飛的地獄獵犬從四面八方襲擊而來。牠們從全方位包圍飛飛，沒有一絲空隙。

用劍防禦也會被繞到背後，被啃咬，被撕裂。揮劍殺退也會遭到其他野獸蹂躪。一旦被騰空跳起的地獄獵犬撞到，必定站立不穩，而無法閃避下一次攻擊。

這種攻擊方式完全是憑藉數量暴力。

也難怪衛士們露出悲痛的表情了。然而——在場的衛士們不知道真正的強者擁有多大的力量。

巨劍掀起狂風，殺退敵人。

所有有長眼睛的人，都說不出話來。

那是一記斬擊。若是平常人，能砍倒一隻就不錯了。然而，揮劍的人不同，斬擊也會變得超乎常人領域。

衛士們以為無法戰勝的地獄獵犬當中，四隻的身體被砍斷，滾落路上。

不過，可能是因為全力揮劍的關係，飛飛的身體有點失去平衡。還有地獄獵犬沒被砍死。他這樣躲不掉接下來的攻擊。

雖然穿著看似堅固的鎧甲，但地獄獵犬的獠牙相當銳利，還有能撕扯鋼鐵的堅硬利爪。而且被那麼多的獵犬襲擊，絕不可能毫髮無傷。

衛士們彷彿看見了前來相助的冒險者渾身是傷的光景。

然而，這又是他們太心急了。

飛飛並沒有硬是把失去平衡的身體拉回，而是順著搖晃的動作轉一圈。深紅披風隨風飄揚，產生熊熊燃燒般的漩渦。他以舞者般輕盈的動作再度穩踏大地，接著劍刃猛力從左往右一掃，發出風吼聲。

剩下的地獄獵犬身體被砍飛，惡狠狠彈到道路上。再也看不到一隻能動的獵犬。

「才……兩擊？」

一名衛士的喃喃自語，道出了所有人的心聲。不，目睹了如此偉業，不可能說出其他的感想。

「再來是……噬魂惡魔(Overeating)與朱眼惡魔嗎。無聊的對手。」

拋下一句低語，飛飛就朝著惡魔們走去。那腳步有如在公園散步，毫無戒心。若是一般情況，他們應該會出聲阻止。然而目睹了那場絕技，誰都不會想那麼做。

凡人該做的，只是注視強大戰士的背影。

可能是承受不了若無其事地靠近的壓力，朱眼惡魔發出怪叫襲擊而來。

一閃。

被砍飛的身軀彈向各處。

在這之間，飛飛一步也未曾停下腳步。好像朱眼惡魔本來就不存在，如入無人之境般悠然前行。

「……太強了。」

應該不是對衛士的聲音起了反應，但噬魂惡魔張大了嘴巴。那張大嘴巴就像蛇要把獵物整個吞下。大嘴巴深處看得見像是火焰的搖曳光芒。浮現在身上的人類臉孔變得更加痛苦。即將吐出的是靈魂的尖叫。

被噬魂惡魔吞噬的靈魂消滅之際發出的尖叫，會讓活人的精神畏縮，痛苦昏厥。

但噬魂惡魔還來不及吐出尖叫，腦袋先飛了出去。

腦袋插著扔出的巨大利劍，滾落在地。

「只要在吐出尖叫之前打倒就行了。」

飛飛只說了這一句，就從屍體上拔出了劍。

短短的幾十秒。衛士們以為絕不可能打贏的惡魔，被全數殲滅了。

衛士們的口中發出吶喊。那是免於一死之人的靈魂咆哮。

全身承受著喜悅狂潮的飛飛，平靜地對他們說：

「……接下來冒險者們應該會進行反攻作戰。請諸位再保衛這裡一段時間……不過我才剛擊退那些惡魔，短時間內牠們應該不會再來了。娜貝、伊維爾哀，麻煩妳們。」

降落的兩名魔法吟唱者將飛飛抬了起來。逐漸浮上半空的飛飛對眾人留下最後一句話。

「接下來我要火速去討伐敵人主謀。在那之前，請諸位保護後方市民。拜託你們了。」

目送一行人飛行離去，衛士們不禁嘆息。

被那樣偉大的英雄如此拜託，若是不死守此地，豈不是太丟臉了。

「喂，把屏障重新搭好！我們要再阻擋一次敵人侵犯。別再去想被衝破後的事！」

●

## 下火月〔九月〕五日　03:44

以祕銀以上冒險者組成的第二次攻堅部隊由拉裘絲帶頭，旁邊帶著緹娜開始前進。
拉裘絲在出發之際，別人好幾次請她重新考慮，認為能使用復活魔法的人不該上前線。可是，拉裘絲去與不去，對戰力造成的影響很大。現在的第一優先，是讓飛飛順利對付亞達巴沃。既然如此，拉裘絲怎能留在後方。
他們避開飛飛的後方前進，從別條路進入目的地，一行人的第一個目標地點，本來應該有衛士們建構的屏障。然而他們看到的卻是一片血紅的道路，被撕扯下來的肉片四散，悽慘的殺戮現場。當然屏障早就被破壞殆盡，連個影子都沒了。
冒險者們發出巨大聲響，聚在一起，繼續入侵。不過，他們的前進距離最多不到三十公尺，就與附近一帶從岔路現身的一群惡魔展開交戰。
戰鬥開始後，起初個人戰鬥力比對手優秀的冒險者們占上風。
然而力量平衡漸漸開始倒向一邊。原因是敵人的數量勝過了個人實力。那數量龐大到讓人產生錯覺，以為出現在此地的惡魔全都聚集過來了。
「不要退後！繼續抵抗！」
發動好全體支援魔法的拉裘絲大喊。當然沒有一個冒險者有意後退。他們知道這場作戰的重要性，因此絕不會選擇後退。
伊維爾哀的任務，是在最近位置對付妨礙飛飛戰鬥的敵人。相對地，他們的使命則是對惡魔們施加壓力，讓牠們不能去妨礙飛飛。

就這點來想，從正面對抗這樣大量的敵人，可說是對飛飛最大的支援。他們在這裡戰鬥得越久，飛飛他們的勝算就越高。

怒吼與劍戟聲交相響起。魔法飛出，特殊能力發動的——烈焰吐息焚燒人體等——聲音重疊。

拉裘絲確認狀況後，表情扭曲起來。某個冒險者自言自語的一句話，占據了她的腦海。

「惡魔的力量越來越強了。」

也許是惡魔們居住的魔界之門正在慢慢開啟，召喚出更強大的惡魔了。這道火牆代表的會不會就是界線？若是時間繼續經過，會發生什麼事呢？而且打倒了亞達巴沃，王都就真的能恢復和平嗎？會不會一切都只是白費？

「無聊透頂！」

她咒罵一聲，消除數不清的擔心事。

不試試看怎麼知道。所以拉裘絲才要揮劍戰鬥。

「發射！」

漂浮在肩膀周圍的浮游劍群中的一把劍垂直升起，然後聽從指示射出。劃破半空飛出的一把劍刺穿了張開血盆大口撲來的地獄獵犬，獵犬隨即消滅，連屍體都不留。

拉裘絲環顧四周，知道自己與大家完全被包圍了。入侵行動從剛才就完全停擺，敵人的重重包圍沒有一點減緩。現在她只能不斷揮劍應戰。

前衛收起折斷或崩刃的武器，開始拿出備用武器。魔力耗盡的魔法吟唱者們以卷軸(Scroll)或短杖(Wand)發動魔法。物資已經一點都不剩了。

冒險者們的外圍是山銅級冒險者，裡面保護著受了傷、完全失去魔力的祕銀級冒險者。

即使如此——

（不妙……這樣下去會被慢慢磨死。還沒好嗎？還沒打倒亞達巴沃嗎？）

聽到慘叫聲，拉裘絲慌忙轉頭一看，只見戰士受到惡魔的猛擊，不支倒地。

「嘖！」

拉裘絲還沒來得及踏出一步，緹娜已經先衝向惡魔，補起陣形的漏洞。

後面的冒險者將倒下的戰士拖到後方。看起來還沒死，但不用說也知道目前狀況有多糟。沒人使用治療魔法，就表示神官等信仰系魔法吟唱者們的魔力已經消耗過度了。

（只能撤退了。）

一旦力量平衡崩潰，接著就會被敵人一口氣吞沒。拉裘絲不能讓他們死。若是飛飛敗北——她必須考慮今後狀況採取行動。

體力耗盡時要撤退就難了。得趁還有點餘力時後退。

「撤——！」

拉裘絲正要喊撤退時，自空中緩緩降落的異形惡魔讓她倒抽了口氣。

身高約三公尺左右。肌肉發達的肉體包覆著爬蟲類的鱗片。像蛇一樣長的尾巴翻滾著。

頭部是山羊的頭蓋骨。空洞的黑色眼窩中狂暴燃燒著蒼白火焰。

粗壯的手臂握著巨大的大鐵鎚（Maul）。

摺疊在背後的蝙蝠翅膀張開來。翅膀一拍，冷空氣如狂風大作，同時一股令人魂飛魄散的恐怖襲來。她受到恐怖抗性的魔法保護，因此沒有陷入恐慌狀態，但對手已充分展現出比之前惡魔更強大的力量。

全身汗如雨下。

「——不妙。」

如果在魔力與小隊成員齊備的狀態下應該能勉強打贏。若是事先查過對手的資訊，更是穩操勝券。但以目前的狀況來說，勝算等於是零。首先，知識淵博又能使用強大魔法的伊維爾哀不在這裡。能擋下敵人武器，進行反擊的格格蘭不在這裡。能巧妙閃躲敵人攻擊，以忍術連續進攻的緹亞也不在這裡。剩下的只有疲憊不堪的兩個人。

她看向緹娜，緹娜點頭回應，表示已有所覺悟。拉裘絲握緊了魔劍齊利尼拉姆，準備走向出現的惡魔。這時，身旁一名山銅級冒險者抓住她的肩膀，喊道：

「我們來擋住那傢伙！妳快逃吧！」

拉裘絲吃了一驚，他語氣急促地說：

「只要妳還活著，就能替我們使用復活魔法。所以，只有妳一定得活著回去。就當作是為了有可能復活的人！」

男人咧嘴露出帶有男子氣概的笑容，臉上滿是不負山銅級之名的魅力。所有冒險者都同意他的說法，用力點頭。

冷靜想想，他們說的沒錯。與其抱著必死決心爭取時間，不如留下一條命替死在這裡的人復活，幫上的忙比較大。

「聽說復活魔法需要高價材料當作媒介，拜託算我免費！」

「不是公主殿下買單嗎？」

「讓那些貴族出啦！他們好歹也該出點錢吧！」

腳步像是去野餐般輕鬆，幾名冒險者脫離了圓陣。沒有暗號或眼神。他們的步履就像出自同一個腦子的選擇般移動，走到出現的惡魔面前。

做好覺悟面臨死戰之人的開朗態度，讓拉裘絲咬緊下唇，她轉身背對他們。

「突破敵陣！竭盡全力！只要留下跑步的力氣就夠了！」

她一邊喊著，自己衝向惡魔的集團，揮動著齊利尼拉姆。防禦都靠鎧甲與魔法了。她捨棄自己的生命安全到最後極限，殺出一條血路。

拉裘絲感到皮肉被削下，以及堅硬物體刺進肉體等各種痛楚，但她咬緊牙關忍著。她冷靜地估量自己的體力，直到最後一刻才發動無吟唱化的治療魔法。拉裘絲必須活著回去，但是不死撐一下突破不了重圍。

「喝啊啊啊啊！」

她將剩餘的大半魔力注入齊利尼拉姆之中。刀身浮現的星光變得巨大，整個刀刃膨脹起來。

「超技！黑魔劍百萬衝擊波（Dark Blade Mega Impact）！」

劍刃橫向一掃，黑暗爆炸波如狂風肆虐。被無屬性能量的爆炸波及，低階惡魔接二連三地消滅。

雖然沒必要喊出招式名稱，不過攻擊相當有效。然而——

「還……很遠……呢！」

疲憊至極的雙眼看見的是——雖然只是一群低階惡魔，卻形成了厚厚的牆壁。剛才炸飛了那麼多惡魔，破洞卻已經補了起來。

真的能突破嗎？流露的不安讓她心情煩躁，以此為力量揮動刀身恢復原本大小的齊利尼拉姆。

這時，拉裘絲看見惡魔們背後有道金屬光輝，聽見了男人的咆哮。

「——六光連斬。」

施展出的六道斬擊砍飛了惡魔們。

「——六光連斬——流水加速——哼！」

又有七隻惡魔像是用熱過的小刀切奶油一樣被砍倒。見識到「剃刀之刃（Razor Edge）」無人可擋的銳利鋒芒，惡魔們似乎感到畏縮而停住動作。

「戳爛牠們！」

配合著葛傑夫的怒吼，後方一齊刺出槍矛。

那道鋼鐵光輝並不是拉裘絲看錯了。從葛傑夫背後刺出不下幾十支槍矛，將惡魔們一一貫穿。出現在那裡的是守衛王城的騎士與士兵們。多達數百人的軍勢淹沒了整條道路。

惡魔們對比自己多出一倍的兵力感到畏縮，解除了包圍。

大夥發出歡呼，士兵們保護著渾身是傷的冒險者們開始後退。

「史托羅諾夫大人怎麼會在這裡！」

他不是留下來保護王城、守衛王室嗎？大概是聽見了拉裘絲的疑問吧。葛傑夫將臉轉向一個方向。

拉裘絲跟著轉頭一看，睜圓了眼睛。那裡有一位老人，讓四名神官與四名魔力系魔法吟唱者保護著。頭上戴著國內只有一人允許戴上的王冠。而他的身上穿著鎧甲。

國王蘭布沙三世。

這種行動實在太過危險。

雖然他的確穿著鎧甲，但一部分惡魔的攻擊連鋼鐵都能輕易貫穿。況且就算有人保護，也難保範圍魔法不會打碎防禦，傷到國王的貴體。身為普通人的國王，一旦遭受範圍魔法波及，必定會立即死亡。雖然有復活魔法，但以國王的體能不可能承受得住復活時生命力的損耗。

「陛下是這樣說的。你們保護的是沒有生命的城堡，還是我？答案只有一個。我等的職責是保護國王！那麼此處就是我們必須奮戰的地方！衝啊！」

士兵們發出震撼大地的吶喊，英勇突擊。

以多數暴力襲擊多數暴力。就在眾人以為戰況即將反敗為勝時，一名山銅級冒險者被打飛，惡狠狠撞上牆壁，綻開了血紅的花朵。

「吼喔喔喔喔喔喔喔喔喔嗯嗯！」

巨大惡魔的吼叫像是在說「放馬過來」，士兵們都僵住了。

有些魔物不是靠人數就能戰勝。

「史托羅諾夫大人！請助我一臂之力！」

「當然。」

接在葛傑夫的回答之後，突然出現的聲音讓拉裘絲睜大了眼睛。

「喂，等一下。要不要曾經優秀的戰士的支援啊？」

「還有將來預定變得優秀的忍者。」

她不可能聽錯這兩個聲音。但她不敢相信，驚愕地叫出聲來。

「格格蘭！緹亞！」

熟知的兩人慢慢地現身。她們穿起了平時的全副武裝，做好了隨時應戰的準備。

「唷，越躺身體只會越遲鈍嘛。所以老子就拜託史托羅諾夫先生，把我們帶來啦。」

「已經可以戰鬥了。」

不可能。哪有人復活之後立刻上戰場。一般應該好好靜養，習慣自己能力的衰退，而且最大的問題是，她們現在應該會感到一種超乎尋常的虛脫感。即使如此——正因為兩人知道這場戰鬥的重要性，所以才會勉強起身，前來參戰。

有這麼多人的力量聚集起來，成為後援。

拉裘絲一心祈禱。

但願飛飛能戰勝亞達巴沃，並將惡魔大軍逐出這個王都。

●

## 下火月〔九月〕五日　03:46

「就在前面了。」

往前一看有座廣場，一個戴面具的惡魔不躲也不藏，堂而皇之地站在正中央。周圍沒看到其他惡魔的身影，但伊維爾哀沒笨到相信沒有伏兵。

對方似乎也看見了一口氣接近的己方，優雅地行了一禮。那種游刃有餘的態度背後，只隱藏了一個意思。

「是陷阱嗎……要怎麼做，飛飛大人？」

「不管有什麼等著我，除了突破之外別無他法。」

「說得沒錯。」

飛飛不再用那種生疏而太過禮貌的方式講話，伊維爾哀認為這表示兩人的關係在共同行動中變得堅定了，所以她也開始用平常的口吻講話。若是一直隱藏起真正的自己，等到要進一步交往時搞不好會立刻談分手。雖然還不到現出真面目的時候，但她認為變回平常的講話方式也沒什麼不好。

「看來好像按照預定計畫開始了。」

後方響起打鼓聲與雄壯威武的吶喊。那應該是為了讓飛飛與亞達巴沃一對一單挑，而開始了削減敵人防衛兵力的進攻。這是僅只一次的作戰。恐怕不會有第二次了。所以除了在這裡打倒亞達巴沃之外，沒有其他辦法可以拯救王都。

「是啊，沒錯。他們好像開始最終作戰了。飛飛大人……敵人應該會派出援兵，就由我與娜貝小姐來應付。請飛飛大人心無旁騖地對付亞達巴沃。」

「了解。妳跟我一起來到了這裡，當我擊敗亞達巴沃，凱旋歸城時，希望妳能夠跟我一起，好嗎？娜貝，妳幫助她一起戰鬥。我要妳知道，我希望我們能三個人一起回去。」

「遵命，飛飛先生。」

三人降落在亞達巴沃面前。伊維爾哀環顧四周，發現一個女僕，從一間鄰接廣場的房屋中現身。

她跟那時候一樣戴著假面蟲，表情是固定的。然而，伊維爾哀感覺得到面具底下對自己發出了憎惡之意。

（不可能就她一個。）

那個蟲族女僕與自己誰比較強，亞達巴沃應該也明白。這次還有娜貝這個很可能與自己實力相當的魔法吟唱者在，他不可能讓那隻蟲子單打獨鬥。要不就是以數量取勝，要不就是讓一個等級相當的手下待機。伊維爾哀正在推測時，感覺到一道冰冷的觸感滑過背脊。

接在那個女僕之後，與亞達巴沃同樣戴著面具的一群人現身了。

每個人都穿著不同的女僕裝。

數量是——

「——竟然有四人？」

戰鬥力與自己相當的人，總共來了五個。二對五的話，敵我戰力相差太懸殊了。這種差距等於沒有勝算。

「該死！我太小看亞達巴沃擁有的戰力了嗎……」

照這樣下去己方將會寡不敵眾，單方面遭到擊潰，妨礙到本來與亞達巴沃平分秋色的飛飛。

當兩方正在激烈交戰，不分高下時，一點援軍都很可能使勝敗分曉。就像上次與蟲族女僕的戰鬥情形顛倒過來。

「那麼那五個人就交給妳們了。」

飛飛如此說完，兩手握著劍，就以自然的腳步走向亞達巴沃。

強壯的背影漸漸離去，讓伊維爾哀滿心不安。要是能躲在那流水般的深紅披風裡，不知道有多安心。

她斥責自己想伸手挽留的軟弱內心。

自己本來就是做好了捨命覺悟，才來到這裡。不能因為對手人數超乎預料，就窩囊地求救。況且他一定是相信伊維爾哀才會說出那句話。不然像他那樣了不起的男人，不可能擺出那麼冷淡的態度。

這樣想來，那副背影的確像是在說：只要是伊維爾哀與娜貝，一定能在自己贏得勝利之前，壓制住敵人。

伊維爾哀的身體深處燃起了熱火。

「那麼我要上了，迪——魔鬼(Daemon)！」

飛飛大喝一聲，砍向亞達巴沃。一場驚心動魄的激戰就此開打。可能是不想波及兩人吧，飛飛壓制著亞達巴沃，徐徐離開原處。

「那麼我對付三個人，您對付兩個人，可以嗎？」

「這樣好嗎？我對付三個人也行喔？」

她彷彿聽見娜貝「哼」地笑了一聲。

「您兩個人，我三個人。」

伊維爾哀破顏而笑。她覺得自己有點掌握到娜貝這個女人的個性了。

講得明白點，伊維爾哀對於娜貝這個情敵很有好感。
（真是。如果是飛飛與娜貝這兩人的話，也許我可以拿下自己的戒指，現出真面目……哎，能活著回去再說吧。）
「真是個頑固的傢伙。知道啦。那我就趕快打倒她們，再去幫妳吧。妳盡量壓制住她們，別丟掉小命了——怎麼了？」
伊維爾哀發現在場的所有人——五個女僕與娜貝——都在看自己。那種舉動像是串通好了什麼，有種奇妙的詭異感。
「不，沒什麼。」
娜貝冷淡地回答後，慢慢從她身旁走出去。
「好了，我希望其中三個出來對付我，派誰來由妳們決定。」
像是被這句話挑動，蟲族女僕、綁辮子的女僕以及縱捲髮女僕走了出去。剩下與伊維爾哀對峙的是盤髮女僕與長髮女僕。
「我的名字是阿爾法。她是達美。由我們與您對戰。」
「是嗎？真是多禮了。我的名字是伊維爾哀，是即將打倒妳們的人！」
她並不打算用講話的方式拖延時間。這種苟且的想法會被對手吞沒、殺害。現在只能不斷攻擊，壓制對手。

「是嗎……那真是可怕呢。」

伊維爾哀首先第一步發動了自己的殺手鐧。這種特殊技能可讓自己體內流動的負能量失控，混入魔力之中，對所有攻擊賦予負向效果。

「我要上了！」

伊維爾哀高聲一吼，發動魔法。

●

## 下火月〔九月〕五日　03：59

「別小看我！」

灌注負能量的水晶散彈，硬生生擊中了帶頭跑來的女僕——阿爾法。除了兼具毆打與突刺效果的物理攻擊外，還有負能量吞食著生命力。

——本來應該是這樣。然而，她好像不痛不癢地繼續跑來。

「嘖！」

伊維爾哀飛上空中。魔力系魔法吟唱者最怕被敵人接近。拉開距離戰鬥比較有勝算。

浮上半空的瞬間，眼前有某種物體迸裂開來。似乎是伊維爾哀之前發動的「水晶盾(Crystal Shield)」彈回了敵人的攻擊，包覆身體周圍的粉塵急遽失去了光彩。

這應該是因為「水晶盾」讓相當強力的攻擊失效了，不過幸好是「水晶盾」能抵擋的攻擊。「水晶盾」只能抵擋某種程度的攻擊，超過一定損傷就會起不了任何防禦功效。

「又來了嗎！」

使用遠程武器的是後方的女僕達美。從剛才到現在，只要自己想飛上高空，她就會瞄準自己射擊。

「喝！」

阿爾法中氣十足地一吼，揮拳毆打過來。伊維爾哀大聲咂舌。

用拳頭毆打自己的對手，以往對伊維爾哀來說根本不足為懼。然而與阿爾法開始交戰不過短短時間，她已經體會到那是因為她至今只遇過遠遠不及自己的敵人，讓她變得自大了。好可怕的對手。就算拉開距離，對方也會也快上好幾倍的速度拉近距離，半吊子的障壁會被她一擊粉碎。

兩人比起自己稍微弱了一點，但她絲毫不能大意。時時刻刻都像在走鋼索。

特別棘手的是她們默契十足的行動。冒險者能夠藉由聯手的方式大幅提升戰鬥力。那麼看來這兩人的戰鬥能力也上昇了許多。

「該死！魔物竟然會組隊、聯手出擊……有沒有搞錯啊！」

伊維爾哀覺得自己沒資格說人家。其他成員是人類沒錯，但自己是不死者。自己以往的立場跟怪物女僕們沒有兩樣。

「鏘」一聲，包覆周圍的「水晶盾」變得更薄弱。幾乎就快要消滅了。

她咒罵一句，拚命與站在眼前毆打過來的阿爾法拉開距離。雖然伊維爾哀身為吸血鬼，擁有超乎常識的體能，但阿爾法的體能比她更強。即使如此，自己仍然沒被追上，是因為有「飛行」的幫助。

想專心使用魔法，總是很難一邊移動身體拉開距離一邊戰鬥。因為會抓不準距離，或是很難邊跑邊集中精神。魔法吟唱者常常停下腳步用魔法互射，就是因為這個原因。所以伊維爾哀才會採取簡單的方法，也就是只專心使用「飛行」拉開距離，藉此靈活掌控機動戰的優勢。並不是只有她這麼做，只要是會使用「飛行」的魔法吟唱者大多都做過這種訓練。只是能活用到什麼程度要看本人的才能。就這層意義來說，先不論她擁有吸血鬼的飛行能力以及活了兩百五十年的經驗，她的能力的確堪稱一流。

即使優秀如她，逃離阿爾法時還是需要特別小心。她以水平移動的方式在廣場中繞著大圈逃跑，但敵人可是有兩個人。

隨著堅硬的「砰」一聲，包裹自己的障壁完全消滅了。

「水晶盾」才被攻擊三次就毀了，感覺好像不太划算，但這是實力問題，無可奈何。

「『沙之領域．全域』。」

沙粒擴散到周圍，把阿爾法——距離太遠攻擊不到達美——包進其中。這招因為也會波及同伴，因此在小隊戰鬥時無法使用的廣範圍魔法，能夠以沙粒纏住對手阻礙行動，同時還具有盲目化、沉默化、分散注意力等二次影響。不只如此，她的殺手鐧還賦予了沙塵負能量，能貪婪吞食生命能量。

這是她的獨創第五位階魔法。是伊維爾哀所持有的底牌中最強的一張。

然而，阿爾法的動作一點也沒變慢，甚至好像沒受到任何損傷。

「什麼！」

看來她對移動阻礙與負能量都有完全抗性。

「我要稱讚妳一句！抗性準備得真齊全，毫無破綻啊！」

阿爾法沒有答謝，而是身影一晃。就像進行了短距離傳送般，阿爾法突如其來出現在眼前，一腳踢向伊維爾哀的臉。

隨著面具凹陷的龜裂聲，伊維爾哀的身體大大彈飛出去。

伊維爾哀在地上咚、咚彈了兩下，這才抵銷了力道，甩了甩搖晃的頭站起來。此時阿爾法已經到了她的眼前。

「『水晶防壁』！」

眼前製造出的水晶牆與阿爾法的拳頭相撞，發出轟然巨響。水晶牆像是被巨大鐵球撞到般，產生了放射狀的裂痕。

「——哼！」

隨著腳重踏地面的「咚」一聲，放射狀的裂痕受到衝擊，朝著伊維爾哀碎裂開來。

「發勁嗎！」

就在這個時候，只有短短的一段時間，以「飛行」慢慢拉開距離的伊維爾哀感覺到大地一陣震動。雖不知道地鳴來自何方，但她有種直覺，知道這是那兩人戰鬥的餘波。

「戰鬥還在進行當中嗎……不，也許就要進入高潮了。既然如此……就讓我再爭取一點時間吧！」

伊維爾哀大叫後，主動朝著攻來的阿爾法衝去。

再一下就好，她要為了爭取時間竭盡所能。這份覺悟促成了她的特攻。

迎擊的阿爾法雙手一轉，採取兩手各自畫圓的架式。伊維爾哀覺得簡直像座難攻不破的要塞聳立眼前，但她沒有停下來——

●

## 下火月（九月）五日　03：53

安茲與亞達巴沃扭打在一起，撞進了一間房屋。

他把亞達巴沃壓在門上時把門板弄壞了，木片散落一地。沒有燈光的陰暗房間很窄，不適合持劍的安茲揮劍戰鬥。

安茲沒理亞達巴沃，逕自往屋裡走去。接著亞達巴沃也跟上來。走進另一個房間，裡面有張小桌子與兩把椅子。馬雷也在那裡。

馬雷拉開椅子，安茲坐了下來。然後向獲得允許坐在他面前的位子上、拿下了面具的亞達巴沃──迪米烏哥斯提出問題。

「首先，這個房間安全吧？」

「絕對安全。沒有人能偷聽這裡的對話。」

「是嗎？那麼……對了，在這之前，有件事想拜託你。麻煩不要危害我通過路線上的士兵。雖然我在耶．蘭提爾只是偶然做過，不過拯救遇到危機的人似乎能成為不錯的宣傳。」

「遵命……屬下已經用念力送出命令，這樣應該就沒問題了。」

「很好。那麼把你的整個計畫告訴我吧。」

安茲讓娜貝拉爾使用「訊息」時，迪米烏哥斯說等見面時會一五一十說出來，所以他到目前一無所知。為此安茲很擔心計畫有沒有出錯，或是迪米烏哥斯對自己有沒有什麼怨言。

「這次的一連串計畫有四個優點。」

「哦。我以為只有三個……原來有四個啊。」

迪米烏哥斯微笑了。是滿意的微笑。

「屬下好像是第一次鬥智鬥贏安茲大人呢。」

安茲傲然地揮揮手。當然，他根本不知道什麼三個優點，所以迪米烏哥斯說的話讓他非常不自在。

「你總是比我有智慧。以往只是碰巧罷了。」

「怎麼這樣說呢。您謙虛了。」

「不，是真的……嗯！好了，那麼讓我聽聽是哪四個吧。」

「是。首先第一點，是襲擊這個倉庫區，將所有財寶盡皆運送到納薩力克地下大墳墓，可讓我們獲得一筆收入。為此，我已經讓夏提雅發動『傳送門』把倉庫裡的所有物資搬回去，交給潘朵拉·亞克特管理。」

這真是個天大的好處，安茲在心中對迪米烏哥斯大加讚賞。

一口氣失去物資的王都今後日子將會相當難過，但那不關安茲的事。他只為了金錢方面變得充裕而大為放心。

「第二點是為了掩飾我們襲擊了八指的情報。您也已經注意到了，假使我們只襲擊了八指的據點，想必會有人起疑心。弄不好還可能查到塞巴斯身上。所以為了讓別人以為我們有別的目的，才要擴大被害範圍。」

也就是說要藏樹枝的話，最好是藏在森林裡。

「不過，會這麼順利嗎？要拿什麼當誘餌，讓別人誤以為我們有別的目的呢？」

「請看這個。」

迪米烏哥斯比了個暗號，一旁待命的馬雷拿出皮包，打開來。

裡面放著一尊惡魔雕像。六隻手臂各握著一顆寶石，從內部發出心臟跳動般的詭譎光輝。

「這顆寶石當中賦予的魔法是『最終決戰・惡(Armageddon Evil)』。」

第十位階魔法「最終決戰・惡」是能夠召喚惡魔軍團的魔法。雖然能夠召喚出大量惡魔，但每隻惡魔並不太強。而且跟天使不同，惡魔會擅自到處攻擊，因此是種不好用的魔法。用途有限，通常會利用召喚出的惡魔不是友軍這一點，當成供品用來發動儀式魔法或者是特殊技能。

像夏提雅曾經以滴管長槍殺死過自己的眷屬，這種魔法的用途就是那樣。

「這是烏爾貝特大人製作的道具，我想現在正是使用的時候。」

的確以這個世界位階魔法的等級來想，亞達巴沃這個惡魔會為了它襲擊王都也不奇怪。

這時安茲想起來了。

他想起公會全盛時期的烏爾貝特。

本來是有一個世界級道具，能夠無限召喚出多到淹沒世界的惡魔。這個道具引發了好大一場騷動，但烏爾貝特知道這件事後，開開心心地仿著做了一個，就是迪米烏哥斯手上那個道具。當然結果頂多只能同時發動六種魔法，而他也做膩了。

迪米烏哥斯顯得十分捨不得。一定是因為要用掉自己的創造者所製作的道具吧。

安茲將手伸進空間之中，拿出了自己要的道具。

「迪米烏哥斯啊，把那個收起來吧。用這個代替。」

安茲拿出來的道具，跟迪米烏哥斯準備的惡魔雕像雖然很像，但少了三顆寶石，整體造形也略為遜色。

「這也是烏爾貝特桑做的道具。因為是試作品，本來他說要扔掉，我覺得可惜就拿走了。不如就用這個吧。」

「怎、怎麼能使用安茲大人的私人物品！」

「是嗎？那這個就送給你吧。看你喜歡用哪一個。不過，烏爾貝特桑要是知道自己的失敗作這麼久了還沒丟掉，說不定會覺得難為情喔。」

「什麼！竟然將如此珍貴的道具賜給屬下！謝大人！」

迪米烏哥斯從椅子上站起來，跪在地上。馬雷也趕緊跟著跪下。

「好了，迪米烏哥斯。現在有更重要的事要做，不是嗎？就當這是對你赤膽忠心的謝禮吧。」

「我們守護者是各位無上至尊創造出來的。既然如此，直到我們消滅的那一刻為止，都應該盡忠竭力。然而安茲大人卻一再對我們投以如此慈悲的話語，還賜給我這麼大的褒賞……我迪米烏哥斯雖然本來就對安茲大人絕對效忠，但今後將會獻上更深的一片忠心！」

「啊……嗯，我很期待你更深的忠忱喔。你可以站起來了，迪米烏哥斯。剛才我也說過，現在有別的事得處理吧。」

「是！非常抱歉。」

迪米烏哥斯再度坐回座位，馬雷站在後面待命。

「所以，事情就是這樣，亞達巴沃要為了這個道具襲擊八指據點，然後占據王都的倉庫區。搶走倉庫中的各種物資也是這計畫中的一環。然後理所當然地，烏爾貝特大人製作的道具，將會在八指據點的一個物資倉庫中被人發現。」

「原來如此。那麼第三個優點呢？」

「是的。在我做出的火牆內側的大部分人類，都已經帶去納薩力克了。我想這些人類在納薩力克可以有各種用途，而這一切的惡評都由亞達巴沃代為承擔。」

原來如此。安茲恍然大悟的同時，也產生疑問。讓亞達巴沃承擔惡評有那麼大的好處嗎？應該說何必捏造亞達巴沃這樣一個存在，隨便怪在哪個魔物頭上不就好了？這樣一想——

「……引起惡評才是真正的目的嗎？」

「正是。屬下打算讓亞達巴沃坐上魔王的位子。」

「原來如此，我懂了。是要用在我命令的計畫之一對吧？」

正是如此。看著迪米烏哥斯低下頭，安茲想起了以前下過的命令。他對迪米烏哥斯做出過幾項指令，這次的計畫就是為了其中之一——魔王的誕生吧。

「而連帶的第四個優點，就是能作為在聖王國引起的事件的實驗材料。」

原來如此。安茲明白了。接著他想起一件在意的事，問道：

「對了，那些惡魔是從納薩力克當中帶來的嗎？」

「怎麼可能！屬下豈敢未經安茲大人許可就擅作主張！」

「嗯？我已經向雅兒貝德下了許可，將這次事情全權交由你安排，所以我以為你會動用納薩力克內的兵力……」

「不，那是我讓帶來的魔將們召喚的。因為只要經過一天，使用次數就會復原，所以納薩力克地下大墳墓沒有任何損失。」

「原來如此。所以才會有納薩力克內好像沒配置過的惡魔嗎……我了解了。那麼另一個問題，你說已經把這個火焰領域中的人類送到納薩力克了，那是不分男女老幼嗎？」

迪米烏哥斯雖然不懂主人為什麼要這樣問，但還是表示肯定。安茲覺得有點不舒服。人類怎麼樣都跟他無關。雖然自己曾經是人類，但自從變成這個身體後，他對人類不再有親近感，當作其他種族一樣不屑一顧。只要是為了納薩力克地下大墳墓的利益，他甚至可以毫不猶豫地大開殺戒。即使如此，殺害幼童仍然讓他感到不愉快。或許這也是鈴木悟這個人類留下的殘渣吧。

安茲呼出一口氣——雖然他沒有肺。

「迪米烏哥斯啊。並未對納薩力克地下大墳墓與我做出無禮舉動之人，我要你給予他們沒有痛苦的死亡。」

迪米烏哥斯不發一語，只是深深低頭。

安茲．烏爾．恭最先考量到的是組織的安寧，是忠貞部下的平穩。

一旦將幼童帶回去，放走他們恐有洩漏情報之虞，安茲辦不到。他很樂意在將來訂立計畫培育對納薩力克忠心盲從的人類，但目前這樣做的好處不多。既然如此，他能給予的最大慈悲僅止於此。

「好了，那麼事情談得差不多了吧？」

「這樣的話，還有兩件事。第一件是託馬雷的福，帶來了相當棒的好處。」

安茲稍微瞄了一眼馬雷，只見少年好像在害臊，一副怯生生的樣子。

「是什麼？」

「目前正在調教中，還不知道會不會順利。所以我想等回到納薩力克再做說明。還有一件事。對夏提雅洗腦的人看到這個狀況都還沒出面，可見對方很可能和王國毫無關係。」

「原來如此，我了解了。那麼有沒有什麼希望我提供協助的事？」

「再來只要請大人打敗我就行了。屬下會竭盡全力擔任安茲大人的陪襯。」

「知道了。那麼在打敗你之前，可以替我的防具做點傷痕嗎？沒有傷痕會欠缺跟你這種強者交戰過的說服力。」

「那麼可以請大人脫下鎧甲嗎？要屬下直接攻擊安茲大人實在是……」

「要是脫下來，變形了不就穿不起來了？夏提雅的時候我是讓鑄造師打造了壞掉的鎧甲，所以才穿得起來。把這件脫下來讓你打，等一下真的會穿不起來。」

安茲平靜地笑著。眼前的兩名守護者不知道該不該笑，露出怪怪的表情。

「那、那個，安茲大人？那、那件鎧甲不是用魔法做成的嗎？」

「這件不是喔。不是用魔法製成。你可能是看我一個魔法吟唱者能夠裝備鎧甲，才會這麼以為，但這是我發動了戰士化的魔法，所以才能裝備。這是我在來到王都的路上休息時，對雅兒貝德使用『訊息』後為了以防萬一而準備的，看來被我料中了。」

維持著戰士化魔法的效果，再加上其他維持魔法，會讓消耗ＭＰ與ＭＰ自然恢復力互相抵消，因而無法恢復ＭＰ。如此當遇到緊急狀況而解除戰士化時，ＭＰ會從一開始就少了一點，不過就這次的狀況來說，隨時發動戰士化是正確的。如果他沒這麼做，在一開始與迪米烏哥斯戰鬥時會有許多麻煩。

聽了安茲所言，迪米烏哥斯的細眼瞇得更細了，「果然一切都在安茲大人的掌握中。屬下竟然想與這樣的偉大人士鬥智……看來屬下太不知天高地厚了。」他小聲低語著，露出微笑。安茲背後滴下不可能流的汗。

「講太久了，差不多該開始了吧。迪米烏哥斯，麻煩你幫我打些傷痕。」

「遵命。馬雷，我想請你給大家打暗號。可以請你按照之前講好的，引起地震嗎？」

●

## 下火月〔九月〕五日　03：56

「嘗嘗我的電擊！」

「雷擊（Lightning）」飛馳而出，直接擊中一名女僕。

「哎唷喂——」

一名女僕發出假到極點的慘叫，像是自己往後跳一樣誇張地往後飛出去。然後就這樣消失在一條道路上。

「嘿。」

縱捲髮女僕扔出了短劍。短劍描繪出拋物線缺乏幹勁地飛來，打中娜貝拉爾的身體。

「呀啊——」

娜貝拉爾用極其平坦的語氣講出慘叫聲，也跟剛才那個女僕一樣被打飛。

安特瑪沉默地追上去。

她們一個接一個跑進一條路上。娜貝拉爾前面是綁辮子的女僕。後面是安特瑪與縱捲髮的女僕，形成前後夾擊之勢。不過，她們一點緊張感也沒有。這是當然的。不可能會有。剛才她們還有些許戰意，但現在已然完全消失，就像在咖啡店聊天的女學生一樣。

「好哩。這附近有妮古蕾德小姐的力量防止監視，所以很安全喲。」

「是嗎？那麼……好久不見了呢，露普。」

綁辮子的女僕——露普絲雷其娜．貝塔戴著面具發出笑聲。

「好久不見了哩。從小娜被安茲大人多娜多娜以來，這是第一次碰面哩。」

「她有時候會回納薩力克，可是露普那時候都去村子了。」

「就是哩。每次總是擦身而過哩——就這種意義來說，跟小索也好久不見了哩。」
「我也是。不過妳這個說話方式……」
「哎唷？小索也跟由莉姊一樣在意這個啊。不要緊的哩。我很懂得注意時間、地點跟場合的。跟小安一樣哩。」
「那就好……說到安特瑪，她怎麼都不說話？」
「啊，小安現在好像不想講話哩。」
「那個臭丫頭搶走了我的聲音啦。」
「原來如此。」
娜貝拉爾點點頭。安特瑪很討厭自己原本的聲音。大概是這樣，所以能不講話就不講話吧。
「我好想搶走那傢伙的聲音喔。」
雖然因為戴著平常那個蟲面具而看不到臉，但已充分傳達了激烈的憤怒與殺意。
「不可以喔。因為她有安茲大人跟著，如果那傢伙沒能活著回去，可是會傷到飛飛大人的名聲。」
娜貝拉爾這樣說讓安特瑪顯得有點不滿，但沒有任何怨言。主人的名聲與自己的欲望。哪邊應該優先，每個戰鬥女僕都很清楚。

「那個小姑娘還挺強的哩。她叫什麼名字啊？」

「我對大蚊的名字沒興趣所以不知道。好像說叫伊維爾什麼的。」

「好過分哩。妳們不是一起來到這裡的同伴嗎？」

同伴這個字眼讓娜貝拉爾不高興地皺起眉頭，索琉香代替她回答：

「……我記得她是蒼薔薇的伊維爾哀。塞巴斯大人調查的情報上有寫。」

「啊，就是這個名字。」

娜貝拉爾表示肯定。聽索琉香這麼一說，好像是叫這個名字沒錯。

「小娜。妳是不是開始老人痴呆啦？要不要緊哩？」

「妳們會記得人類的名字嗎？」

「我沒問題喔。也許工作會用到，專有名詞我都會特別記下來。」

「沒問題哩。是說我跟人類好得很喔。」

「沒問題喲。」

只有自己記不得人類的名字，讓娜貝拉爾受到打擊，稍微搖晃了一下。就在她反省著也許應該稍微記一下人名時，傳來了爆炸聲。林立於後巷左右兩邊的建物擋住了視野，但她知道那聲音是誰發出的。

「啊——那邊好像打得很認真哩。」

「畢竟是由莉娣與希絲嘛。一定會打得很認真吧。不過還沒分出勝負，就表示她們還沒拿出真本事吧。」

「如果是我的話啊，會全力戰鬥到只剩一口氣。」

「伊維爾哀還挺強的喔。如果單純以等級來判斷，由莉娣與希絲恐怕都打不贏她喔。」

戰鬥女僕們的臉上初次顯露出黑色感情。

不過娜貝拉爾不一樣。只有她確定伊維爾哀不會贏。

「我想沒問題。」在所有人的注視下，她接著說：「伊維爾哀應該跟我一樣是元素法師。是專一強化特定屬性，而且經過特殊化的魔力系魔法吟唱者。雖然攻擊力會跳好幾倍，但相對地一旦擅長領域被封住就會變弱。」

「說到大地系……應該是強酸、毒素或重力對吧？為什麼是水晶哩？」

「大地系中也有寶石特化型喔。她應該是特化型中又限定水晶類，以達到更大強化吧。」

「兼具毆打、突刺的純粹物理魔法特化嗎……有點棘手呢。」

如果是自己的話，要怎麼殺死伊維爾哀呢？就在四人思考的時候，大地晃動了。那跟衝擊波之類的能量搖晃大地的感覺有些不同。

「是地震耶。好像是馬雷大人弄的喔。那麼是不是該進入下個階段了呢？」

「這是某種暗號嗎？」
「是啊，娜貝拉爾。那麼差不多該讓妳受點傷了吧，妳必須被我們三個逼至絕境才行。」
「我會盡量不弄痛妳，請多包涵哩。」
「沒辦法。這是工作嘛。」

●

**下火月〔九月〕五日　03：57**

「請冷靜！請冷靜下來！」
克萊姆盡量放低音量要大家冷靜。然而，倉庫內的大量民眾情緒激動，以他這種音量無法讓大家安靜下來。
「我的孩子——」
「妻子被抓走了——」
「爸爸媽媽——」
男女老幼發出的聲音交纏在一塊，像一道大浪襲向克萊姆。大浪激烈起伏讓人聽不懂在說些什麼。

這裡的三百人，就是克萊姆他們冒著危險四處尋覓，找到的唯一一群市民。被塞進這間較小倉庫的人群不知道外頭的情形，所以他們只擔心著被帶去其他地方的家人，大聲嚷嚷。

這是理所當然的景象與態度，但非常不妙。

雖然三人一路上沒遇到惡魔，但不代表牠們不在這裡。三人好幾次在道路的另一頭等地方看見成群惡魔。倉庫內一群人這樣大聲叫嚷，惡魔聽見跑來恐怕也只是時間的問題。

「我們只找到各位——」

「我太太在哪裡！你們會立刻去找她嗎！」

「這——」

如果克萊姆再吼得大聲點，應該可以逼他們安靜。克萊姆身為戰士——雖說人上有人——也擁有衛士遠遠不及的實力。這樣一個男人的怒吼，輕易就能掌握一般民眾的恐懼心。但前提是他要辦得到。

克萊姆作為公主的使者，是背負著拉娜的名譽而來的。做出讓平民害怕或起反感的行為，難保不會影響拉娜的名譽，使得他不敢擺出強硬態度。

「你倒是說清楚啊——」

「孩子還小——」

「爸爸——！媽媽——！」

「——給我閉嘴！」

氣勢強到倉庫好像都在震動的吼聲吹飛了一切。布萊恩忍無可忍的怒吼——超一流戰士的憤怒，一瞬間就吞沒了弱者的心靈。

「我不講話，你們就叫個沒完啦。先告訴你們，這裡是敵人的勢力範圍，你們並不是已經獲救了。大家必須安靜行動，不然那些惡魔會過來殺光你們。搞清楚這一點了，就先閉上你們的嘴。」

環顧鴉雀無聲的倉庫內後，布萊恩一直線瞪向克萊姆。被那種噴火似的目光一瞪，逼問克萊姆的市民們慢慢離開了。

「再來是……克萊姆，你應該把話說清楚。」

克萊姆大概猜得到布萊恩指什麼。但他沒自信這樣說是否正確。

「很難啟齒是吧。那我來幫你說。首先，只有一件事你們要記住。接下來聽到我說的話，誰敢大聲嚷嚷，我會毫不猶豫地立刻砍了他。因為沒人能保證你們是人類。」

布萊恩拔出了刀，刀刃反射著他們帶來的小燈光，帶著異樣的光輝。

「你們也許不懂我在說什麼，我要你們安靜地看看旁邊。在這裡的所有人都是人類嗎？」

被抓來的人們訝異地互相注視。

「告訴你們，我們在來到這裡的一路上，看過了很多惡魔。有的長了翅膀與長長的尾巴，有的像是剝了皮的人類，其他還多得是。在這倉庫外大搖大擺走來走去的盡是那種傢伙……你們被帶來這裡時也看到了吧？」

被布萊恩看著的人全都臉色發青地點頭。

「那麼，誰能保證你們當中沒有惡魔？誰敢肯定沒有剝下人皮披在身上的惡魔？」

眾人雖然沒出聲，但不安地動了起來。他們以猜疑的眼光看向身邊，並且試著站到別的位置。

倉庫的確很小，但還不到狹窄的地步。只要想移動，都可以找到不會碰到任何人的空間。

「放心。就算你們當中有惡魔，我們也會宰了牠。只要想想我們是怎麼來的，就不難理解吧？」感覺到氣氛稍微安穩了點，布萊恩繼續說：「不過，如果連外面那些惡魔都湧進來，我們就不敢保證了。我問你們，如果有惡魔混在你們之中，你們不覺得牠會想大聲喊叫，讓其他惡魔知道有人入侵嗎？……這樣你們就明白為什麼大聲嚷嚷的人得死了吧？也許你們會覺得自己是人類，不應該被殺，但我們可不知道誰是人類。所以為了保護其他人，我只能宰了大聲把惡魔叫來的傢伙。」

他再度環顧眾人，對每個人投以甚至帶有殺意的眼光。

「好像都懂了啊……首先我們在來到這間倉庫之前，已經到處看過了很多倉庫。然而，每間倉庫都沒有人，幾乎都是空的。從火牆包圍的範圍來想，雖然其中涵蓋了倉庫區，但應該也居住了超過一萬名市民。如果這裡有三百人，那應該還有三十三間同樣關了人的倉庫，對吧？」

布萊恩吸進一口氣。

「那麼我問你們。為什麼除了這裡以外，我們沒找到其他人？很有可能是我們運氣不好。因為我們畢竟也避開了惡魔戒備森嚴的地方。不過……我有個更容易理解的想法。那就是他們已經被帶離倉庫區，去其他地方了。等等！我們不可能知道他們被帶去哪裡。只不過，畢竟是被惡魔帶走的嘛。不可能是什麼好地方。」

一些人不幸明白了他的意思，開始發出啜泣聲。

「而你們也一樣，繼續待在這裡也會被那些惡魔帶走。所以大家從現在開始準備避難。不過，記清楚了。這裡還是惡魔的勢力範圍內。大家必須安靜並迅速行動，否則逃跑到一半就會被殺了。喂，你好像有問題要問啊。我只准你一個人問。」

被布萊恩用刀對著的男人雖然害怕，但還是小聲地問：

「如果留在這裡呢？」

「想必會被帶走吧。帶去惡魔想帶你們去的最糟的地方。」

「我——」

有個女人差點大聲喊出來，被布萊恩狠狠一瞪，馬上壓低了音量。

「准妳問問題。」

「……我的孩子才三歲，我想留下來，跟孩子到同一個地方……」

「是嗎？我不會硬是要救無意逃跑的傢伙。不過那傢伙就不一樣了。希望妳記住一點，那就是妳的孩子也有可能被關進其他倉庫，讓另一支隊伍救出來了。如果妳還是想留在這裡，我沒意見。這樣只會出現一個沒有母親的小孩，但我可管不了那麼多。」

布萊恩對表情陰沉的平民們冷靜透徹地說：

「我再重複一遍喔。留在這裡肯定會被那些惡魔帶走，這是無庸置疑。如果你們明白這點還要留下來，我沒意見。畢竟逃走的路上也有可能被惡魔襲擊而死。」

這時克萊姆插嘴了。只有一件事他得先聲明。

「不過下定決心要逃走的人，我們一定會盡全力保護你們。」

「我很怕麻煩，不過那個拉娜公主的貼身士兵拜託我，我會聽。我也會保護你們。那麼幾分鐘後大夥開始行動。想留下來也是你的自由。也可以跟別人小聲商量。你們自便吧。」

沒有人特別跟人商量什麼。可能是因為怕身邊潛藏著惡魔，也因為很多人覺得與其留在這裡不如逃走，期望還能跟其他隊伍救出的家人重逢。

（應該沒有其他隊伍才對。剛才看過了幾間倉庫，裡面的人平安無事的，頂多剩下一兩間吧。）

克萊姆隱約察覺到這點，但還是走到手上握刀瞪著眾人，盯緊他們小聲講話的布萊恩身邊。然後他稍微低頭，小聲對布萊恩說：

「謝謝您，布萊恩先生。這本來是我的職責，卻讓您代替我做了。」

「別在意，那種話不是身為公主侍衛的克萊姆小兄弟能說的。我的立場算是半個傭兵，講那些話日後比較不會有問題。我只是當了一下鞭子罷了。」

「但還是謝謝您。」

布萊恩臉上浮現苦笑。

「一直道謝推辭的也很麻煩呢。我知道了。我就接受克萊姆小兄弟的感謝吧。嗯？那傢伙回來啦。」

在布萊恩的視線前方，盜賊走了過來。他為了注意外面情形，剛才在待機。看他並不是急著跑回來，所以應該不是發生了什麼危險狀況。

「怎麼了？」

「啊，沒有啦，安格勞斯先生。目前那些惡魔都沒有要過來的樣子。不過不是學你剛才的發言，但我也覺得只是時間問題。」

「我想也是。說不定惡魔只是把這裡擺最後而已。你去看過外面了吧？剛才有地震，是發生了什麼事？」

「完全搞不清楚。會不會是地面產生了裂痕，惡魔要從魔界湧進來了？」

「請不要亂開這種糟透的玩笑……」

「抱歉，抱歉，克萊姆小兄弟。」

「好啦。那麼，快快開始移動吧。」

就在布萊恩正要對市民們吆喝時，他們聽見某種物體在倉庫外降落的聲音。

現場頓時鴉雀無聲，盜賊靠近門口，偷偷往外看了看。然後他揮動了手。那是三人事先決定好的「有惡魔」的手勢。接著他又比了「強敵」手勢。

克萊姆與布萊恩互相交換一個眼神，然後靜靜走向盜賊。

悄悄一瞧，看見了惡魔的身影。

那個跟至今見過的惡魔完全是兩回事，感受得到強大的力量。

將近三公尺的身軀肌肉發達，背上長出了蝙蝠翅膀。頭部是山羊或某種動物的骨骸，手中握著巨大鐵鎚。

惡魔的視線對著倉庫，躲起來觀察情形的克萊姆等人覺得視線與惡魔正好對上。也許是以某種魔法手段覺察到的，可以肯定對方是在等他們出來。

「那個很強喔……」

「錯不了。」

布萊恩低語後，盜賊回答。克萊姆也點頭表示贊同。

克萊姆靜靜注視著布萊恩。遇到夏提雅那個怪物時，他被布萊恩罵過。所以如果布萊恩叫他逃，這次他打算乖乖聽話。

「……克萊姆。請你跟我一起戰鬥吧。」

「好的！」

克萊姆以小聲但聽得清楚的音量回答。

「沒關係嗎？」

「嗯，你看那傢伙。大概是在哪裡戰鬥後逃過來的吧，看牠一身的傷。如果牠毫髮無傷，我也不知道能不能贏，但現在這樣我們可以短期一口氣進攻，勝算夠高。」

布萊恩打了一下克萊姆的肩膀，說「期待你的表現」。

克萊姆大大地點頭，發動了借來的戒指的力量。這枚龍王以太古魔法製作的戒指，擁有暫時強化戰士能力的效果。如果是王國最強的男人葛傑夫・史托羅諾夫，利用這份力量可以踏入英雄的領域，但克萊姆沒那麼厲害。即使同時使用武技「腦力解放」，也絲毫比不上布萊恩。但還是能獲得足以與祕銀級戰士匹敵的力量。

「好，我們上吧。」

布萊恩走在前頭，正要往外走去，盜賊叫住了他。

「——安格勞斯先生。」

「差不多可以直呼我布萊恩了吧？你年紀比我大，而且叫先生會讓我渾身不自在。」

「……那麼，布萊恩。我要做什麼？」

「麻煩你留在這裡，洛克麥亞。那說不定是聲東擊西。」

「……我如果看有危險，會去幫你們喔。」

「到時候再麻煩你了。走吧，克萊姆小兄弟。我想你應該很清楚……可別大意啦。」

「是！」

●

**下火月〔九月〕五日** 04：03

「嗚！」

伊維爾哀腹部受到攻擊，發出呻吟聲。雖然她的身體幾乎不會感到痛，但身為人類時的感覺並未完全消失。受到攻擊時總是忍不住做出反應。

瞬間注意力分散的破綻被對手看穿，伊維爾哀被阿爾法攻擊個正著。

爆炸般的衝擊讓她吐出了體內空氣，狠狠被打飛出去。她感覺到體內流動的負能量一口氣減少。

她不能採取將受到的肉體損傷轉換為魔力損傷的戰術。伊維爾哀的目的是爭取時間。沒有魔力，伊維爾哀就會失去戰鬥能力。因此她必須均等地消耗生命力與魔力。

她渾身沾滿泥土，以「飛行」強迫自己站起來。

這時，她看見娜貝被打得從另一條路彈出來。

她遍體鱗傷。伊維爾哀往她那邊飛去。對方沒進一步追擊，讓兩人順利會合，也許是想一次送兩個上西天吧。

「是妳啊。」

她正要抱起倒地的娜貝，娜貝自己馬上站了起來，冷冰冰地說道。

雖然她遍體鱗傷，就算感覺到生命危險也不奇怪，但卻讓人沒有這種感覺。是她不怕死，還是相信飛飛會在自己被殺前打倒亞達巴沃呢？

伊維爾哀覺得似乎兩者皆是。

「還能打嗎？」

「當然，沒問題。」

真是個蠢問題。

（不過話說回來……這個女人也不是普通人類呢。難道這傢伙也是神人？）

她雖然身上到處是傷，滿是血汙與泥土，但不像是受了致命傷。說不定伊維爾哀的傷勢還比她重。

伊維爾哀對付兩人都這麼狼狽了，對付三人的她卻只有這點程度，雖然不甘心，但也只能承認她的實力在自己之上了吧。

「妳也被打得好慘啊。」

「並沒有。」

這很像是她會回的話，伊維爾哀不禁露出笑容。

自己戴著面具所以應該看不見表情，但娜貝可能是察覺到她的氛圍變了，臉上浮現出訝異之色。

「沒有，只是覺得很像妳的回答。」

「……是嗎？那麼要怎麼做？」

「什麼怎麼做？妳是說怎麼爭取時間嗎？」

伊維爾哀眼神銳利地瞪著聚集而來的五個敵人。蟲族女僕發出的殺氣像槍矛一樣刺在她身上。其他人可能是覺得殺死她們不費吹灰之力，令人驚訝地一點敵意都沒有。

「那也是其中之一。」

「還能怎麼做。如果人數一樣還有十足勝算，雙方等級相當而且敵眾我寡，輸定了。」

「那您逃走如何？如果您背對她們逃走，也許她們就不會追您喔。」

「如果妳要逃，我就保護妳的背後吧。」

娜貝端正的容顏不愉快地扭曲。伊維爾哀不禁產生了時地不宜的感想：一個人長得太美，醜惡的表情也無法減損她美麗的容顏嗎？

突如其來地，一個影子隨著建物崩塌聲彈飛了出來。

那影子在地上反彈，滾動了一段距離。

伊維爾哀倒抽了口冷氣——雖然她不用呼吸。

因為一時之間，她以為被打飛的是飛飛。然而並非如此。被打飛出來的是亞達巴沃。

那副站立不穩、傷痕累累的模樣，讓伊維爾哀大為興奮。不用想也知道是誰讓他身受如此重傷，又是誰把他打飛到這麼遠來的。

伊維爾哀望向他飛來的方向，看見一位戰士站在那裡。

漆黑鎧甲傷痕累累，一眼就能看出兩人之間展開過多麼激烈的死鬥。然而那個站姿屹立不搖，與趴在地上的亞達巴沃相比之下，清楚說明了哪邊占壓倒性的優勢。

伊維爾哀置身於喜悅的狂潮，握緊了兩手。

飛飛慢慢解除握劍架式，對站起來的亞達巴沃說道：

「我有點開心呢。該怎麼說呢……可以稱為真實感嗎？有種真的在戰鬥的感覺。原來如此，前衛都是這種感受嗎……上次進行近身戰時我被逼到絕境，所以沒能嘗到這種感受……真像個戰鬥狂呢。好了，你也可以拿出以你這副模樣能使出的全力嘍。」

叫交戰對手使出全力，根本是在譏諷對手。想到這裡，伊維爾哀搖搖頭。也許這是飛飛的心願。

飛飛實力那樣強大，想必沒有機會能使出全力吧。一定總是在使出全力之前就把敵人解決了。這樣的男人與能夠使出全力的對手對峙，會是多大的喜悅啊。

「那真是太好了。」

亞達巴沃似乎把這番話當成了諷刺，行了深深一禮，也回以酸溜溜的譏諷。

看到那副模樣，伊維爾哀覺得自己比亞達巴沃了解飛飛，產生了優越感。

「那麼我要使出真本事了。」

「放馬過來吧，亞達巴沃。」

以這句話為導火線，兩人在正好中間的位置激烈衝突。

那場攻防就像伊維爾哀與飛飛初次相遇時的場景重新上演。超高速的連擊，被伸長的指甲彈開。能夠彈開飛飛手握的超大巨劍，可見那指甲的硬度也超乎常識。

飛飛向後大幅跳開。異樣的跳躍力簡直有如「飛行」。然後他將劍往上一拋。就在呼呼旋轉的劍奪去目光的瞬間，視野角落的飛飛不知從何處拿出一把槍矛，向前刺出。

飛飛將這把槍尖部分如火舌亂舞的深紅槍矛，往亞達巴沃一扔。超高速投擲留下烙印眼底的紅色殘光，往亞達巴沃飛去。

「——惡魔諸相：煉獄法衣。」

槍矛命中對手，烈焰騰空，衝擊波如狂風大作。

「嗚！」

伊維爾哀壓低姿勢拚命承受，讓自己不被狂暴的大氣奔流吹走。所幸她戴著面具，即使在爆炸波中也能睜開眼睛。

一看，彷彿連狂風都能斬斷，飛飛的劍準確無比地掉落下來，飛飛一把抓住它，再次衝向亞達巴沃。

迎擊的亞達巴沃全身纏繞火焰，腳下刺著飛飛扔來的槍矛。

面對飛飛高舉砍下的一擊，亞達巴沃緊緊握住了刀身。霎時間，他的手開始冒煙，手指徐徐陷進飛飛的劍裡。

「竟能融解這個等級的武器……你這力量，有經過強化吧。」

最高階冒險者（精鋼級）飛飛裝備的武具，肯定是以相當堅硬的金屬打造而成。

然而亞達巴沃卻發出了能融解此等武器的火焰。而近距離面對這種高溫火焰，飛飛竟還能若無其事地與對方交談。

「——這兩人究竟有多強啊。」

畏懼震撼了伊維爾哀的心。她當然知道兩人很強。但仍然無法停止發抖。

「正如您的洞察。我以特殊技能進行強化，提升了火焰系損傷。」

突然噴發的火焰中混雜了黑色物質。

「地獄之火嗎！」

「是的。就算您對火焰有完全抗性，也無法全身而退喔。」

飛飛第一次以撤退的意味後退，但亞達巴沃當然不會放過他。

這次換成亞達巴沃拉近距離，對飛飛連番進行攻擊。若是人類早已慘死的飛速攻擊，被飛飛以巨大利劍一一擋下。

鎧甲在近身戰中漸漸燒紅，這時飛飛不知從何處拿出一把奇特武器，甩手一揮。

「凍牙之痛（Frost Pain）·改！——冰結炸裂（Icy Burst）！」

四周溫度彷彿一口氣下降，極寒的凍氣奔流從武器中噴出。雖然那股凍氣連烈火都能凍結，但亞達巴沃的地獄之火比烈火更熱。即使如此，熱度還是暫時得到了緩和。

亞達巴沃驚訝的聲音傳到了伊維爾哀耳裡。

「那是？剛才的槍矛也是，究竟是什麼武器？」

「這是在我無法使用魔法時，代替使用的屬性武器。這把是實驗性仿造凍牙之痛做出的武器……不過比原版更強。它也是一種媒介，一天能夠發動三次附加在武器上的高位階魔法……不過因為不能用特殊技能強化，所以對你這個等級的敵人來說效果不大。」

兩人的對話令人無法置信。

明明在進行生死之戰，卻輕鬆得像是在確認雙方能力。

伊維爾哀無意間想起以前格格蘭說過的話。她說作為戰士與對手交鋒，有時對手的──敵人的想法會自然而然地傳達到自己的心中。甚至會覺得與對方像是長年好友。

那時她只覺得這人講話莫名其妙。然而──

「也許她講的有幾分道理呢。」

在這一天當中，伊維爾哀明白了很多道理。她強烈告訴自己，今後絕不會看輕任何一種知識。

兩人狀似親密的氛圍讓伊維爾哀有些吃味。

身穿表面似乎因熔解而失去光澤的漆黑鎧甲的男人，以及穿著被劍砍破的西裝的假面惡魔。

在超越人類的領域上演死鬥戲碼的兩人，看在伊維爾哀的眼中甚至像是好友。

「您真的很強。」

「你也是啊，亞達巴沃。」

「這樣吧。我有個提議，您覺得呢？」

飛飛沒說什麼，只是抬抬下巴要他說下去。

「我打算撤退了，不如勝負就到此為止，雙方各自收手如何？不，更正確的說法，應該是這次我就此收手，希望您也不要繼續追擊。」

「少胡說八道！」

伊維爾哀激動地大吼。在王都引發如此嚴重的混亂與死亡，竟然還敢求饒，未免想得太美了。

然而，一個平靜的聲音接受了亞達巴沃的提議。

「無所謂。」

伊維爾哀在面具下睜圓了眼睛，看著講出此言的飛飛。她不懂為什麼占優勢的飛飛，要接受亞達巴沃的提議。

可能是看穿了伊維爾哀的混亂，亞達巴沃看似無奈地聳聳肩。讓人不甘心的是，體型高瘦的他做這種動作還真有型。

「我真不懂飛飛先生怎麼會帶著個這麼笨的女人。仔細想想，不就能明白飛飛先生為何會接受我的提議了嗎？」

見伊維爾哀沉默無語，亞達巴沃繼續說：

「為了把飛飛先生送進來，以及戰鬥中不受打擾，您的同伴應該正在拚死應戰吧？原來如此。所以其他惡魔才沒介入我們的戰鬥……您真的這樣以為嗎？」

伊維爾哀感覺背脊像是刺進了一根冰柱。

「我讓惡魔大軍待命著，隨時都能襲擊整個王都。」

——糟透了。

雷文侯的下屬應該在王都內巡邏著，但她不認為他們能應付得了亞達巴沃準備的所有惡魔。就像整個王都都成了人質一樣。

那麼只要在這裡打倒亞達巴沃——

「就算殺了我，惡魔也不會消失喔。我只需要在這裡用念力發出命令，所有惡魔就會散布到王都各區。當然，數量其實也不多，所以應該有辦法應付……不過會出多少人命我就不知道了。」

「可是，誰能保證你會遵守約定？」

不，與飛飛這樣超一流的戰士繼續戰鬥，就算是亞達巴沃也不一定能取勝。

既然如此，我願意收手，所以請你原諒我，至少不要繼續追擊。若不答應——我就跟所有人同歸於盡。是這麼回事吧。

全是他單方面的要求。

可是，既然王都已經被當成人質，雙方的立場並不平等。

原來如此，伊維爾哀衷心感到敬佩。飛飛是看穿了這一切，才會接受亞達巴沃的提議嗎？不，是非接受不可嗎？

「那麼既然局外人閉嘴了，我就撤退了。真遺憾，沒能達到回收道具的目的。那麼我真心希望不會再碰上您了。」

「是啊。我也這麼想，亞達巴沃。」

亞達巴沃似乎在面具底下笑了笑。

只見所有女僕集合到亞達巴沃身邊，接著以高階傳送一齊消失。

「走了呢……」

伊維爾哀浮上空中，看看火牆怎麼樣了。那裡已經沒有任何痕跡。只剩下夜晚——比平時更喧擾吵鬧的王都景象。

此次騷動或許就到此為止。然而今天一天王國付出的犧牲與消耗又會帶來什麼呢。

實力遠遠超過魔神的亞達巴沃。足以與之匹敵的超級戰士飛飛。這兩個存在被世人知道後會引來何種事態，世界又會發生何種變動——

伊維爾哀搖頭趕走紛亂的思緒。之後的事情之後再慢慢考慮就好。現在有更重要的事要做。伊維爾哀降落到地上，張開雙臂。

「嗚哇啊啊啊啊啊啊啊啊！」

她發出簡直像吶喊的開心尖叫後，全速奔跑。雖然「飛行」效果還在，但這種時候還是用跑的比較有那種感覺。

她跑向飛飛。飛飛似乎嚇了一跳，差點沒舉起劍來。伊維爾哀不管他，撲向他身上。那就像全速飛奔撞上牆壁一樣。不過伊維爾哀身為吸血鬼具有肉體抗性，沒受到損傷。

伊維爾哀就這樣抱住他。

「成功了！贏了！贏了！真不愧是飛飛大人！」

「呃，不好意思……可以放開我嗎？」

對於像無尾熊一樣抱住自己的伊維爾哀，飛飛口氣平淡地說。大概是在害羞吧。

（其實他可以抱住我的啊。）

伊維爾哀的目的是以前聽過的知識。據說有些男人在戰鬥後會將亢奮情緒發洩在異性身上。所以她想表現一下自己，讓飛飛拿自己宣洩慾火。

伊維爾哀偷看了一眼橫眉豎目的娜貝。

（我可要先下手為強了。）

她試著用身體在飛飛身上磨蹭，但他穿著鎧甲感覺沒什麼效果，而且鎧甲上的破損處弄得她好痛。

「唉……不好意思，娜貝，幫我把劍收到背後。」

伊維爾哀明白到這樣是白費力氣，鬆開了手，從飛飛這棵樹上爬下來。

（也對。我應該再多注意一下時機。亞達巴沃已經見識到飛飛大人的力量，想必不會不守約定。但應該還有人在戰鬥，也得悼念死者……現在的狀況不適合追求自己的慾望。）

誠然，戰鬥已經結束了。

然而，伊維爾哀身為女人的戰鬥才剛揭開序幕。

伊維爾哀想像著自己今後必須採取的行動，忽然聽見鋼鐵的撞擊聲，轉頭一看。

只見一群人奔跑過來。是冒險者與士兵們，以及——

「帶頭的是戰士長？……大家都來了……」

她看到葛傑夫．史托羅諾夫，還有拉裘絲與緹娜。不只如此，甚至連格格蘭與緹亞都在。大家身上都髒兮兮的，能看出他們來到這裡之前歷經何種死鬥。這些人環顧滿目瘡痍的戰場痕跡，然後倒抽一口氣凝視著飛飛。

察覺到眾人目光中的心思，伊維爾哀小聲對飛飛說：

「飛飛大人。請向眾人宣布勝利。」

但他一動也不動。正當伊維爾哀感到狐疑時，她聽見一個小小的低喃。

「真教人難為情。」

那種不像是超級戰士，簡直像個一般人的反應讓伊維爾哀破顏而笑。

「……這是立下第一武功的人的職責喔，放棄吧。」

「唉。也是。是該這麼做。」

飛飛握緊了劍，猛力往空中一刺。

「唔喔喔喔喔喔喔喔喔喔！」

下個瞬間，廣場上所有人一樣揮起了拳頭，爆發出慶祝勝利的吶喊。然後大家齊聲讚頌

飛飛這個救國英雄的名字——

# Epilogue

## 下火月〔九月〕六日　08:45

塞巴斯面前聚集了一大排女僕。她們是總共四十一名人造人（Homunculus）。站在最前面的是狗頭女僕長，佩絲特妮．S．汪可。在納薩力克負責一般工作的女僕全員到齊。

「各位，她是新來到納薩力克的女僕。」

「我叫琪雅蕾妮納，請大家多多指教。」

琪雅蕾鞠了個躬，由女僕長代表大家向她問好。

雙方講了幾句話，琪雅蕾臉上沒有什麼懼色。

其實佩絲特妮除了臉部正中央有條裂痕與縫合痕跡之外，眼神溫柔，容貌就像狗一樣。站在後面的女僕們也跟人類沒兩樣。不是會讓人望而生畏的異形。

即使如此，琪雅蕾因為過去環境而對他人產生的恐懼並沒有消失。然而她還是能正常地回話，可能是因為她知道自己置身的狀況，急著想賣命工作吧。

（得多關心她一點，不然可能會爆發呢。）

在塞巴斯將此事牢記於心裡時，雙方問候也結束了，琪雅蕾在一名女僕的帶領之下走出去。她一度回頭注視塞巴斯。塞巴斯點頭後她也點點頭，然後往前走去，再也沒有回頭。

「塞巴斯大人，要教育那女孩到什麼程度呢，汪。」

「請讓她達到納薩力克女僕的合格標準。不過她只是個普通人類，教育時請特別注意這一點。」

「屬下明白了，汪。」

佩絲特妮的狗臉扭曲，露出了牙齒。雖然臉孔變得像是撲向獵物的野獸一般，但眼神依然溫柔。

「屬下還以為女僕只是暫時性的呢。」

「什麼意思？」

塞巴斯不明白她的意思，一頭霧水，佩絲特妮回答：

「……汪……沒有，屬下只是以為她會結婚離職，汪。」

「什……！」

塞巴斯表情抽搐的同時，佩絲特妮文靜的笑聲迴盪在納薩力克地下大墳墓第九層。

●

## 下火月〔九月〕七日　16：51

克萊姆只確認了時間與有無訪客，認為沒問題後才打開拉娜房間的門。

美若天仙的主人在夕陽火紅的房間裡，坐在平常的那個座位上。灑落的光線恍如聚光燈般，襯托著她的美麗。

「歡迎，克萊姆。」

溫柔的美貌，急速舒緩、療癒了傷痕累累的內心。他繃起差點鬆散的臉部表情，走到拉娜跟前。

「來，坐下吧，克萊姆。」

「不，謝謝您的好意，拉娜大人。屬下還得去其他地方處理王都惡魔襲擊事件的善後事宜。」

拉娜的眼中閃耀出光輝。這本來就是拉娜對他下的命令，一聽就懂是當然的。

克萊姆等會要去護衛魔法師工會。

理由是因為某個道具。

惡魔襲擊事件的全貌雖然尚未查明，不過他們從某間倉庫中找到了一個恐怖的道具。目前道具正由魔法師工會檢查中，發現其中蘊藏的魔力非比尋常，再加上亞達巴沃洩漏的情報，所有人都確定這就是他們要的東西。

因此，魔法師工會聚集了身經百戰的強者，在決定如何處理道具之前，要請這些人士保衛附近一帶。克萊姆也是被派出的其中一人。

（八指將這種道具帶進王都，竟然不能追究他們的責任……真令人不愉快！）

即使站在拉娜的面前，克萊姆仍無法完全壓抑不愉快的感受。

這個為王都帶來悲劇的道具，確定是從八指走私部門管理的一間倉庫找到的，他們應該立即採取行動，擊潰走私部門。然而有一個理由不允許他們這樣做。那就是知道這項情報的人相當有限。

之所以能夠查獲這麼一個道具，是因為取得亞達巴沃所洩漏的情報。所以拉娜提出了她的見解。

她認為對方可能是故意洩漏情報，讓人類找出自己的部下沒能找到的道具。

由於這個說法大家都能認同，因此為了隱蔽情報只好隱瞞一切，不能拿「道具是在八指倉庫找到的」這點當成武器。

「你要跟戰士長一起行動對吧。我知道了，那麼你就站著沒關係。所以你拯救的各位市民怎麼樣了？之前讓他們在王城裡受到保護，不過剛才應該都離開了吧？」

緊接著投下的炸彈，讓克萊姆的心臟重重跳了一下。

「是、是的。大家說希望我代為轉達對拉娜大人的謝意。」

「這樣啊。那麼我現在趕緊過去，應該還見得到他們吧？」

「萬萬不可！」

克萊姆大聲叫出來，才心想「糟了」。他低垂著頭，語氣急促地向拉娜解釋：

「大家都有很多事要忙。若是拉娜大人去看他們，怕會占用了大家寶貴的時間。抱歉辜負了拉娜大人的一片善意，但還是請您別去了吧。」

把壓低的頭抬起來時，克萊姆以為主人美麗的臉龐會顯露出不滿。或是不符年齡地像個孩子般露出遺憾的表情。然而迎接克萊姆的卻不是這兩種表情。

拉娜在笑著。

不是微笑，而是在笑。

的確，克萊姆有時候會看到拉娜笑。追溯到最令人懷念的那段回憶，他能想起自己被撿來不久的時候，拉娜臉上那種僵硬的笑容。然而，此時的表情跟那種表情有某樣決定性的差異。

還沒想到那差異的正確答案時，她已經恢復了平時的微笑。

「……那就沒辦法了呢。」

看到拉娜接受了，克萊姆嘆下安心的嘆氣。

這是因為他剛才對主人說的話幾乎都是撒謊。克萊姆幾乎沒聽到他們的半句感謝。非但如此，還被徹底譴責了一頓。說「你為什麼只救我們」。

他們只是把發生在自己身上的不幸──失去家人與財產──的惱火發洩在克萊姆身上罷了。

克萊姆之所以甘願承擔由誰來看都只是亂出氣的情緒，是因為克萊姆可憐他們沒有其他人可以責備，也是在懲罰自己沒能完美達成主人期望的結果。

話雖如此，冒著危險與那樣強大的惡魔展開死鬥，好不容易才救出來的民眾卻那樣指責自己，還是讓他心裡不好過。

出現在倉庫前的惡魔，實力不是其他嘍囉能比擬。就連武藝高超的布萊恩・安格勞斯都難以對付的強大惡魔，身上早已受了許多傷。如果牠毫髮無傷地出現在三人面前，三人肯定早已敗北。後來他聽拉裘絲提及那個惡魔原本有多強，還慶幸自己與兩人運氣好，才能獲得勝利。

死命撐過那般生死就在一線之間的危機，得到的卻是怒罵。他早已習慣孤獨，但這又是另一種痛苦。

不過，他們對克萊姆發洩憎恨的話還好。克萊姆雖是公主直屬的士兵，但也受到他人嫌棄，就算被罵，別人也會默許吧。可是如果讓他們見到拉娜，難保不會引發問題。如果他們的憎恨轉向公主，甚至出言侮辱的話，克萊姆也不得不拔劍。

「那麼，克萊姆。接下來我要講一件令人難過的事。請你注意聽。」拉娜無聲無息地閉起眼睛，幾秒後才睜開。「克萊姆與塞巴斯先生等人協力救出，那些被關在娼館裡面的人……遭人殺害了。」

克萊姆一時之間不明白她在說什麼，然後用沙啞的聲音問：

「怎麼會，發生這種事……」

他之前聽到的，明明是會暫時將那些人安置在值勤站當中，然後再找機會送到拉娜的領土啊。

「是我的錯。我本來想請冒險者保護她們，但因為王都發生動亂，僱不到冒險者，只好改為僱用傭兵護送她們……」

結果全都死了。拉娜搖搖頭。

「不、不是這樣的，快別這麼說。這絕對不是拉娜大人的錯！錯的是那些襲擊她們的傢伙！」

「不！要是我能更慎重行事就好了……要不是我覺得王都內情況混亂，守衛會變得薄弱，覺得危險而急著放走她們，事情也不會變成這樣！如果我讓克萊姆你去護送她們，也許情況就不一樣了。真不知道該如何向介紹傭兵給我的冒險者道歉才好……」

拉娜的眼角滲出了淚珠。

克萊姆胸口一緊，心痛不已。或許拉娜的確犯了錯。但是在那種狀況下，那應該是最好的辦法了。既然如此，有誰能夠責怪她呢。
「這絕不是拉娜大人的錯！」
克萊姆堅定地斷言，讓拉娜感動萬分地站起來，抱住了他。
他原本想伸手抱住依偎在懷裡的嬌小背部——但他沒這麼做。他不能這麼做。
「可是那些人究竟是從哪裡獲得的情報……」
「毫無頭緒。王都在發生動亂的當中，有一段時間王城的警備鬆懈了點。也許情報是在那時候洩漏的吧？我覺得我已經盡快將她們送走了……」
但還是不能保證情報沒有洩漏。應該說只要從克萊姆保護了她們這點繼續追蹤，終究會查到值勤站這個地點。
「屍體是在何處發現？」
「在王都內。似乎是在貧民區發現的。詳細情形我也不清楚。」
「屍體呢？」
「下葬了。為什麼這樣問？」
「只要檢查傷口，也許能掌握到某些線索。」
「……克萊姆，還是別這麼做吧。別再繼續侮辱她們了。至少讓她們死後能獲得安寧。」

「……遵命。」

拉娜的溫柔撼動了克萊姆的心。拉娜說的確實有道理。克萊姆覺得自己真丟臉，考慮得不夠周到。看來自己太執著於追求真相了。

「別放在心上。這絕不是克萊姆的……跟剛才立場顛倒了呢。」

拉娜露出微笑。雖然眼睛紅紅的，但淚水已經流乾。

「是。」

克萊姆也不再面無表情，笑了出來。

「對不起，把你留下來這麼久。那麼，克萊姆也要好好加油喔。」

漸漸遠去的溫暖讓克萊姆深感遺憾，但還是斬斷了欲望。

●

### 下火月〔九月〕十日　09:08

那天就像祝福他們踏上旅程，湛藍的天空遼闊無際，真是一片萬里晴空。

身穿漆黑鎧甲的男人讓深紅披風在背後飄揚，伊維爾哀向他問道：

「您要回去了嗎？」

說回去有點怪怪的，但以伊維爾哀的心境來說就是這種感覺。蒼薔薇也是一樣，冒險者常常被人當成無根浮萍，但也有些人會把某個都市當成自己的據點。對飛飛來說，耶・蘭提爾就是他的據點吧。

「我是很想跟您一塊走啦。」

伊維爾哀不敢相信自己竟然發出這麼無助的聲音。她覺得自己簡直成了挽留離去戀人的少女，又被戀人這個字眼弄得內心小鹿亂撞。

「……別在意。」

他只回了這麼一句。

好冷淡的人啊。

伊維爾哀心中暗想。

她想不到該說些什麼，風吹過兩人之間。

有個男人等著這個空白的時間，開口要說話。

伊維爾哀不禁覺得男女正在臨別依依，真是不解風情，不過這裡並不只有他們倆。飛飛背後有娜貝，伊維爾哀背後則有蒼薔薇的成員。此外還有要將飛飛送往耶・蘭提爾的魔法吟唱者。

「這次真是承蒙您照顧了。」

受到雷文侯感謝，飛飛簡單點點頭。

「陛下似乎也想當面向您表達謝意……」

在這次的王都動亂當中，與敵方首謀亞達巴沃這個超大級惡魔一對一單挑，並將其擊退的戰士之名，傳遍了冒險者、平民與貴族之間。國王會想親自見他也是當然。看情況說不定還會授予爵位。然而飛飛拒絕了，甚至無意與國王見面。

這種態度似乎造成了不良影響。

看在重視自己顏面的貴族眼裡，一個來歷不明的男人對身分高於他們的國王擺出這種態度，實在太過傲慢。

有人說這是侮辱了國王。

也聽到有人說區區冒險者竟敢如此無禮。

一部分貴族認為飛飛沒除掉亞達巴沃是他的失誤，甚至還有人說他沒殺死亞達巴沃，是因為兩人根本就是一夥的。對於這種意見，雷文侯實在無法坐視不管，用自己的權勢讓那些人閉了嘴。他甚至語帶威脅地說「人是我委託來的，如果你還要這樣說，我就要當成是對我的挑釁了」。

貴族們的譴責，也在飛飛表示「我只是作為冒險者接受委託，並完成任務罷了。此等小事豈敢接受國王慰勞，如果國王尊意如此，希望能對參加此次戰役的所有冒險者一視同仁」

之後，逐漸平息了下來。

不過這不代表悶燒的火苗熄滅了。他們不過是領悟到如果繼續責罵飛飛，受到輕蔑的將會是他們自己。

伊維爾哀想起身為貴族的拉裘絲做過的解釋。

若不是有飛飛這位強者在，侵襲王都的動亂沒有人有辦法解決，不難想像將會造成更多的災害。這樣的一位英雄回到根據地時，只有蒼薔薇的成員與雷文侯前來送行，是因為他的立場複雜。

這次事件聲望提高的人包括冒險者、國王、第二王子與雷文侯，聲望下降的則是貴族們。

當然，貴族們也提出了反駁。王都是國王的領地，以領土位於他方的貴族來說，他們可以講情義運用從自己領地帶來的民兵幫忙保衛王都，卻沒有這個義務。想到惡魔可能襲擊他們的住處，他們當然要以保護自己為重了。

發生這次事件之後，貴族派開始擺出強硬態度，高喊連自己的領土都保護不了的人不配稱王。擁王派則是強烈主張國王並未躲在安全的地方，而是挺身奮戰。就這樣，兩方勢力的權力鬥爭更是愈演愈烈。

而與權力鬥爭無關的王都人民，則懷著另一種不滿：平常作威作福的那些貴族，為什麼有事只會保護自己的家，而不來保護我們？

正因為如此，那些拚死奮戰的人更是受到讚揚。如此一來聲望掃地的貴族們就更是惱火了。情況形成惡性循環，貴族們最後將不滿的矛頭指向冒險者們。

不過就是拿錢做事，所以才會死命戰鬥。

這次的事件，擔任旗手的是精鋼級冒險者當中，獲得了王國第一之名的飛飛。不可能有人來送行。一部分態度較為友好的貴族，也因為受到權力鬥爭激烈化的影響，而無法輕易地行動。

雷文侯能來，是因為他的立場就像隻蝙蝠。

「國王、第二王子與第三公主聯名送來了對飛飛閣下的感謝狀。還有在國王直轄領地免除一切通行稅的證明板。此外還有國王御賜的短劍。」

伊維爾哀清楚聽見拉裘絲作為貴族，欽佩地嘆了口氣。

國王賜予短劍，具有對貴族或騎士中戰功彪炳之人頒發勳章的意義。在權力鬥爭愈演愈烈的現況下，賜予短劍一事如果讓貴族們知道，想必會引發一陣風波。即使如此，國王仍然決定對飛飛這名人物的功績賜予獎賞，其決心只能說值得敬佩。

（原本還以為那個男人只會造成對立，沒什麼了不起的地方，看來得稍微對他另眼相看了。）

飛飛泰然自若地接受短劍等獎賞後，交給站在背後的娜貝。

「不，貴族們也有可能覺得這樣作為獎賞已經足夠，不再多說什麼吧。」

伊維爾哀喃喃自語。

對貴族們來說，讓兼具聲望與實力的人物當上貴族，一定會有許多不愉快之處吧。而且讓超越葛傑夫的戰士加入擁王派，也會是一個大麻煩。所以若國王有意賜予飛飛爵位，反對聲浪一定相當大，屆時他們可以搬出短劍作為根據，主張國王已經賜以短劍，再多的褒獎就過頭了。

貴族們應該會輕易默許吧。

伊維爾哀的這種想法，馬上就被身旁的人否定。

「……這樣想太天真了，伊維爾哀。」

「太嫩了。國王想得更多。」

「為什麼？」

「……那把短劍是賜給騎士或貴族的。」

「所以日後假使有什麼狀況，需要拔擢飛飛先生時，如果貴族們抗議，他可以搬出那把短劍來講，說『那把短劍不可能賜給平民，對吧？你們也是知道的吧？其實當時就是連爵位一起賞賜』。雖然是強詞奪理，但很有效。」

「原來如此……真虧妳們能想到這麼遠。」
「哼哼。得意。」
「別小看前暗殺……忍者。」
「那麼我差不多該走了。雷文侯，感謝您各方面的費心。」
「不會，希望今後你我能保持良好關係。」
「我才要請您多多關照。還有蒼薔薇的各位，同樣身為精鋼級冒險者，希望雙方可以密切聯絡。又有什麼狀況時就再麻煩各位了。」
「這是我們要說的，飛飛先生。如今我們知道了飛飛先生的實力，說我們與飛飛先生是相同地位的冒險者，真讓我們無地自容，不過我們會努力鍛鍊，以期稍微達到飛飛先生的層次。今後也請您多關照了。」
拉裘絲與飛飛互相點頭致意。
然後伊維爾哀感覺飛飛的視線朝自己動了一下。那絕不是她多心了。飛飛似乎顯得欲言又止，就是最好的證據。
伊維爾哀感覺不會動的心臟又跳了一下。
如果飛飛請求伊維爾哀成為自己的同伴，她想必無法拒絕。雖然這樣等於是背叛一直以來同甘共苦的同伴，但她實在無法欺騙自己的心。

飛飛猶豫了一會兒後呼出一口氣，轉過身去。深紅披風隨著動作大幅搖晃。背影漸漸走遠，格格蘭挖苦人地說：

「被甩啦。」

「不。他就是那種人。」

伊維爾哀自始至終目不轉睛地注視著飛飛，然而雷文侯屬下的魔法吟唱者發動了「漂浮板」，載著飛飛他們慢慢浮上天空。

「一定還能在某個地方相會。」

「希望到時候不是這次這種重大事件，能更輕鬆點就好了。」

「很難。」

「是啊。」

蒼薔薇成員你一言我一句地說著。

精鋼級冒險者只有在發生重大事件時，才可能在工作時相遇。

「那妳就自己跑去見他不就得了。伊維爾哀會使用傳送嘛。在耶．蘭提爾做個傳送點也不賴啊。是說妳跟他一起去不是一舉兩得？讓飛飛保護著移動也比較安全嘛。」

伊維爾哀驚愕地盯著格格蘭瞧。當然她戴著面具，但呆滯的表情完全顯現在態度上了。

「喂喂，難道妳完全沒注意到嗎？遠距離戀愛都維持不久的……啊，不過你們還沒開始交往嘛。」

格格蘭仰望天空，伊維爾哀也跟著抬頭望向天空。飛飛的背影越來越小。

「嗚哇啊啊啊啊啊啊啊！」

伊維爾哀發出近乎怒吼的尖叫，逗得蒼薔薇的成員都笑了起來。

●

## 下火月〔九月〕十日　18：45

八指這次的緊急會議從一開始就亂成一團。首先，成員沒有到齊。其中一個缺席的是岢可道爾。不過，大家都知道他被關進值勤站了，所以這次沒有直接成為問題。問題是另一個空位——桀洛。

他們知道桀洛並不是倒戈了。正因為如此問題才更嚴重。

根據他們收到的情報，桀洛確實已經死亡。當天他們接受桀洛提議公開凌遲處死侮辱他們的人，還將一些部下送了過去，那些部下似乎也全數遭到殺害。

損失很大。的確那些部下並非無可取代，但八指中最強的男人，警備部門長之死卻是不該發生的損失。

在場的各部門長都是競爭對手。但也是同一個組織的成員。這次損失勢必會影響到他們每一個人。

眾人議論紛紛。

桀洛之死空出的位子該如何處理。岢可道爾又該如何處理。

平常的話他們一定會採取行動，讓自己的手下去坐這些位子。然而，有一個理由讓他們無法這麼做。

那就是在王都發生的惡魔襲擊事件。那件事對八指造成的損失不容小覷。當天還有據點遭受襲擊，但與他們受到的損害根本不能比。尤其是走私部門長更是為這次損失傷透腦筋。

幾乎所有倉庫的貨物都被搶走，沒受到襲擊的倉庫也受了檢查。結果他們失去了運進王都內的將近半數走私品，損失慘重。

「總之在恢復力量之前，只能互相幫助了。」

「我們不是一直都在互相幫助嗎？」

「少耍嘴皮子。只有這次，我們真的必須互相幫助。我認為我們應該暫時離開王都活動，大家覺得呢？」

「不，現在才應該在王都行動吧。還得給新任衛士長等人一點甜頭。要是這時候逃之夭夭，恐怕會永遠失去王都的利益。」

「嗯——的確有這個可能性，但警備部門——我等目前失去了大半武力，在王都活動不會太危險嗎？」

五名部門長與議長抱頭苦思，向從剛才到現在唯一沒有發言的部門長問道：

「希爾瑪，妳怎麼看？」

女人的身體震了一下。

那反應跟上次會議時簡直判若兩人。

眼睛下面出現了化妝也遮蓋不住的黑眼圈，臉色活像個死人。

「怎麼了？聽說妳的宅邸也遭到襲擊……不是只有妳從隱藏通道巧妙逃走了嗎？難道是看到了什麼讓妳嚇成這樣的東西？」

其他部門長跟平常一樣讓護衛在背後待命，卻只有希爾瑪背後沒有半個人。

「…………」

「怎麼了？」

希爾瑪正要開口的瞬間，會議室的門打開了。

「好啦——到此為止！」

一個黑暗精靈男孩開朗地喊著，走進房間來。後面跟著個戰戰兢兢的黑暗精靈女孩。

在場所有人都愣住了，反應不過來。

如果來的是個成年的黑暗精靈，也許還能做出不同反應，但眼前的是兩個與現場氣氛相差甚遠的小孩。他們沒想到可能是敵人，滿腦子只在疑惑是誰帶他們來的。

「呃，接下來要請大家成為我們主人的奴僕！」

看現場一片死寂，男孩可能以為大家沒聽懂，重新說了一遍。

「至尊至貴的領導者認為與其統率這個國家的首腦陣容，不如控制各位比較能獲得影響力。因此各位的罪過受到寬恕，成為了我們的奴僕……奴隸？人偶？都沒差啦。總之，恭喜大家——」

黑暗精靈男孩拍拍手，戰戰兢兢的女孩也把法杖夾到腋下，跟著開始拍手。

「恭、恭喜——」

「——開什麼玩笑！」

因為不知道對方是敵是友，所以才會煩惱。既然已經知道是敵人，那就簡單了。這些在黑社會打滾的分子已經轉換了思考，首先摸索自己能安全逃生的方法。殺死對方是其次。

雖然無法確定這兩個黑暗精靈是不是老大，但他們能從正面入侵八指的首腦會議，可見此地大部分都已被占領。既然如此，就算是各部門長選出的頂尖護衛，恐怕也打不贏對方。因為除非對方笨到極點，否則應該已經做好萬全準備，不留任何敗北的可能性。所以從這裡安全脫逃，才是最優先事項。

各部門長毫不猶豫地決定以自己的護衛當成肉盾。所有人瞬間產生同一個想法，準備實際採取行動。

然而，他們的行動實在太慢了。

一個部門長要從椅子上站起來，卻第一個發現自己的身體無法動彈。

「啊，喔啊，啊啊？啊啊啊啊。」

身體早就不能動了。舌頭發僵，講不出話來。只有口水流了滿嘴。

男孩呼出一口氣，臉上帶著笑容。

「呃，首先招待大家到一個好玩的地方——喏。」

「呃，嗯。那、那個，招待大家。」

希爾瑪身體抖了一下。

「等、等等！我不用去吧？我不是提供協助了嗎！」

男人們知道了誰是內奸，瞪向唯一能動的女人。

「拜託，求求你們！我不要了！我不要再被那樣了！」

「嗯——你做了什麼？」

「我、我把她帶去恐怖公的房間，讓人家從她體內吃她。」

「嗚哇——」黑暗精靈男孩的表情變得扭曲。

希爾瑪大概是想起了什麼吧。她抱緊自己的身體，指甲刺進手臂裡，渾身嚴重顫抖。一隻手摀著嘴。兩眼撲簌簌地落下眼淚，臉色慘白得像要嘔吐。

「還、還有——」

「夠了。所以傷口是用治療魔法治好的嘍。難怪她會變那麼乖了。不過真難得耶，你竟然沒殺她。」

「呃，嗯。因為屍體很多了，而且她可以用來營運這個組織。」

「原來如此——那麼，大嬸，加油喔。如果妳敢背叛，就把妳關進房間關更久喔。」

「咿！」

希爾瑪臉色慘白，用力點了好幾次頭。她徹底失去了反抗的意志，完全成了個唯命是從、忠心耿耿的奴僕。

「總之我希望妳爭取時間，直到這些人變乖為止。做得到嗎？」

「當、當然做得到！請交給我吧！我一定會幫上忙！」

看到希爾瑪拚命巴結的模樣，男人們明白到自己也會嘗到跟她一樣恐怖的經驗，臉色變得慘白。

「那麼，我把幾個帶來的部下交給妳，要好好活用喔。另外有幾個人絕對不能殺死或是變成敵人，之後我再跟妳解釋喔。」

黑暗精靈男孩甜甜地一笑。

「好啦！這樣這個國家的一半就支配完成了。不過……迪米烏哥斯說這是為了建國鋪路，嗯——算了，管他的。接下來要去別的國家嗎？」

**OVERLORD**
Characters

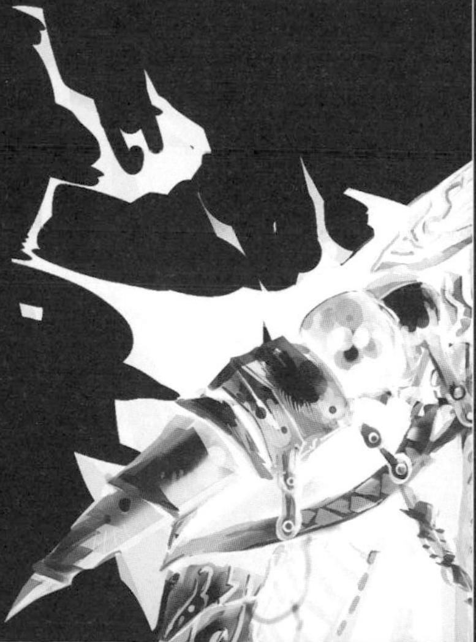

角色介紹

Character 23

# 威克提姆

異形類種族

victim

## 犧牲的嬰兒

職位——納薩力克地下大墳墓第八層守護者。

住處——第八層生命樹（Sephirot）。

屬性——中立——[正義值：1]

種族等級—天使（Angel）——10 lv

大天使（Archangel）——10 lv

其他

職業等級—愛國者——1 lv

聖人——4 lv

殉教者——1 lv

[種族等級]+[職業等級]——合計35級

●種族等級　職業等級●

總級數29級　總級數6級

status

能力表

[最大值爲100時的比例]

Character 24

# 安特瑪・瓦希利薩・澤塔

異形類種族

εντομα·βασιλισσα·ζ

## 愛蟲女僕

職位——納薩力克地下大墳墓戰鬥女僕。

住處——地下第九層的傭人房之一。

屬性——中立～惡————[正義值：-100]

種族等級 －蜘蛛人(Arachnoid)————10lv

其他

職業等級 －符術師————10lv

符擊師————7lv

馴蟲師————7lv

武器專家————3lv

其他

[種族等級]＋[職業等級]———— 合計51級

●種族等級　職業等級●

總級數12級　總級數39級

status

### 能力表

[最大值爲100時的比例]

| | |
|---|---|
| HP[體力] | |
| MP[魔力] | |
| 物理攻擊 | |
| 物理防禦 | |
| 敏捷 | |
| 魔法攻擊 | |
| 魔法防禦 | |
| 綜合抗性 | |
| 特殊性 | |

(0 — 50 — 100)

Character 25

# 拉裘絲·亞爾貝因·蒂爾·艾因卓

人類種族

lakyus alvein dale aindra

## 蒼藍薔薇

職位——蒼薔薇領隊。

住處——王都。

職業等級－祭司——?lv

聖殿騎士——?lv

女神官——?lv

其他

生日——下土月1日

興趣——寫作。

{ personal character }

身穿閃耀裝備的少女戰士。擁有魔劍齊利尼拉姆。她身爲神官戰士，已經一腳踏進「英雄」的領域，而且還有大幅的成長空間，將來很可能成爲傳說級人物。原本是貴族家的千金，在聽到「朱紅露滴」的冒險故事後離家出走（日後得到雙親的諒解）。屬於拖著同伴勇往直前的類型，蒼薔薇就是以她爲中心組成小隊。

Character 26

# 伊維爾哀

異形類種族

ivileye

## 極大級魔法吟唱者
## 我們家的小不點（by格格蘭）

職位——蒼薔薇成員。

住處——王都。

職業等級 —吸血公主（Vampire Princess）——?lv

妖術師——?lv

元素法師（大地）——?lv

其他

生日——不明。

興趣——魔法研發與實驗。

{ personal character }

過去被稱為「滅國」、人人聞風喪膽的吸血鬼。曾與十三英雄並肩對抗魔神。原本是人類，維持著成為吸血鬼時的外貌。絕口不提成為吸血鬼與毀滅國家的理由。不過，這兩件事似乎與伊維爾哀的天生異能有關。順便一提，她是最晚加入蒼薔薇的成員，卻也是最會擺架子的一個。

Character 27

# 格格蘭

人類種族

gagaran

## 神祕嬌柔女戰士（自稱）
## 肌肉女（by伊維爾哀）

職位——蒼薔薇成員。

住處——謎。（王都）

職業等級 －騎士——?lv

空中騎兵——?lv

傭兵——?lv

其他

生日——謎。（下土月2日）

興趣——謎。（鍛鍊肌肉）

{ personal character }

雖然是女性，但由於滿身肌肉外加個頭高大，常常讓人懷疑她的性別。當初幫助拉裘絲逃家成爲冒險者的就是她，也是蒼薔薇的初期成員之一（原本還有另一人）。是個神祕的戰士，名字是化名，過去經歷也一切不詳，就算對同伴也不肯說。不過她在小隊裡最是受到信賴，不是因爲實力堅強，而是她有著自然流露的包容力。就像個可靠的大哥。

Character 28

# 緹亞&緹娜

人類種族

tia & tina

# 潛影雙殺

職位——蒼薔薇成員。

住處——王都。

職業等級 —盜匪 ——?lv

暗殺者 ——?lv

忍者 ——?lv

其他

生日 ——不明。

興趣——跟蹤。

{ personal character }

在帝國等地區赫赫有名的暗殺者集團頭領三姊妹中的兩人。一般認爲被她們盯上的人必死無疑，然而當她們前來暗殺拉裘絲時反被打敗，並受到一番勸說，於是答應加入蒼薔薇。本來是想找機會奪取拉裘絲的性命，後來覺得這樣的生活也不錯，於是改過向善，不再做暗殺勾當。現在甚至變得願意爲了同伴不惜捨棄性命。

# 後記

那麼，這第六集從各種意義來說，真是越看越糟糕啊。各位讀者覺得呢？

以作者丸山的角度來看，會覺得這才符合《OVERLORD》的風格。如果各位也深有同感，作者會很高興的。畢竟這些行徑啊，一般的輕小說主角可是絕對不幹的呢。

從前幾集就安排好伏筆，到這時候就可以一臉得意地說「我從那時候就想好了呢」，會讓我有點想炫耀一下。只是，如果安排得太明顯又會被看穿……真難呢。我想最難看懂的應該是日記那裡，主角提到的是在第二集的某個場面翻過東西。考慮到襲擊者的目的，其實沒什麼理由翻東西，但反過來想，畢竟那個人下手的方式很誇張嘛。翻東西的時候就算搞得誇張點也不奇怪吧。不過東西沒被翻得太多。就好像那人早就知道東西在哪裡了……真是狡猾啊。

就像這樣，讀過這次的故事後，如果

再重新讀過前面幾集，也許會有意外的發現。

再來講到登場人物，第五、六集的MVP絕對是伊維爾哀沒錯，不過我個人喜歡的角色，是直到最後才終於講出名字的盜賊。只要是會把「年輕真好」掛在嘴邊的讀者，應該能體會丸山的心情。

事情就是這樣，感謝讀者賞光閱讀了上下篇。對於各位有什麼樣的感想，丸山非常感興趣。雖然不好意思得請各位負擔郵票錢，但如果大家願意寄讀者回函過來，我會很高興的。

那麼，以下容我向各位人士致謝。

so-bin大人、F田大人、大迫大人、Chord Design Studio，以及協力製作《OVERLORD》的各方人士，感謝大家。還有Honey，謝謝你多多幫忙。

最後感謝買下本書的各位讀者。真的很謝謝大家！

二〇一四年一月　**丸山くがね**

Postscript by So-bin

安特瑪是丸山老師 說穿和服不錯，
真是說得太對了！於是就畫成這樣了。
我很喜歡。雖然作品中沒有提到，
不過臉長得很噁。

So-bin

艾茲・烏爾・恭的帝國下一步，朝向了
然後有如獵物落網一般，「犧牲者」被成群帶往納薩力克地下大墳墓。在絕對無法脫逃的納薩力克裡，

他們究竟能否
逃出生天——
大墳墓
終於要卸下神祕面紗。
第7集
Volume Seven

OVERLORD 7
大墳墓的入侵者
OVERLORD Kugane Maruyama | illustration by so-bin
丸山くがね
illustration●so-bin

敬請期待
第7集

國家圖書館出版品預行編目資料

Overlord. 5-6, 王國好漢 / 丸山くがね作 ;
曉峰, 可倫譯. -- 初版. -- 臺北市 :
臺灣角川, 2015.06-2015.08
冊 ; 公分. -- (Kadokawa fantastic novels)

譯自 : オーバーロード. 5-6, 王国の漢たち
ISBN 978-986-366-551-9 (上冊 : 平裝)
ISBN 978-986-366-664-6 (下冊 : 平裝)

861.57 104007760

Kadokawa
Fantastic
Novels

# OVERLORD 6
## 王國好漢 下

（原著名：オーバーロード 6 王国の漢たち 下）

2015年8月27日　初版第1刷發行
2022年10月25日　初版第13刷發行

作　　者：丸山くがね
插　　畫：so-bin
譯　　者：可倫

發 行 人：岩崎剛人
總 編 輯：蔡佩芬
主　　編：朱哲成
美術設計：黃永漢
印　　務：李明修（主任）、張加恩（主任）、張凱棋

發 行 所：台灣角川股份有限公司
地　　址：104台北市中山區松江路223號3樓
電　　話：（02）2515-3000
傳　　真：（02）2515-0033
網　　址：www.kadokawa.com.tw
劃撥帳戶：台灣角川股份有限公司
劃撥帳號：19487412
法律顧問：有澤法律事務所
製　　版：巨茂科技印刷有限公司
ISBN：978-986-366-664-6